HAYMON taschenbuch 255

MIX
Papier aus verantwortungsvollen Quellen
FSC® C083411

Auflage:
4 3 2 1
2021 2020 2019 2018

HAYMON tb **255**

Originalausgabe

www.haymonverlag.at

ISBN 978-3-7099-7901-3

Umschlag- und Buchgestaltung nach Entwürfen von hœretzeder grafische gestaltung, Scheffau/Tirol
Umschlag: Eisele Grafik · Design, München
Umschlagabbildung: mauritius images / imageimage / Alamy
Satz: Da-TeX Gerd Blumenstein, Leipzig
Autorenfoto: Rainer Wölzl

Gedruckt auf umweltfreundlichem, chlor- und säurefrei gebleichtem Papier.

Edith Kneifl

Der Tod ist ein Wiener

Die Drei vom Naschmarkt ermitteln

Edith Kneifl

Der Tod ist ein Wiener

Für Silvia

Solange es hohe Berge gibt,
glaube ich an keine Gerechtigkeit.
Herbert Achternbusch

PROLOG
März 1945

Der Schrei eines Kauzes bringt Unheil. Obwohl der junge Mann in einem Mietshaus in der Praterstraße aufgewachsen war, erkannte er die Vögel an ihrem Gesang. In seiner Kindheit hatte er viele Tage in den Praterauen verbracht.

Durch das winzige Fenster drang schwaches Licht in die halbverfallene Hütte, in der er sich seit Tagen versteckt hielt. Der anbrechende Morgen verkündete den nahenden Frühling. Die Luft war mild. Letzte Nacht hatte er schon weniger gefroren als in den Nächten vorher.

Die Hütte mitten im Wienerwald war mit Brennnesselstauden und Farnen fast zugewachsen. Kein Weg führte dorthin. Um sie zu erreichen, musste man sich durch dichten Mischwald und meterhohes Gestrüpp schlagen.

Kurz nach dem Schrei des Todesvogels vernahm er ein Knacken und Knistern in den Brombeersträuchern. Es war nicht das Geräusch des Windes, der mit den frischen Blättern der Laubbäume spielte, es war auch nicht das Rauschen der Nadelbäume, das ihn nachts oft in den Schlaf begleitete. Er besaß ein ausgezeichnetes Gehör. Deswegen wäre er als Flakhelfer sehr geeignet gewesen. Er konnte die Bomber bereits hören, wenn sie noch kilometerweit von Wien entfernt waren.

Plötzlich bildete er sich ein, Schritte zu vernehmen. Leise Schritte, die vom feuchten Waldboden fast gänzlich aufgesaugt wurden.

Er sprang auf, schob mit den Füßen die zerfledderte Matratze vor die Tür und blickte sich verzweifelt nach einem Gegenstand um, der ihm zur Verteidigung dienen könnte. Es war zu finster, um irgendetwas zu erkennen. Der Mond hatte sich hinter eine Wolke verzogen. Außer-

dem wusste er, dass sich, außer der Matratze, nur ein Gaskocher, ein bisschen Geschirr und ein paar Lebensmittel in der Hütte befanden. Eine morsche Holzlatte, in der einige rostige Nägel steckten, war das Einzige, das ihm als Waffe zur Verfügung stand.

Er umfasste sie mit beiden Händen. Stellte sich neben die Tür. Wenn der Mann, der ihn töten wollte, die Tür, die nach außen aufging, öffnete, würde er vielleicht über die Matratze stolpern. Dann könnte er ihn mit dem Holzprügel niederschlagen. Hoffentlich kam er allein. Gegen mehrere würde er keine Chance haben.

Der Wind hatte sich gelegt. Stille war eingekehrt.

Im Wald war es jedoch nie ganz still. Die nachtaktiven Vögel und kleinen Nager verrieten sich durch leises Pfeifen und kaum hörbares Rascheln.

Hatte er sich die Schritte nur eingebildet? In letzter Zeit zweifelte er öfter an seinem Verstand.

Warum hatte er nicht einfach mitgemacht, so wie die meisten? Warum hatte er nicht als Flakhelfer weiter gedient? Selbst sie hatte ihn anfangs gebeten, durchzuhalten. Obwohl sie so jung war, wusste sie um die große Gefahr, in die er sich begab, wenn er den Befehl verweigerte.

Er liebte sie, liebte nicht nur ihre großen, graublauen Augen, ihre lustige Stupsnase und ihren sinnlichen Mund, sondern auch ihre Selbstsicherheit, ihren Humor, ihre Warmherzigkeit und Großzügigkeit. Sie hatten einander ewige Liebe geschworen. Weil sie so jung war, hatten sie beschlossen, noch eine Weile zu warten, bis sie sich miteinander vereinen würden.

Sie hatte ihm einige zarte Küsse gewährt. Einmal hatte er ihre kleinen Brüste streicheln dürfen. Davon träumte er jede Nacht, seit er allein in dieser kalten, ungemütlichen Hütte hauste.

Erst gestern hatte sie ihn besucht, ihm eingelegten Karfiol mitgebracht, obwohl ihre Familie kaum noch etwas zu essen hatte. Ihre kluge Mutter hatte letztes Jahr in dem einst prächtigen Garten ihrer Villa ein Feld angelegt, Kartoffeln und anderes Gemüse angebaut, und die ganze Familie damit durch die schlimmen Wintermonate 1944/45 gebracht.

Seine Freundin hatte ihm auch diese Hütte im Wienerwald gezeigt, in der sie sich als Kind versteckt hatte, wenn sie sich von ihren Eltern missverstanden oder schlecht behandelt gefühlt hatte. In diesem beinahe undurchdringlichen Waldstück hatte sie früher mit ihren Freunden Cowboy und Indianer gespielt. Die ersten beiden Winnetou-Bücher von Karl May hatte sie ihm geborgt. Band drei hatte er sich selbst gekauft und versprochen, ihn ihr zu leihen, sobald er ihn fertiggelesen hatte. Karl May zählte nicht zu den verbotenen Autoren, im Gegenteil, die Nazis und vor allem der Führer schätzten ihn sehr. Vielleicht hatte er Band drei deshalb bisher nicht gelesen. Seit sie ihn als Flakhelfer rekrutiert hatten, wurde für ihn die Nacht zum Tag. Während seiner Einsätze am Flakturm in der Gumpendorfer Straße war keine Zeit zum Lesen geblieben. Die Bomber der Alliierten waren meistens nachts oder im Morgengrauen am Himmel über Wien erschienen.

Wieder vernahm er ein Geräusch, das er nicht eindeutig identifizieren konnte. Waren es Schritte eines Menschen oder tappte ein Wildschwein durch den Wald? Er fürchtete sich vor Wildschweinen. Noch mehr fürchtete er die Nazi-Schweine.

Lautlos zuzuschlagen wie die Indianer, war nicht die Stärke der Nazis. Normalerweise griffen sie lautstark blödsinnige Parolen grölend an.

Im selben Moment, als die halbvermoderte Tür der Hütte aufgerissen wurde, ertönte der zweite Ruf des Steinkauzes.

Der Ruf des Todes, dachte er.

Eine unheimliche Schwere ergriff Besitz von seinem Körper. Am liebsten hätte er sich hingelegt und regungslos auf den Tod gewartet. Er war eben kein guter Soldat.

„Komm heraus", schrie der Mann, der vor der Türschwelle stehenblieb, leider nicht über die Matratze stolperte.

Es drang kaum Licht in die Hütte, dennoch konnte er die Umrisse des Mannes erkennen. Und er erkannte ihn an seiner Stimme, dieser leicht hysterischen Fistelstimme, die so gar nicht zu dem großen, kräftigen, blauäugigen Burschen passte.

Sein erster Impuls war, ihn um Gnade zu bitten.

Da er wusste, dass er keine Gnade zu erwarten hatte, begann er, mit der Holzlatte auf die dunkle Silhouette vor ihm einzuschlagen.

Er landete einen Treffer. Sein Gegner heulte auf. Wahrscheinlich hatte ihn einer der rostigen Nägel verletzt.

Die erste Kugel streifte seine Schulter. Er spürte den Schmerz erst ein paar Sekunden später. Der zweite Schuss traf ihn mitten in die Stirn.

Den dritten Schrei des Kauzes hörte er nicht mehr. Seine Seele befand sich bereits auf dem Weg in die Ewigkeit.

1.

Ich bin eine urbane Frau. Für Wald- und Wiesenromantik hatte ich nie viel übrig. Den Wienerwald liebe ich jedoch seit meiner Kindheit.

Meine Freundin und frühere Mitbewohnerin Elvira spielte seit einigen Wochen Bodyguard und Kosmetikerin für eine alte Dame namens Adele Artner, die in einer Villa am Wilhelminenberg wohnte.

Elvira Smejkal war letzten Sommer, nachdem sie ihre Wohnung verloren hatte, zu mir ins Majolikahaus am Naschmarkt gezogen. Ich arbeitete seit einiger Zeit als Privatdetektivin. Elvira und meine Nachbarin Sofia Schanda hatten mir bei meinen bisherigen Ermittlungen immer geholfen. Gemeinsam hatten wir bereits einige Fälle gelöst.

Mit Jahresende hatte Elvira dann auch ihr kleines Kosmetikstudio in der Gumpendorfer Straße aufgegeben. Die feuchten Mauern im Erdgeschoss des Gründerzeithauses mussten dringend trockengelegt, die ganze Hausfassade saniert werden. Der fürchterliche Baulärm hatte alle ihre Stammkundinnen vertrieben.

Elvira stammte aus der Slowakei und war eine findige Frau. Seit sie ihren Laden geschlossen hatte, machte sie viele Hausbesuche, arbeitete schwarz und verdiente im Endeffekt nicht viel weniger als vorher. Versichert war sie allerdings nicht mehr. Hormone und Schmerzmittel, die sie wegen ihrer Rückenprobleme ständig schluckte, musste ich ihr nun besorgen. Mein praktischer Arzt wunderte sich zu Recht über meinen Bedarf an Schmerztabletten und Hormonen. Ich war nach meiner Achillessehnen-OP vorigen Sommer längst wieder imstande, fünf bis zehn Kilometer zu laufen, was ich ihm selbstverständlich verschwieg. Außerdem war ich nicht im Wechsel.

Mir war nicht nur Elvira abhandengekommen, auch meine Nachbarin Sofia hatte sich seit einer Woche nicht mehr bei mir blicken lassen. Sie war die ständigen Auseinandersetzungen mit ihrem Mann leid gewesen. Letztes Jahr hätten sich die Schandas beinahe scheiden lassen. Major Werner Schanda von der Wiener Kriminalpolizei hatte sich bei einer Partnerschaftsbörse im Internet angemeldet. Zu seinem Pech war die erste Frau, mit der ein Date hatte, seine eigene. Sofia war in meinem Auftrag, also aus rein beruflichen Gründen, zu dieser Verabredung gegangen.

Sie hatte ihrem Mann diesen glimpflich verlaufenen Seitensprungversuch nicht verzeihen können. Nachdem sie sich doch wieder versöhnt hatten, schien eine Art zweiter Frühling einzukehren. Der häusliche Friede währte nicht lange. Der nicht enden wollende Winter hatte das Seine dazu beigetragen, dass Sofia ihre Koffer packte und zu Elvira in die Villa am Wilhelminenberg zog.

Sie und Werner hatten sich meistens wegen des leidigen Geldes gestritten. Sofia hatte geplant, eine Krimibuchhandlung zu eröffnen. Der Herr Major war nicht bereit gewesen, einen Kredit für „ihre Spinnerei", wie er es nannte, aufzunehmen.

Sofia hatte schon vorher viel Zeit in der alten Villa am Rande des Wienerwalds verbracht. Adele Artner hatte sie gebeten, ihren beachtlichen Buchbestand zu archivieren. Es handelte sich um sechs- bis siebentausend Bücher. Die Bezahlung für diese in meinen Augen todlangweilige Tätigkeit war hervorragend.

Ohne meine beiden Freundinnen fühlte ich mich einsam in meiner großen Wohnung am Naschmarkt. Nur

Werner Schanda kam abends manchmal auf ein Plauscherl vorbei.

Seine Gesellschaft behagte mir nicht besonders. Jedes Mal beklagte er sich über die Sturheit seiner Frau und versuchte, mich auf seine Seite zu ziehen. Er war der Meinung, ich hätte großen Einfluss auf sie.

Sofia hatte sich seit dem Schock letzten Sommer, als ihr Mann auf der Suche nach einer Geliebten war, sehr verändert. Sie war selbstbewusster und härter geworden, redete nicht mehr allen Leuten nach dem Mund und legte sich in Diskussionen selbst mit mir an.

Ich war mir nicht sicher, ob mir die neue Sofia besser gefiel als die alte. Einerseits war ich froh, dass sie nicht mehr so ängstlich und angepasst war, andererseits musste ich Major Schanda beinahe recht geben, ihre streitlustige Art und ihr aufmüpfiges Verhalten erinnerten fatalerweise an das Benehmen ihrer pubertierenden Tochter Natalie.

Werner Schanda tat mir fast leid. Natalie blieb ihrem Vater momentan nichts schuldig. Sie schien außer Rand und Band zu sein, trieb sich bis in die frühen Morgenstunden in den Lokalen im sechsten und siebten Bezirk herum, obwohl sie in zwei Monaten die Matura bestehen sollte. Die Strafmaßnahmen ihres Vaters ignorierte sie prinzipiell.

Zu meiner Überraschung unternahm Sofia nichts gegen die nächtlichen Streifzüge ihrer Tochter. Die Einzige, auf die Natalie manchmal hörte, war angeblich ich. Mir missfiel die Rolle der moralischen Instanz. Mittlerweile hatte ich es gründlich satt, mir die Probleme meiner Nachbarn mit ihrer fast achtzehnjährigen Tochter anhören oder sie gar ausbaden zu müssen. So manche Nacht läutete Natalie bei mir und warf sich betrunken auf eines der drei Sofas in meinem Wohnzimmer. Eines Nachts kotzte sie sogar auf den einzig wertvollen Teppich, den ich besaß.

So kam es, dass ich ebenfalls öfter die Tage in der Villa Artner am Wilhelminenberg verbrachte. Es war eine wunderbare Gegend zum Joggen. Laufen war nun einmal meine Passion. Ich war den ganzen Winter über gelaufen. Fühlte mich bestens in Form.

Adele Artner war eine von Elviras Stammkundinnen. Seit einem Oberschenkelhalsbruch konnte die sechsundachtzigjährige Dame kaum mehr gehen, ansonsten war sie für ihr Alter körperlich und geistig gut beisammen. Nur die Beine wollten eben nicht mehr mitspielen. Außerdem litt sie unter einem leichten Verfolgungswahn. So eine Altersparanoia war ja nichts Besonderes. Kam in den besten Familien vor. Seit sie sich kaum mehr ohne Rollator fortbewegen konnte, fühlte sie sich bedroht, bildete sich ein, dass ihr jemand nach dem Leben trachtete. Auch deshalb hatte sie Elvira ersucht, bei ihr einzuziehen. Im Grunde hatte Elvira nicht viel zu tun, außer ihr täglich die Haare zu machen. Einmal in der Woche verwöhnte sie Adele mit einer Maniküre, alle drei Wochen mit einer Pediküre.

Während ich in langsamem Tempo den Paulinensteig hinauflief, machte ich mir Gedanken über die alte Dame in der verwitterten Jugendstilvilla.

Adele Artner, eine für ihre Generation großgewachsene, hagere, weißhaarige Frau, sah aus wie eine alte Indianerin. Ihr faltiges Gesicht war Jahr und Tag sonnenverbrannt. Elvira hatte mir verraten, dass sie selbstbräunende Cremen verwendete.

Mir gefiel die Alte. Ich wünschte mir, mit sechsundachtzig geistig ebenso fit zu sein wie sie.

Die Villa Artner war von einem Schüler Otto Wagners, des bedeutendsten österreichischen Architekten der Belle Epoque, erbaut worden. Außer dem streng symmetrischen Grundriss, der repräsentativen Säulenloggia und der sezessionistischen Fassade mit einem geometrischen Dekor von Koloman Moser, einem führenden Vertreter des Jugendstils, hatte sie weder mit der ersten noch mit der zweiten Wagner-Villa im Vierzehnten viel gemein. Dennoch sah man dem Haus die alte Pracht noch an. Auch wenn es das Flair von Vergänglichkeit verströmte.

Die Familie Artner hatte ihre einst stilvolle Villa im Laufe der Jahrzehnte gründlich verschandelt – die Säulenloggia verglast, zu einem Wintergarten umgebaut und sogar ein zweites Stockwerk draufgesetzt. Auch im Inneren hatten sich einige Architekten in den 1930er und 1940er Jahren ausgetobt: Zwischenwände in den großen Räumen eingezogen, das elegante Treppenhaus verkleinert. Adele Artner hatte mir bei meinem ersten Besuch anvertraut, dass sie sich für ihr hässliches Zuhause schämen würde.

Die Villa lag auf einer Anhöhe am Waldesrand. Selbst vom Erdgeschoss aus hatte man einen fantastischen Blick auf Wien. Eine Art Schneise tat sich direkt vor dem Haus auf.

Die polnische Haushaltshilfe Pauline hielt die Villa seit über zwanzig Jahren gut in Schuss. Sie schien auch bestens für die alte Dame zu sorgen. In letzter Zeit hatte Adele allerdings kein Vertrauen mehr zu Pauline. Elvira hatte mir erzählt, dass Adele behauptete, die fünfundsechzigjährige Polin hätte sich zu ihren Ungunsten verändert. Neuerdings würde sie öfters Bemerkungen darüber fallen lassen, dass sie die viele Arbeit bald nicht mehr schaffen werde. Außerdem war sie der Meinung, dass die Villa viel zu groß für Adele sei. Mehrmals hatte sie ihr geraten, das Haus zu verkaufen und in eine noble Seniorenresidenz zu ziehen. Adele war davon überzeugt, dass ihre nächsten Verwandten hinter diesen neuen Tönen steckten. Sie vermutete, diese hätten Pauline bestochen, um früher an ihr Erbe zu kommen.

Elvira machte ein richtiges Drama aus dieser Geschichte.

Als ich einwarf, dass Frau Artner mit ihren sechsundachtzig Jahren nach einem Oberschenkelhalsbruch in einer hellen, freundlichen Seniorenresidenz mit Rund-um-die-Uhr-Betreuung vielleicht besser aufgehoben wäre, als in einem zweistöckigen Haus mit steilen Treppen und engen dunklen Gängen, bezeichnete sie mich als kalt und unsensibel.

Wir hätten uns beinahe in die Haare gekriegt, wenn ich nicht aus Rücksicht auf ihre momentane Lebenskrise klein beigegeben hätte.

Elvira hatte sich erst vor kurzem von ihrem Freund Milan getrennt. Die Trennung war nicht ohne Riesenstreitereien abgegangen und hatte sie einige Kilos gekostet. Sie war zurzeit fast schlank, selbst ihre ausladenden Hüften und ihr dicker Po schienen geschrumpft zu sein. Dafür merkte man ihr ihre siebenundvierzig Jahre nun an. Rund um Augen und Mund zeigten sich jede Menge Knitterfältchen, netterweise könnte man Lachfältchen dazu sagen. Leider hatte sie auch von ihrem Humor und ihrer ständig guten Laune einiges eingebüßt. Manchmal kam sie mir richtig trübsinnig vor.

Ihr Freund Milan hatte sein Haus in Kroatien im Winter fertig gebaut. Verständlicherweise hatte er erwartet, dass sie mit ihm hinunter ziehen würde. Er hatte ihr sogar einen Heiratsantrag gemacht. Elvira dachte nicht im Traum daran, diesen viel jüngeren Mann zu heiraten, wollte keinesfalls in Kroatien leben. Meer und Sonne hin oder her, sie war genauso eine Asphaltpflanze wie ich, brauchte Menschen, Lokale, Geschäfte, Lärm und Großstadtgetriebe, um sich wohlzufühlen. Deswegen fragte ich mich manchmal, wie lange sie es in dieser stillen, einsamen Gegend da draußen am Wilhelminenberg aushalten würde.

Ich näherte mich der Abzweigung zur Villa Artner. Als ich auf den Kiesweg zum Haus einbog, kam mir ein schwarzer Mercedes SUV entgegen, der die ganze Breite des Weges einnahm. Zum Glück fuhr der Fahrer im Schritttempo und hielt sogleich an. Ich hätte weder nach links noch nach rechts ausweichen können, wäre mitten in den Rosen- und Lorbeerbüschen gelandet.

Ich erkannte den älteren Mann am Steuer, war ihm bereits einmal begegnet. Es handelte sich um Johann, den Gärtner und Chauffeur von Adele, der kostenlos in einem Zimmer über der Garage hauste und ihr jederzeit zu Diensten stand. Laut Elvira konnte er den Hals nicht voll kriegen und vermietete seine Garçonnière in der Ottakringer Straße über Airbnb.

Ich winkte ihm lächelnd zu. Er reagierte nicht auf meine freundliche Geste.

Johann war mir gleich bei unserem ersten Treffen unsympathisch gewesen. Er war Anfang sechzig, mittelgroß, muskulös, gutaussehend, wenn man den südslawischen Typ mochte. Dichte dunkle Brauen, lächerlich wirkendes pechschwarz gefärbtes Haar. Zugegeben nicht schütter. Auffallend waren seine hellen Augen, die je nach Lichteinfall ihre Farbe wechselten, von graugrün bis hellblau.

Elvira hatte gemeint, er hätte einen stechenden Blick. Ausnahmsweise musste ich ihr recht geben. Ich spürte seine Blicke wie Nadelstiche auf meinen nackten Beinen.

Er schien nicht im Traum daran zu denken, den Wagen zurückzusetzen. So musste ich mich an dem Mercedes vorbeidrängen und zerkratzte mir dabei die Waden an den dornigen Rosensträuchern.

„Arschloch."

Rasch lief ich weiter, ohne mich nach ihm umzudrehen.

Was bildet sich dieser Typ ein? Empfängt man so einen Gast?

Lautes Bellen riss mich aus meinen Gedanken.

2.

„Kusch, du alte Keifen!" Elviras energischer Ton verfehlte seine Wirkung nicht.

Dem Gebell folgte ein leises, gefährlich klingendes Knurren.

Ich hatte einen Riesenschiss vor Hunden, vor allem vor der Boxerhündin Zita, die ich für völlig unberechenbar hielt.

Elvira thronte auf einem der Korbsessel in der verglasten Säulenhalle. Sie hatte ihren Laptop auf dem Schoß.

Adeles Wintergarten machte nicht viel her. Neben zwei eher in die Karibik passenden Korbsesseln war er mit sonnengebleichten Teakholzmöbeln und abgewetzten Pölstern ausgestattet. Ein ebenfalls ausgebleichter Holzboden versprühte keinen besonderen Charme. Grünpflanzen und ein Strauß Tulpen in einer Vase bildeten die einzigen Farbtupfer. Toll war hingegen der Blick auf die Stadt und die bewaldeten Hänge der benachbarten Hügel.

„Sag mal, wusstest du eigentlich, dass sich jährlich weltweit über achthunderttausend Menschen umbringen und nur sechshunderttausend in Kriegen sterben?"

Elviras hysterischer Tonfall behagte mir nicht.

„Wusste ich nicht. Die Medien berichten normalerweise nicht gern über Selbstmörder. Scheint ein Tabuthema zu sein wegen der Nachahmungsgefahr."

„Ich will nicht alt werden. Der Anblick von Adele, die den ganzen Tag hilflos herumliegt, macht mich wahnsinnig. So will ich nicht enden. An meinem fünfzigsten Geburtstag bringe ich mich um."

„Ach komm, hör auf. Du bist gerade siebenundvierzig geworden. Willst du nur mehr drei Jahre leben?"

„Fünfzig – wenn ich nur daran denke! Selbst wenn ich mich operieren lasse – wozu mir das nötige Kleingeld fehlt –, geht es nur mehr bergab."

„Wie wäre es mit Botox?"

„Was hast du gesagt?"

War sie jetzt auch schon schwerhörig?

„Ich würde gerne duschen. Darf ich dein Badezimmer benützen? Und hast du ein sauberes T-Shirt oder einen Sweater für mich?"

„Vielleicht sollte ich auch joggen?"

„Keine schlechte Idee."

„Meine Oberschenkel sind voller Dellen."

„Tja, dagegen hilft nur Bewegung."

„Es ist zu spät. Alles schlaff ..." Sie klopfte auf ihr rundes Bäuchlein.

„Verschon mich bitte mit deinem Selbstmitleid. Entweder du raffst dich endlich auf, Sport zu betreiben oder du lässt mich ein für alle Male mit deiner Jammerei in Frieden."

Zum Mittagessen trafen wir uns im Esszimmer. Sofia und Elvira hatten Adele heil über die steile Stiege hinuntergebracht. Die Fenster standen offen. Es war angenehm ruhig im Haus, nur Vogelgezwitscher und das Rauschen der Nadelbäume unterbrachen die Stille.

Das Esszimmer war einfach möbliert. Ohne jeden Prunk. Ein schwarzer runder Esstisch, dazu passende gepolsterte Stühle in dezentem Graublau. Eine schlichte Kredenz und einige hübsche Accessoires, die aus den Wiener Werkstätten stammten. Auf einer Anrichte befand sich unter versilberten und mit Ornamenten verzierten Wärmeglocken das Mittagessen.

Die Tür zu einem riesigen Raum stand offen. Bei meinen früheren Besuchen war ich nie in diesem Raum gewesen. Rasch warf ich einen Blick hinein.

Der Boden war mit kostbaren Orientteppichen ausgelegt. Englische Tapeten mit verblasstem Blümchenmuster bedeckten die Wände. Sie waren fast nicht zu sehen. Wundervolle Bilder hingen über- und nebeneinander. Ich entdeckte sogar ein Ölbild von Oskar Kokoschka und zwei kleine Aktzeichnungen von Egon Schiele inmitten dieser kreuz und quer hängenden Bilder! Wertvolle Stilmöbel, Art-déco-Lampen, Gläser vom Lobmeyr, Augarten-Porzellan und feine Nippesfiguren in Glasvitrinen – was für ein geschmackvoll ausgestatteter bürgerlicher Salon.

Als ich nach der Dusche bei Tisch erschien, war ich gekämmt, geschminkt und hatte Elviras einzigen Sweater an. Er war mir viel zu groß und entsprach nicht meinem Geschmack. Meine Freundin bevorzugte pinkfarbene Oberteile mit Glitzer-Applikationen.

Pauline servierte uns eine Erdäpfelsuppe mit viel Lauch.

Mit gedämpfter Stimme bat mich Adele, die Teller zu tauschen. „Sie haben weniger bekommen."

Ich amüsierte mich über diesen Anflug von Paranoia, tat ihr aber den Gefallen und spielte die Vorkosterin für sie. Da ich weder zusammenbrach noch zu kotzen anfing, nahm auch Adele ein paar Löffel von der köstlichen Erdäpfel-Lauch-Suppe.

Die alte Dame war auf einmal bester Laune, lobte sogar die Suppe.

Beim Hauptgang, einem faschierten Braten mit Erdäpfelpüree, fragte sie mich, ob ich momentan als Fotografin arbeiten würde.

Seit meiner Scheidung versuchte ich, mich nicht nur als Privatdetektivin durchs Leben zu schlagen, ich hatte auch wieder zu fotografieren begonnen.

Ich hatte drei Jahre lang an der Angewandten Fotografie studiert, mein Studium leider nicht beendet, so wie ich nichts in meinem Leben beendet hatte, außer meiner Ehe mit Gernot, einem mittlerweile stadtbekannten Scheidungsanwalt.

Elvira erzählte Adele während des Essens von meinem Naschmarkt-Projekt, einer Bilderserie, die eher ungewöhnliche Einblicke in das Geschehen auf Wiens berühmtestem Markt geben würde. Adele hörte ihr aufmerksam zu, während sie ein paar Bissen von dem „falschen Hasen" zu sich nahm. Mir war Elviras Angeberei mit meinen Fotokünsten peinlich. Denn im Grunde hatte ich den Gedanken, mich als Fotografin zu etablieren, längst aufgegeben. Ich fotografierte nur mehr zum Spaß. Dieses Naschmarkt-Projekt war einer von meinen vielen nie realisierten Plänen gewesen.

Ich versuchte mehrmals, das Thema zu wechseln, aber Elvira ließ mich nicht zu Wort kommen.

Nach dem Essen tranken wir Kaffee im Wintergarten.

Die Bordeaux-Dogge Charlie lag zu Adeles Füßen und beäugte mich freundlich. Vor dem kastrierten Charlie fürchtete ich mich nicht. Er war, trotz seines furchterregenden Aussehens, ein Sensibelchen und ein richtiges Schmusetier. Charlie reagierte prinzipiell auf keine strengen Kommandos. Man musste ihm schmeicheln und mit sanfter Stimme Befehle erteilen, nur dann befolgte er sie. Er war das genaue Gegenteil seiner Gefährtin Zita, der scharfen Boxer-Dame, die weder Hasen noch anderes Getier verschonte. Ich war heilfroh, dass meine Gastgeberin Zita hinausgesperrt hatte.

„Fotografieren Sie auch Malerei, Frau Musil?", fragte mich Adele. „Wenn ja, hätte ich einen kleinen Auftrag für Sie. Leider weiß ich nicht mehr genau, welche Bilder sich nach wie vor in meinem Besitz befinden. Ich habe in den letzten Jahren hin und wieder mal ein kleines Gemälde oder eine Zeichnung verkauft. Seit ich meine Kunsthandlung zugesperrt habe, führe ich nicht mehr Buch über die Verkäufe. In meinem Lager herrscht ein schreckliches Durcheinander. Ich möchte jedoch alles ordentlich hinterlassen. Deswegen archiviert Sofia ja gerade meine Bücher ..."

„Um wie viele Bilder handelt es sich?"

„Achtzig oder hundert? Die meisten stammen von einer Freundin, die leider vor vielen Jahren verstorben ist. Ich habe in meinem Leben nicht viele Freunde gehabt, eigentlich fast gar keine, wenn ich es mir so recht überlege. Anfang der 1970er Jahre hatte ich eine Freundin, eine sehr gute Freundin. Larissa Lepinska. Ich nehme nicht an, dass Sie von ihr gehört haben, obwohl sie eine großartige Malerin war, vielleicht *die* wichtigste Malerin ihrer Zeit. Nicht nur ich habe ihr großes Talent erkannt, auch andere Kunsthändler ha-

’s Bähnsche Billjedd mit Witz

PalmenGarten
Pflanzen. Leben. Kultur.

K 26 448

Kinder
einfache Fahrt
1,-€
von Haltestelle

Der Deutschlehrer trägt vor:
„Ich gehe, du gehst, er geht, wir gehen, ihr geht, sie gehen.
Peter, kannst du mir sagen, was das bedeutet?“

„Tja, Ich würde sagen, alle

ben sich um sie bemüht. Sie wollte mit ihnen nichts zu tun haben." Adele Artner brach abrupt ab, seufzte und sah mich fragend an.

Von wegen kleiner Auftrag. Ich würde mit meiner alten Plattenkamera mindestens hundert Stunden, also drei Wochen oder länger brauchen, um anständige Fotos von all ihren Kunstwerken hinzukriegen.

Sie bemerkte mein Zögern.

„Seien Sie unbesorgt, ich werde Sie gut bezahlen. Sagen wir vierzig, nein, fünfzig Euro pro Bild? Überlegen Sie es sich bitte."

Die Rechenmaschine in meinem Kopf begann zu rattern. Das wären vier- bis fünftausend Euro. Damit wären meine Lebenskosten für zwei Monate locker gedeckt.

Beiläufig erwähnte sie noch, dass sie gute Beziehungen zu einigen Wiener Galeristen habe. „Kontaktieren Sie mal meinen Freund, den Weinheim, im vierten Bezirk. Er macht öfter Ausstellungen mit Fotografen."

Die Alte verstand es großartig, uns drei um den Finger zu wickeln. Ich tat so, als würde ich die Telefonnummer des Galeristen auf meinem Handy speichern, dachte aber nicht im Traum daran, ihn anzurufen. Außer Fotos von Tatorten und Fotos von Menschen, die ihre Ehepartner betrogen, hatte ich nichts zu bieten.

Jahrelang hatte ich für meinen Ex-Mann zwielichtige Recherchen gemacht und mich dabei öfter mit einem Bein im Kriminal bewegt, als mir lieb war. Ich hatte Liebespaare in eindeutigen Positionen geknipst, heimlich Steuerunterlagen abfotografiert, Gespräche belauscht, die nicht für meine Ohren bestimmt waren, und sogar fremde Briefe abgefangen und geöffnet. Die einzige Kunst hatte darin bestanden, mich dabei nicht erwischen zu lassen.

Sofia hatte während des Essens beharrlich geschwiegen. Ich fragte mich, ob es Unstimmigkeiten zwischen meinen beiden Freundinnen gegeben hatte oder ob sie nach wie vor auf mich böse war.

Erst als Pauline zu Adele sagte: „Zeit für Ihr Mittagsschläfchen“, flüsterte Sofia mir ins Ohr: „Diese unmögliche Person behandelt die alte Dame wie ein Kleinkind. Kein Wunder, dass Frau Artner sie am liebsten rauswerfen würde.“

Elvira half der Haushälterin, Adele auf ihr Zimmer zu bringen.

„So, ich lasse euch allein, lege mich auch ein bisschen hin, habe heute Nacht schlecht geschlafen.“ Elvira zwinkerte mir zu. Offensichtlich wollte sie Sofia und mir Gelegenheit geben, uns auszusprechen.

Sofia hatte anderes im Kopf.

„Hast du Natalie gesehen? Ich habe gestern und heute mehrmals versucht, sie zu erreichen. Sie hat nie abgehoben.“

„Warum schickst du ihr keine SMS? Vielleicht reagiert sie darauf eher.“

„Habe ihr dreimal geschrieben. Keine Antwort.“

„Dann weiß ich auch nicht.“

„Meinst du, ich sollte Werner anrufen und fragen, ob sie, seit ich hier draußen wohne, überhaupt zuhause war?“

Ich zuckte mit den Schultern.

„Er hat es gestern Abend bei mir versucht. Ich habe nicht abgehoben. War ein Fehler ...“

„Schau, ich habe dir versprochen, mich nicht mehr einzumischen.“

„Bist du etwa nach wie vor beleidigt wegen dieser blöden Geschichte? Ich hatte zu viel getrunken und habe mich eh entschuldigt. Was erwartest du noch von mir?“

Dieser leicht gereizte Ton, den sie in letzter Zeit öfter anschlug, behagte mir so gar nicht. Diese blöde Geschichte, wie sie es nannte, war vor nunmehr zehn Tagen passiert. Kurz vor dem Auszug Sofias aus der ehelichen Wohnung, wie mein Ex-Mann es ausdrücken würde.

Sie hatte eine Flasche Weißwein allein geleert und mir gegen Mitternacht verkündet, dass sie am nächsten Tag zu Elvira oder besser gesagt zu Adele in die Villa am Wilhelminenberg ziehen würde. Ich hatte mich bemüht, sie von diesem Vorhaben abzubringen, ihr erklärt, dass sich das Verlassen der gemeinsamen Wohnung im Falle einer Scheidung ungünstig für sie auswirken könnte. Die paar Semester Jus und die langjährige Arbeit für meinen verrufenen Ex-Mann waren nicht völlig umsonst gewesen. Zumindest war ich mittlerweile eine begehrte Ratgeberin für scheidungswillige Frauen.

Sofia goutierte meine Ratschläge nicht, beschuldigte mich sogar, auf Werners Seite zu stehen. Es fielen einige unschöne Worte. Sie warf mir Verrat vor, bezichtigte mich der Falschheit und Hinterhältigkeit.

Selbstverständlich nahm ich ihre Worte nicht ernst. Betrunkene sagen, im Gegensatz zu dem blöden Sprichwort, nur selten die Wahrheit. Sofias übermäßiger Alkoholkonsum war mir in den letzten Monaten unangenehm aufgefallen. Außer scherzhaften Bemerkungen hatte ich es nie gewagt, sie direkt darauf anzusprechen. An jenem Abend hielt ich ihr dummerweise einen Vortrag über Persönlichkeitsveränderungen auf Grund von zu viel Alkoholkonsum. Was für eine brillante Idee von mir!

Ihr Wutausbruch erschreckte mich. Sie schimpfte über meine Scheiß-Psychologisiererei, bezeichnete mich als schwer frustriert. Womit sie vielleicht sogar recht hatte. Als sie kurz danach meine Wohnungstür heftig hinter sich zuschlug, befürchtete ich, es mir endgültig mit ihr verscherzt zu haben.

Am nächsten Vormittag läutete sie bei mir an, hielt mir einen Strauß Märzenbecher als Entschuldigung vor die Nase. Ich bin keine nachtragende Person. War ihr gegenüber seither nur etwas vorsichtiger in meiner Wortwahl. Widersprach ihr nicht mehr, wenn sie getrunken hatte.

3.

Pauline sah es nicht gerne, wenn wir uns in ihrer Küche breitmachten. Trotzdem ging ich in die Küche, schaltete den Wasserkocher ein und bereitete die Teekanne vor. Sollte dieser Drachen ruhig schmollen. Ich hatte keine Angst vor Pauline.

Adele pflegte ihren Tee pünktlich um siebzehn Uhr zu trinken. Mir war klar, dass Rituale für ältere Menschen wichtig sind, doch mir war kalt. Ich wollte mich mit einer Tasse Tee aufwärmen. Während das Wasser heiß wurde, warf ich einen Blick auf die Post, die ungeöffnet am Küchentisch lag. Briefe von einer Versicherung, einem Notar, einer Alarmanlagenfirma. Adeles Alarmanlage funktionierte nur mehr sporadisch. Sofia war es gelungen, ihr klarzumachen, dass sie dringend ein neues, modernes Alarmsystem benötigte.

Ich füllte die Teekanne mit heißem Wasser und ging zurück in den Wintergarten.

Sofia hielt mir ihre leere Kaffeetasse hin.

„Musst du nicht ausspülen. Tee und Kaffee schmecken in diesem Haus fast gleich.“

Ich goss uns Tee ein.

Sofia und ich gehörten nicht zu den Frauen, die ununterbrochen reden mussten. Wir waren früher oft auf meinem Balkon schweigend nebeneinander gesessen.

Heute war ich nervös.

„Wie kommst du denn mit der Archivierung ihrer Bücher voran?"

„Schleppend. Du kannst dir nicht vorstellen, welche Schätze sie besitzt. Erstausgaben von Stefan Zweig und Thomas Bernhard, die gesammelten Werke William Shakespears in einer wundervollen bibliophilen Fassung. Bisher habe ich leider kein ordentliches System für die Archivierung gefunden. Zuerst wollte ich diese mindestens sechstausend Bücher sortieren wie in einer Buchhandlung oder Bibliothek. Aber gehören die Romane von Elfriede Jelinek, zum Beispiel, zu den Klassikern oder zur Frauenliteratur oder zu den zeitgenössischen Romanen?"

„Wie wär's mit Weltliteratur? Schließlich hat sie den Nobelpreis verliehen bekommen."

„Adele besitzt fast von allen Nobelpreisträgern einige Werke, soviel ich bisher mitbekommen habe."

„Mach halt eine eigene Sparte für diese Genies."

„Tja, keine schlechte Idee ..."

Ich ließ sie mit ihren umständlichen Überlegungen allein, schnappte mir eine der Tageszeitungen, die auf dem Tisch lagen, und blätterte sie durch.

„Genug von Büchern. Lass uns spazieren gehen. Heute ist Samstag, da ist die Otto-Wagner-Kirche am Steinhof offen. Ich war schon lange nicht mehr drinnen."

Zu meiner Schande musste ich gestehen, dass ich diesen wichtigsten Kirchenbau der Moderne noch nie von innen gesehen hatte.

„Dabei wohnst du seit einer kleinen Ewigkeit in einem Otto-Wagner-Haus." Sofia schmunzelte.

„Die Kirche ist meistens zu.“ Schwaches Argument, das war mir bewusst.

Ich nahm meinen Fotoapparat mit. Vielleicht würde ich im warmen Licht des Nachmittags ein paar schöne Aufnahmen von dem Hauptwerk des großen Meisters hinkriegen.

Die golden schimmernde Tambourkuppel war von weitem sichtbar. Als wir näher kamen, fotografierte ich ein paar Details, vor allem die Engelsfiguren von Othmar Schimkowitz, die über der repräsentativen Säulenvorhalle wachten.

Der Innenraum war fast ganz in Weiß gehalten, der Altarraum hingegen von kräftigen Farben bestimmt.

„Den Fußboden hat er aus hygienischen Gründen verfliest, so wie die Fassade unseres Hauses, denke ich. Und schau, für das Weihwasserbecken gibt es sogar fließendes Wasser. Er hat wirklich an alles gedacht.“

Sofias Begeisterung für den großen Architekten war ansteckend.

Ich bewunderte die Glasfenster, die nach Entwürfen von Kolo Moser gestaltet worden waren. Links die sieben Werke der leiblichen Barmherzigkeit, rechts die sieben Werke der geistigen Barmherzigkeit. Alle verkörpert durch Heilige.

„Ich frage mich nur, warum die Kirchenbänke so kurz sind.“ Sofia stand inzwischen ganz vorne beim Altar.

„Um den Pflegern den Zugriff auf die Patienten zu erleichtern. Die Kirche zum Heiligen Leopold ist eben eine Anstaltskirche“, antwortete der junge Mann, der uns hereingelassen hatte und ganz hinten am Eingang stand.

Die Akustik in dem riesigen Raum war also ebenfalls ausgezeichnet.

Während Sofia vor der Kirche eine Zigarette rauchte, genoss ich den Blick auf die Stadt, den Wienerwald und das Psychiatrische Krankenhaus auf der Baumgartner Höhe.

Der junge Mann war uns gefolgt. Er hielt uns offensichtlich für Touristinnen, denn er deutete nun auf die Pavillons zu unseren Füßen und hielt uns einen kleinen Vortrag.

„Das Konzept für die Heil- und Pflegeanstalt ‚Am Steinhof' stammt ebenfalls von Otto Wagner. Zu Beginn des 20. Jahrhunderts galt es als eines der modernsten psychiatrischen Krankenhäuser Europas. Neben Gemeinschaftseinrichtungen und einer großen Küche gehörten ein eigenes Theater und eben diese prächtige Anstaltskirche zu der großzügig gestalteten Anlage, genauso wie das ehemalige Sanatorium für wohlhabende Geistes- und Nervenkranke, das spätere Pulmologische Zentrum. Leider wurde alles im Laufe der letzten hundert Jahre mehrmals umgebaut."

Wir bedankten uns höflich für seine Informationen und machten uns auf den Rückweg.

„Der hätte uns sicher gerne mehr erzählt. Dem war fad. Wir waren die einzigen Besucher." Sofia grinste mich an.

„Kein Wunder bei diesen seltsamen Öffnungszeiten."

Als Sofia und ich von unserem kleinen Ausflug in die Villa zurückkehrten, schien kein Mensch zuhause zu sein.

Plötzlich stand Pauline vor uns.

„Frau Adele hat ihren Tee heute im Bett getrunken, weil Sie ja alle weg waren. Auch Frau Smejkal ist mit Johann fortgefahren, kurz nachdem Sie gegangen sind."

Der Vorwurf in ihrer Stimme war nicht zu überhören.

Sofia ignorierte sie. Ich fühlte mich nicht betroffen.

Als die Haushälterin gegangen war, schimpfte meine Freundin: „Was bildet die sich eigentlich ein? Werde ich etwa dafür bezahlt, Frau Artner Gesellschaft zu leisten."

Vielleicht? Ich sagte es lieber nicht laut.

„Ich komme heute mit dir in die Stadt. Will mal nach Natalie sehen. Kann ich bei dir übernachten, falls Werner zuhause ist?"

„Du hast immer ein Bett bei mir, das weißt du."

Als wir aufbrechen wollten, hörten wir in der Ferne einen Dieselmotor.

„Warte bitte. Das sind bestimmt Elvira und Johann. Ich muss sie noch was fragen." Sofia zündete sich eine Zigarette an.

„Wie kommst du so mit Johann zurecht? Findest du ihn nicht etwas seltsam?"

„Seltsam ist nicht das passende Wort, würde ich sagen."

Was soll diese Wortklauberei, fragte ich mich.

„Bisher habe ich kaum einen Satz mit ihm gewechselt. Er redet fast überhaupt nicht. Man weiß nie, woran man bei ihm ist. Er lächelt auch so gut wie nie, starrt einen meistens misstrauisch an. Nein, nicht misstrauisch, sondern eher vorwurfsvoll ... Jedenfalls jagt er mir ein bisschen Angst ein. Elvira meint, dass er vollkommen harmlos ist. Angeblich hat er ein schweres Leben gehabt. Anfangs hat sie ihn auch nicht ausstehen können. In letzter Zeit lässt sie sich jedoch manchmal von ihm herumkutschieren. Elvira hasst die Öffis, wie du weißt. Ich glaube, unsere liebe Freundin vermisst am meisten ihr Auto."

„Mir ist auch leid um den kleinen Flitzer. Aber eine neue Kupplung hätte sich für diese Rostschüssel wirklich nicht mehr ausgezahlt."

Johann kam allein zurück.

Er ließ den Wagen mit laufendem Motor vor der Garage stehen, eilte hinauf in sein Zimmer.

„Ich hab den Eindruck, dass es zwischen Adele und Johann in letzter Zeit manchmal Probleme gibt. Zumindest hat sie sowas angedeutet. Er hat sich zu viel herausgenommen, sich aufgeführt wie der Herr im Haus. Angeblich hat er ihr diesen sündhaft teuren Mercedes SUV aufgeschwatzt, als sie im Krankenhaus lag. Sie wollte ursprünglich ein kleineres Auto, da sie ja kaum mehr das Haus verlässt. In den SUV kommt sie ohne Hilfe nicht hinein. Er ist viel zu hoch. Johann muss sie jedes Mal reinheben. Und das ist ihr verständlicherweise unangenehm. Meistens kurvt Johann mit dem neuen Wagen allein herum. Und in letzter Zeit spielt er eben den Chauffeur für Elvira."

„ Sie sollte sich lieber mehr bewegen."

Sofia kicherte.

„Johann ist neuerdings unserer Freundin gegenüber ziemlich kleinlaut. Ich habe das Gefühl, dass er auf sie steht. Behalte das bitte für dich. Jedenfalls redet er ihr in letzter Zeit nach dem Mund und starrt sie oft so begehrlich an."

„Der ist doch viel zu alt für sie. Elvira bevorzugt jüngere Männer."

„Das mag sein, aber er tut ihr halt recht schön."

„Komm, lass uns gehen. Hier stinkt's! Warum lässt dieser Idiot den Motor laufen?"

„Ja, hauen wir ab. Wer weiß, wo sich Elvira herumtreibt."

4.

Sonntagfrüh läutete es an meiner Wohnungstür.

Natalie, gerade achtzehn, sehr schön, sehr schlank, Pfirsichhaut, langes dichtes braunes Haar und große braune Augen, frisch und munter.

„Meine Alten haben sich gerade wieder in den Haaren. Ich halte die beiden nicht mehr aus!"

„Komm herein, setz dich. Wenn du was trinken möchtest, bedien dich selber, du weißt ja, wo alles ist. Ich muss meine alte Mamiya suchen. Keine Ahnung, wo ich die hingetan habe."

„Mamiya?"

„Die Mittelformatkamera meines Vaters. Adele Artner hat mich gebeten, ihre Kunstwerke zu fotografieren."

Natalies Interesse schien geweckt.

„Entwickelst du die Fotos selber?"

„Ja. Ich mag es, wenn die Chemikalien auf weißem Papier Bilder erzeugen."

Ich wusste, dass sich Natalie früher für Fotografie interessiert hatte. Ihr Vater hatte ihr vor ein paar Jahren eine Digitalkamera geschenkt. Sie hatte schräge Aufnahmen mit dem kleinen Ding gemacht. Im Moment interessierte sie sich allerdings für Vieles, nur nicht für die Matura. Ich lehnte daher ihr Angebot, mir als Assistentin behilflich zu sein, dankend ab.

„Wie weit bist du denn mit den Maturavorbereitungen?"

„Nerv mich nicht, sonst gehe ich gleich wieder."

Ich hätte nichts dagegen gehabt.

Natalie half mir dann beim Suchen. Sie entdeckte die Kamera ganz hinten in einer schmuddeligen Sporttasche in meinem Einbauschrank im Vorzimmer.

„Ziemlich retro.“ Sie betrachtete die 6×6 Kamera von allen Seiten.

„Findest du? Sie ist unheimlich handlich und hat sechs Wechselobjektive. Früher war das in der Werbefotografie die am häufigsten genutzte Mittelformatkamera.“

Natalie ließ sich die Bedienung genau erklären und machte dann ein paar Bilder von meiner Wohnung.

„Falls du ein, zwei Zimmer über Airbnb vermieten willst …“ Sie lächelte mich unschuldig an.

„Dafür eignen sich digitale Aufnahmen besser. Außerdem habe ich nicht vor, Zimmer zu vermieten. Habe, wie gesagt, einen neuen, recht lukrativen Auftrag.“

„Mama hat letztens gemeint, dir würde nichts anderes übrigbleiben, als zu vermieten, wenn du die Riesenwohnung weiterhin behalten möchtest.“

„Deine Mama irrt sich manchmal.“

„Manchmal?“

Egal, wie sehr mich die Kleine provozierte, ich wollte mich keinesfalls mit ihr auf eine Diskussion über ihre Eltern einlassen.

„Du kannst gerne bleiben und hier lernen, wenn du möchtest. Ich muss jetzt weg.“

Natalie nahm mein Angebot freudig an. Ich bezweifelte jedoch, dass sie sich in meiner Wohnung Maturastoff zu Gemüte führen würde. Bestimmt würde sie sich auf meinem neuen riesigen Flatscreen irgendwelche brutalen Serien ansehen, die sie sich illegal aus dem Netz heruntergeladen hatte.

Gegen Mittag fuhr ich, schwer bepackt mit meiner Ausrüstung, per U-Bahn und Bus auf den Wilhelminenberg. Ich hatte für all die hübschen Gartenhäuschen und Villen, die an den Fenstern des Busses vorbeiglitten, keinen Blick. Stattdessen überlegte ich mir während der langen Fahrt, wie ich Adeles Bilder möglichst perfekt ablichten könnte. Ich hatte noch nie Kunst fotografiert. Hätte ich mir nicht besser einen Reflexschirm besorgen sollen? Wenn man die Innenseite so eines Schirmes direkt anblitzte, war das von ihm aus auf das Motiv reflektierte Licht kontrastreicher.

Pauline warf einen verärgerten Blick auf mein Gepäck, als sie mir die Haustür öffnete.

„Wollen Sie jetzt auch hier einziehen?"

„Keine Angst. Das ist nur meine Fotoausrüstung. Frau Adele hat mich ersucht, ihre Bilder zu fotografieren."

„Wozu?"

„Ich wüsste nicht, was Sie das angeht."

Ich drängte mich an ihr vorbei ins Vorzimmer.

„Frau Adele schläft. Sie hat vormittags Besuch gehabt."

Ich drehte den Spieß um.

„Von wem?"

„Von ihrer Nichte Daniela."

„Und das Gespräch mit dieser Nichte hat sie so ermüdet, dass sie sich wieder hinlegen musste?"

Pauline verschwand, ohne ein weiteres Wort zu verlieren.

Heute Morgen hatte ich Adele am Telefon mitgeteilt, dass ich ihren Auftrag annehmen würde. Sie war hocherfreut gewesen. Johann sollte mir alles zeigen und mir helfen, die Bilder aus dem Lager im Keller hinauf in den Salon zu schaffen.

Elvira und Sofia schienen nicht im Haus zu sein. Johann war ebenfalls nicht da. Das Garagentor stand offen. Der Mercedes war nicht in der Garage.

Ich begann, die Bilder im Salon abzuhängen, da mir das blasse Blümchenmuster der Tapete als Hintergrund nicht geeignet erschien. Vergeblich suchte ich nach einem weißen Fleck an der Wand, wo ich die Werke einzeln aufhängen und fotografieren konnte.

Plötzlich spürte ich, dass ich nicht mehr allein in dem großen Raum war. Ich drehte mich um.

Johann, Hände hinterm Rücken verschränkt, Beine gespreizt, blickte mich herausfordernd an.

„Was machen Sie hier?"

„Ihre Arbeit! Hat Frau Artner Ihnen nicht gesagt, dass Sie die Bilder für mich vorbereiten sollen? Ich brauche eine größere weiße Fläche als Hintergrund. Gibt es im Lager Keilrahmen, Leinwände und weiße Farbe?"

Johann antwortete nicht.

„Ich habe Sie etwas gefragt."

Auf einmal stand Elvira in der Tür.

„Wir waren gerade frischen Kuchen und Brot für morgen Früh holen. Unten auf der Ottakringer Straße gibt es einen türkischen Bäcker, der sonntags offen hat ..."

„Ist schon gut, Elvira. Ich möchte endlich zu fotografieren beginnen."

„Brauchst du etwas?"

„Ja, Johanns Hilfe und den Schlüssel für den Lagerraum im Keller."

„Mach schon, Johann. Hast du nicht gehört."

Schweigend machte er auf dem Absatz kehrt und verließ den Salon.

„Spinnt der?"

„Ein bisschen. Den Schlüssel für den Tresorraum im Keller hat er nicht. Der ist sakrosankt. Den bewahrt Adele bei sich auf."

„Tja, dann muss ich eben warten, bis sie aufwacht."

„Ich mach uns einen Kaffee."

Als Elvira mit zwei vollen Espressotassen in den Händen zurückkam, grinste sie fröhlich.

„Adele ist gerade aufgewacht. Ich soll dir auch helfen, hat sie gemeint. Bin irrsinnig neugierig, was für Schätze sie dort unten hortet."

„Warst du heute Vormittag dabei, als ihre Nichte zu Besuch da war?"

„Nein. Sie haben sich hierher in den Salon zurückgezogen. Aber ich weiß, worüber sie gesprochen haben. Habe einige Wortfetzen mitgekriegt. Die Tür zum Esszimmer war nur angelehnt."

„Was hattest du im Esszimmer verloren?"

„Willst du wissen, worüber sie gesprochen haben, oder nicht?"

„Schieß los!"

„Daniela Artner, die Tochter von Adeles verstorbenem Cousin, sie ist also keine richtige Nichte, hat versucht, Adele zu überreden, in eine Seniorenresidenz in Mauerbach zu ziehen. Anfangs war sie zuckersüß, schmeichelte Adele und beteuerte mehrmals, dass sie nur zur Probe hingehen solle. Für ein, zwei Monate. Wenn es ihr nicht gefiele, könne sie ja jederzeit in ihr Haus zurück, hat sie gemeint. Adele ist richtig wütend geworden. Zuletzt hat sie dieser Tussi alle möglichen Beleidigungen an den Kopf geworfen. Falsche Schlange, gieriges Stück, blöde Gans. Ich fand es irre komisch, als Daniela mit hochrotem Kopf aus dem Salon gestürzt und zu ihrem Wagen gelaufen ist. Die sehen wir hier so bald nicht wieder."

Adele bestand darauf, in den Keller mitzukommen.

Elvira hielt das für keine gute Idee. „Das geht nicht. Die Wendeltreppe ist viel zu schmal für drei Leute. Wir können Sie nicht unterhaken."

„Dann muss Johann mich halt tragen."

Mir wurde ganz anders, als Johann die alte Lady huckepack nahm und die steile gusseiserne Treppe hinunterschleppte.

„Kräftiges Bürschchen", kicherte Elvira.

Wir hantelten uns ganz langsam hinterher. Hielten uns an den Eisenstangen fest. Ein schwacher russischer Luster an der Decke spendete schummriges Licht.

Vor einer Stahltür setzte Johann Adele ab.

Er keuchte schwer.

„Der Raum ist vollkommen sicher. Feuerfeste Wände, trockener, betonierter Boden. Ja, ich habe sogar eine Klimaanlage einbauen lassen."

Adele schien sehr stolz auf ihren kleinen Tresorraum zu sein.

„Voilà! Hier sind meine Schätze! – Mach Licht an, Johann."

„Wow."

Nicht nur Elvira war beeindruckt. Auch ich staunte nicht schlecht.

In dem etwa fünfzehn Quadratmeter großen Raum standen auf zwei Etagen mindestens hundert gerahmte Zeichnungen sowie Öl- und Acrylbilder in Reih und Glied. Jeder Zentimeter war genützt worden. Die Holzstellagen standen rundum. Nur ein kleiner Platz in der Mitte war frei. Zu viert kamen wir gar nicht hinein. Der Platz reichte gerade einmal für zwei Personen. Zudem hingen einige Ölgemälde mittleren Formates außen an den Längsbalken der Stellagen.

„Wahnsinn! Was für eine Galerie des Schreckens."

Ich meinte die Bilder von verzerrten Gesichtern mit weit aufgerissenen Augen und Mündern.

„Darf ich mal?" Ich zwängte mich an Johann vorbei, drängte ihn hinaus auf den Gang.

Je näher ich diesen unheimlichen Fratzen kam, desto bedrohlicher starrten sie mich an. Manche hatten tote Augen. Das bemerkte ich erst auf den zweiten Blick. Signiert waren diese Gemälde mit „LL".

„Sind das alles Bilder von Larissa?"

„Nein, leider nicht. Sie hat kaum gezeichnet. Die Zeichnungen sind von anderen Malern."

Adele hatte meine Frage missverstanden. Ich hatte nur die hängenden Ölbilder gemeint.

„Ihre wichtigsten Arbeiten habe ich hier aufgehängt. Im unteren Regal stehen einige Sachen aus ihrer monochromen Phase. Als sie Ende der 1960er Jahre nach Österreich kam, hat sie nur abstrakt gemalt. Ihr großes Vorbild war Kasimir Malewitsch. In Österreich entdeckte sie Mark Rothko für sich. Diese West-Kunst wurde in der Sowjetunion nicht goutiert. Deswegen lernte sie seine Werke erst hier in Wien kennen."

„Von dem Rothko habe ich schon mal was gehört, aber den Malewitsch kenne ich nicht." Elvira hatte sich zu uns in den Tresor gequetscht.

„Solltest du aber kennen. Sein abstraktes Gemälde ‚Das Schwarze Quadrat auf weißem Grund' ist ein Meilenstein der Malerei der Moderne ..."

„Bitte bringt mich wieder rauf. Ich bekomme hier unten zu wenig Luft", unterbrach Adele meinen kleinen kunsthistorischen Vortrag.

Ihre Kurzatmigkeit machte mir Sorgen. Obwohl ich davon ausging, dass ihr momentan der Anblick der Bilder ihrer geliebten Freundin mehr zu schaffen machte als die dünne Luft.

Johann und Elvira halfen ihr über die gefährliche Wendeltreppe. Dieses Mal musste Johann sie nicht huckepack nehmen. Er ging vor ihr her. Sie stützte sich mit den Händen auf seine Schultern. Elvira ging hinter ihr. Achtete darauf, dass sie die Stufen erwischte.

Ich blieb allein in dem Gruselkabinett zurück.

Je länger ich Larissas Bilder betrachtete, desto eindrucksvoller fand ich sie. Es war eben keine gefällige Malerei fürs bürgerliche Wohnzimmer. Sie hatte sich mit Angst – wahrscheinlich mit ihren eigenen Ängsten – auseinandergesetzt. Eine bessere Psychologin als ich es bin, würde sicher mehr seelische Abgründe oder psychische Probleme aus diesen Werken ablesen oder hineininterpretieren können. Ich hielt im Grunde nicht allzu viel von Psychologie. Larissa war eine großartige Malerin. Technisch perfekt. Die zwei monochromen Bilder, die ich aus dem unteren Regal genommen hatte, bestärkten mich in meiner Meinung. Im Gegensatz zu Malewitsch hatte sie Kreise gemalt, keine Quadrate. Hatte das etwas mit ihrer Weiblichkeit zu tun? Hör auf mit dieser Küchenpsychologie, Musil, ermahnte ich mich selbst.

5.

Als ich am nächsten Morgen das erste Mal mit meinem neuen Citybike zum Wilhelminenberg hinaufstrampelte, hatte ich zum Glück keinen Gegenwind. Es wehte nur ein sanftes Frühlingslüftchen. Kaum hatte ich die Bezirke innerhalb des Gürtels verlassen, fuhr ich durch graue Straßen mit langweiligen dreistöckigen Mietshäusern, vorbei an Kebab-Ständen und Wettcafés. Die meisten Wiener Beisln waren mittlerweile fest in türkischer Hand. Was mich nicht störte. Ich bevorzugte die gesunde türkische Küche gegenüber der schweren typisch österreichischen Hausmannskost.

Als sich die Häuserfluchten lichteten, radelte ich entlang nicht enden wollender Schrebergartensiedlungen. Die meisten der einfachen Gartenhäuschen waren durch ein- oder sogar zweistöckige Einfamilienhäuser ersetzt worden.

Als es steiler bergauf ging, säumten die ersten prächtigen aus dem Anfang des 20. Jahrhunderts stammenden Villen die Straße. Der eine oder andere kleine Heurige schmiegte sich dazwischen an die mit Weinstöcken bepflanzten Hänge. Was für eine Idylle! Die Straßen waren leer. Nur ein Bus überholte mich. Der Fahrer hupte, weil ich mitten auf der Fahrbahn fuhr.

Die Luft roch nach frischem Gras, das der letzte heftige Regen zum Sprießen gebracht hatte.

Ich überfuhr ein Stoppschild.

Von rechts raste ein dunkler Wagen direkt auf mich zu. Er verfehlte mich um Haaresbreite.

Erschrocken hielt ich an. Sah dem Auto nach.

Ein schwarzer Geländewagen. Am Steuer saß eine blonde Frau in meinem Alter. Das Nummernschild konnte ich nicht erkennen, hatte zu spät darauf geachtet.

Ich musste vorsichtiger sein, schließlich war ich lange nicht mehr Rad gefahren.

Die Villa Artner versteckte sich hinter einer Baumgruppe. Wenn man sich ihr vom Schloss Wilhelminenberg näherte, sah man nur Teile des flachen Daches zwischen den Baumwipfeln herausragen.

Kaum war ich heil in der Villa angekommen, machte ich mich an die Arbeit. In einem der Kellerräume fand ich einen Ballen Leinwand und unbenützte Keilrahmen. Laut Adele waren das noch Larissas Sachen. Ich spannte eine großformatige Leinwand auf einen Keilrahmen, grundierte sie mit der weißen Farbe, die ich mitgebracht hatte, und verwendete sie dann als Hintergrund für die Bilder, die ich fotografierte.

Nachdem ich fast den ganzen Tag lang Gemälde und Zeichnungen aus dem Tresorraum mit meiner Mamiya fotografiert hatte, lud mich Adele zum Abendessen ein. Das war das mindeste, was sie tun konnte. Ich war völlig fertig.

Der runde Tisch im Esszimmer war festlich gedeckt. Blütenweißes Tischtuch mit komplizierten Stickereien, altmodisches Geschirr mit Zwiebelmuster, Kristallgläser, Silberbesteck, Stoffservietten in silbernen Serviettenringen. Gab es etwas zu feiern?

Während des Essens waren Adele und meine Freundinnen ungewöhnlich schweigsam. Selbst Dauerrednerin Elvira schlang die vorzüglichen Rindsrouladen wortlos hinunter. Ihr Appetit schien zurückgekehrt zu sein. Entweder litten alle unter Frühjahrsmüdigkeit oder es gab tatsächlich irgendeine Missstimmung im Hause Artner, von der ich nichts wusste.

Nach dem Essen wollte Adele mich nicht gehen lassen.

„Sie sind doch Detektivin", begann sie. „Ich würde gern unter vier Augen mit Ihnen reden."

Sie hatte sich geweigert, gleich nach dem Dinner zu Bett zu gehen, ihre neuen Mitbewohnerinnen jedoch weggeschickt.

Die beiden tanzen ganz schön nach der Pfeife der alten Dame, dachte ich, als sich Elvira und Sofia, ohne zu protestieren, in ihre Zimmer zurückgezogen hatten.

„Ein Gläschen Cognac? Oder möchten Sie lieber Wodka?" Adele zwinkerte mir schelmisch zu.

„Cognac ist okay. Soll gut fürs Herz sein."

„Pauline, bring uns den Martell, den Cordon Bleu. Er steht ganz hinten in der Kredenz."

„Sie gehören längst ins Bettchen, Frau Adele."

Sofia hatte recht, Pauline sprach mit Adele Artner wie mit einem Kleinkind.

„Hast du nicht gehört, was ich gesagt habe?"

Pauline zuckte zusammen. Öffnete die Kredenz. Stellte zwei Cognacschwenker und eine edle Flasche auf den Esstisch.

Als sie die Flasche öffnen wollte, fauchte Adele sie wieder an: „Wir bedienen uns selbst. Geh jetzt. Ich möchte allein mit Frau Musil sein."

Ich hatte Adele noch nie in diesem Ton mit ihrer Haushälterin reden gehört. Die alte Lady war jederzeit für Überraschungen gut.

Pauline blieb zögernd auf der Türschwelle stehen.

„Mach die Tür zu. Von außen!"

In diesem Augenblick trotteten die Hunde ins Esszimmer. Adele fasste nach ihren Köpfen und rieb sie hinter den Ohren, während die Tiere erwartungsvoll zu ihr aufblickten.

„Ihr wartet wohl auf eure Leckerlis?"

Sie nahm zwei Hundekekse aus ihrer Hosentasche. Reichte mir eines. „Geben Sie es Zita. Sie werden sehen, sie frisst Ihnen aus der Hand."

Lieber hätte ich Charlie mit dem Keks beglückt. Zitas weit aufgerissenes Maul und vor allem ihr beeindruckendes Gebiss schüchterten mich ein.

„Ich mag Hunde heute lieber als Menschen. Man braucht sie nur zu füttern und zu streicheln und schon lieben sie einen."

Tatsächlich, Zita schaute mich auf einmal treuherzig an, wedelte sogar mit ihrem Stummelschwanz, als ich ihr den Keks mit zitternder Hand hinhielt.

„Sie können gerne hier übernachten, wenn es zu spät wird. Pauline wird das dritte Zimmer unterm Dach für Sie herrichten."

Ich hatte fest vor, nach Hause zu fahren, egal, wie spät es werden sollte. Keinesfalls wollte ich auch noch zu Adeles Hofstaat gehören.

Lächelnd nahm ich einen großen Schluck von dem Cognac.

Sehr guter Tropfen. Vollmundig. Anregende Wirkung.

Sofort fühlte ich mich besser.

„Ich möchte Sie beauftragen, jemanden für mich zu finden."

„Mache ich gerne."

„Diese Person ist vor vierzig, nein, genauer gesagt, vor zweiundvierzig Jahren verschwunden."

Alte Geschichten waren nicht so ganz meins. Ich arbeitete erst seit einem guten halben Jahr als Privatdetektivin und hatte wenig Erfahrung. Mal abwarten, dachte ich daher.

„Ich habe Ihnen doch letztens von Larissa Lepinska erzählt. Sie fotografieren gerade ihre Bilder. Larissa war eine wundervolle Frau. Wir hatten ein paar schöne gemeinsame Jahre, obwohl wir eigentlich nicht besonders gut zusammengepasst haben. Sie war exzentrisch, unberechenbar und völlig hemmungslos. Die Diagnose, die ihr später die Psychiater am Steinhof verpasst haben, lautete: manisch-depressiv. Soviel ich weiß, gibt es heute eine andere Bezeichnung für diese Krankheit. Ich habe diese Frau geliebt wie keinen anderen Menschen, außer vielleicht Georg." Sie lächelte versonnen. „Er war meine erste große Liebe. Aber das ist eine andere Geschichte. Larissa ist Anfang der 1970er Jahre zu mir gezogen. Sie malte, ich verkaufte ihre Bilder. Das Leben war schön. Dieses Glück hat leider nicht lange angehalten. Sie landete in der Psychiatrie. Und ich habe ihr nicht helfen können, obwohl ich alle Hebel in Bewegung gesetzt habe. Ich habe Larissa nicht frei bekommen. Das habe ich mir nie verziehen."

Adele seufzte. Griff nach einem Taschentuch.

„Wenn Sie dieses Gespräch zu sehr anstrengt, können wir es gerne morgen fortsetzen." Ich stand auf.

Charlie erhob sich ebenfalls. Blickte mich erwartungsvoll an.

„Bitte bleiben Sie und hören Sie mir zu."

Ich schaute auf meine Armbanduhr. Es war zwanzig Uhr vorbei. Das Licht an meinem Fahrrad hatte einen Wackelkontakt.

„Langweile ich Sie?", fragte Adele.

„Nein, nein, erzählen Sie weiter." Ich setzte mich wieder hin.

Charlie machte es sich nun zu meinen Füßen bequem. Ich streichelte seinen imposanten Kopf mit der kurzen Schnauze und den langen Lefzen und blickte Adele auffordernd an.

„Larissa wurde mehrmals vergewaltigt und leider schwanger. Ja, während ihres Aufenthaltes im Spital auf der Baumgartner Höhe, dem heutigen Otto-Wagner-Spital! Daraufhin drehte sie völlig durch. War sie vorher nur ausgeflippt, wie man früher sagte, wurde sie nun richtig krank. Die behandelnden Ärzte waren wegen ihrer Schwangerschaft vorsichtig mit der Dosierung der Medikamente, deshalb verschlechterte sich ihr Zustand. Sie zog sich mehr und mehr von der Welt zurück, schien in einer Art Dämmerzustand vor sich hin zu vegetieren. Ich habe sie jeden Tag besucht. Meistens traf ich sie schlafend oder in einer Art Trancezustand an. Meine Besuche waren übrigens nicht besonders gern gesehen. Oftmals ließ man mich gar nicht zu ihr. Es hieß, sie wäre nicht in der Lage, Besuch zu empfangen. Egal, darum geht es nicht – Larissa brachte ein Kind zur Welt. Eine Tochter. Das Kind wurde zur Adoption freigegeben. Larissa hatte den Wisch unterschrieben ..."

Adele schloss die Augen. Sie war so blass, dass ich Angst hatte, sie würde in Ohnmacht fallen.

„Möchten Sie ein Glas Wasser?"

„Nein, nein. Bleiben Sie bitte sitzen! – Ich habe alles in Bewegung gesetzt, um das Kind zu bekommen. Als alleinstehende Frau hatte ich keine Chance. Die Adoption ging in Windeseile vonstatten. Ich habe nie erfahren, bei welchen Leuten die kleine Tanja, denn diesen Namen wollte Larissa ihrer Tochter geben, gelandet ist. Alle meine Nachforschungen sind im Sand verlaufen. Eine mitfühlende Beamtin hat mir ein paar Jahre später verraten, dass US-Amerikaner das Baby adoptiert hatten. Alle weiteren Versuche, mehr über diese Leute herauszufinden, endeten in einer Sackgasse. Tanja müsste heute zweiundvierzig sein. Ich will sie unbedingt kennenlernen, bevor ich sterbe. Ihr gehören alle Bilder ihrer Mutter, die ich retten konnte. Sie soll auch alles andere bekommen, was ich besitze. Bitte finden Sie Tanja. Mir ist es egal, was es kostet, ich zahle jeden Preis."

Plötzlich hatte ich das Gefühl, dass wir nicht mehr allein waren.

Ich blickte mich rasch um.

Die Küchentür war zu. Ebenso die Tür, die auf den Gang führte. Die dritte Tür im Esszimmer, jene zum Salon, stand einen Spalt offen. Ich legte den Zeigefinger auf meine Lippen. Ging auf Zehenspitzen zu dieser Tür. Riss sie auf. Keine Menschenseele.

Der schwere Vorhang vor der Terrassentür bewegte sich fast unmerklich. War es nur der Wind, der ihn in eine sanfte Schwingung versetzte, oder hatte gerade jemand den Salon über die Terrasse verlassen?

„Was ist los?“ Adele wirkte leicht irritiert.

„Ich habe mir eingebildet, dass nebenan jemand war.“

„Das kann nur Pauline gewesen sein. Diese Frau ist krankhaft neugierig. Ich sollte mich wirklich von ihr trennen.“

Obwohl mir Pauline unsympathisch war, wollte ich nicht, dass sie wegen mir auf ihre alten Tage ihren Job verlor. Rasch wechselte ich das Thema: „Was ist aus Larissa geworden?“

„Drei Monate nach der Geburt ihrer Tochter ist sie nachts aus dem Fenster im dritten Stock eines Pavillons am Steinhof gesprungen. Postnatale Depression nennt man das heute. Aber sie ist nicht freiwillig gesprungen ...“

Adele begann zu weinen.

Ich legte den Arm um ihre bebenden Schultern und zog sie an mich.

„Werden Sie es schaffen, die junge Frau für mich zu finden?“

Ich wollte ihr nicht allzu viel Hoffnung machen, andererseits wagte ich es nicht, ihr die Wahrheit zu sagen. In meinen Augen war es ungemein schwierig, nach zweiundvierzig Jahren einen Menschen ausfindig zu machen, von dem man nur einen mutmaßlichen Vornamen und einen höchstwahrscheinlich längst geänderten Nachnamen kannte.

„Helfen Sie mir. Bitte!“

„Schon gut, ich werde es versuchen. Lepinska ist zwar ein ungewöhnlicher Name, aber es ist anzunehmen, dass die Tochter ihrer Freundin den Nachnamen ihrer Adoptiveltern trägt oder geheiratet hat ...“

„Danke, vielen Dank!“ Adele nahm meine Hand. „Ich wusste, dass Sie die richtige Person sind. – Geld spielt, wie gesagt, keine Rolle, Sie können für Ihre Nachforschungen so viel ausgeben, wie Sie wollen. Von mir aus bestechen Sie irgendwelche längst pensionierte Beamte oder jemanden von der Einwanderungsbehörde in Amerika ..."

„Ich würde gerne mehr über Ihre Freundin Larissa Lepinska erfahren."

„Bald werde ich Ihnen alles über sie erzählen. Heute bin ich zu müde. Unser Gespräch hat mich sehr erschöpft."

6.

Als ich heimradelte, war es stockfinster. Das vordere Licht ging ständig an und aus. Da die größeren Straßen hell beleuchtet waren, hoffte ich, heil nach Hause zu kommen.

Ich fuhr die Thaliastraße hinunter Richtung Gürtel. Irgendwie hatte ich das Gefühl, dass der Wagen hinter mir zu wenig Abstand hielt. Ich deutete ihm, mich zu überholen.

Es war kaum Verkehr.

Er blieb knapp hinter mir.

Ich drehte mich um.

Ein großer dunkler Wagen. Ein Mercedes SUV? Hatte ich mich von Adeles Paranoia anstecken lassen?

Ich erhöhte das Tempo. Begann Bögen zu fahren. Steuerte die Straßenbahnschienen in einem Winkel von etwa fünfundvierzig Grad an, überquerte sie. Machte dann das Gleiche in die andere Richtung.

Ein quietschendes Geräusch ließ mich zusammenzucken.

Die Reifen des Wagens hinter mir drehten durch. Er war offensichtlich beim Bremsen mitten auf den

Schienen ins Schleudern geraten. Anscheinend war es tatsächlich ein Mercedes mit Vorderradantrieb.

Die Ampel an der Kreuzung zur Possingergasse war gelb.

Ich trat noch heftiger in die Pedale, streckte gleichzeitig den rechten Arm raus.

Der Motor des Wagens hinter mir heulte auf. Während ich mit ausgestrecktem Arm geradeaus über die Kreuzung strampelte, bog er mit quietschenden Reifen verbotenerweise in die Possingergasse ab.

Ich hatte ihn abgehängt. Sicher nicht für lange. Wenn es sich bei meinem Verfolger um Johann handelte, was ich stark annahm, wusste er bestimmt, wo ich wohnte.

Ich beschloss, mein Glück nicht überzustrapazieren. Radelte durch kleine Seitenstraßen zurück zur U-Bahn-Station Ottakring.

Die U3 Richtung Simmering fuhr gerade ein, als ich mit meinem Rad am Bahnsteig ankam.

Bei der Neubaugasse stieg ich aus.

Kein schwarzer Mercedes weit und breit.

Langsam ließ ich mein Rad die Schadekgasse hinunter zum Naschmarkt laufen.

Auf der Gumpendorfer Straße überfuhr ich eine tote Taube. Zum Glück hatte mein Cityrad breite Reifen. Trotzdem verlor ich kurz die Kontrolle über mein Bike. Landete mitten auf der Straße.

Heftiges Hupen hinter mir.

Ich drehte mich rasch um.

Der Fahrer des kleinen weißen Japaners hatte mich nur ermahnt, weiter rechts zu fahren.

Meine Hände und Beine zitterten. Am liebsten wäre ich abgestiegen, hätte das Rad die letzten paar hundert Meter geschoben.

Schließlich schaffte ich es, gegen die Einbahn in die Stiegengasse abzubiegen und landete heil vor meinem Haus.

Bevor ich das Haustor aufsperrte, sah ich mich auf der Linken Wienzeile noch einmal um.

Kein verdächtiger Wagen, kein schwarzhaariger älterer Mann. Nur ein paar Schwule, die gerade lachend das Café Savoy verließen und in meine Richtung schlenderten.

Major Schanda schien zum Glück zuhause zu sein. Ich hatte von der Straße aus Licht in seinem Wohnzimmer gesehen. Wahrscheinlich lag er vor dem Fernseher und sah sich eine idiotische Krimiserie an. Sofia, die auf TV-Krimis stand, hatte er oft geschimpft, wenn sie sich diesen Schwachsinn angeschaut hatte. Da ich nicht die geringste Lust verspürte, mich heute wieder mit der Ehekrise meiner Nachbarn zu beschäftigen, schlich ich die Treppe hinauf. Bemühte mich, möglichst lautlos meine knarrende Wohnungstür zu öffnen.

An Schlaf war nicht zu denken. Obwohl ich mich in meiner Wohnung sicher fühlte. Nicht nur wegen des Kriminalbeamten nebenan, sondern weil es mein Reich, meine kleine Burg, war.

Nach der Trennung von Gernot war es mir unheimlich wichtig gewesen, wenigstens die Wohnung behalten zu können. Obwohl mein verstorbener Vater oft gesagt hatte: „Besitz belastet." Im Grunde teilte ich die Meinung meines Vaters. Trotzdem kämpfte ich seit meiner Scheidung mit allen Mitteln darum, die Wohnung allein erhalten zu können. Deswegen hatte ich auch Elvira als Untermieterin aufgenommen. Seit ich auf ihre monatliche Miete verzichten musste, war ich mit den Zahlungen etwas im Rückstand. Nur ein neuer

Auftrag konnte mich retten. Und genau so einen rettenden Auftrag hatte ich heute bekommen. Ein Grund zum Feiern!

Alleine zu feiern, machte mir aber keinen Spaß. Ich ließ die Prosecco-Flasche, die Elvira bei ihrem letzten Besuch dagelassen hatte, im Kühlschrank. Entschied mich für Melissen-Tee. Zog eine warme Weste an und setzte mich mit einem altmodischen Teehäferl auf meinen Balkon.

Von den Lokalen unten am Naschmarkt drangen Stimmengewirr und Gelächter zu mir herauf. Gleich fühlte ich mich nicht mehr so allein.

Ich nahm den Teebeutel aus dem Häferl und betrachtete die Lichter der Stadt. Je länger ich auf die Lichter starrte, desto mehr hell gestrichene Häuser tauchten auf der anderen Seite des Wienflusses aus dem Dunkel der Nacht auf. Ich mochte die Lichter der Stadt. Selbst der rege Verkehr unten auf der Linken Wienzeile störte mich nicht. Wenn manchmal schräge Musik aus einem viel zu laut aufgedrehten Autoradio oder CD-Player bis an mein Ohr dröhnte, musste ich immer lächeln.

Nach einer Weile setzte ich mir Kopfhörer auf und hörte meine eigene Musik: Billy Joel, Madonna, Whitney Houston. Und ich kam endlich zur Ruhe. Meine Angst war wie weggeblasen, als Freddie Mercury „Living On My Own“ sang.

Vielleicht hatte ich mir die Verfolgungsjagd auf der Thaliastraße nur eingebildet. Ich hätte zu viel Phantasie, hat mein Ex-Mann oft behauptet. Andererseits, warum hatte mich dieser Typ mit seinem großen schnellen Wagen nicht überholt? Warum war er ständig einen knappen Meter hinter mir hergefahren? Hatte er mir Angst machen wollen? Das war ihm gelungen!

Konnte ich mir sicher sein, dass Johann mich mit Adeles SUV verfolgt hatte? Es könnte auch irgendein anderer Idiot, der Radfahrerinnen hasste, gewesen sein.

Ich nahm mir vor, Werner Schanda nichts von dieser Verfolgungsjagd zu erzählen. Obwohl wir uns in letzter Zeit recht gut miteinander verstanden, befürchtete ich, er würde meine Geschichte ebenfalls meiner regen Phantasie zuschreiben. Mein Ex-Mann und der Major waren einander in dieser Hinsicht ähnlich. Sie waren beide phantasielos.

Mitternacht. Ich fröstelte. Zeit, ins Bett zu gehen.

Mariahilf schien sich zur Ruhe zu begeben. Die Lichter in den Fenstern der rundumliegenden Häuser gingen nacheinander aus. In den vielen kleinen Bars und Cafés im sechsten Bezirk begann jetzt erst das Leben. Die Lokale waren nach Mitternacht voll junger Leute. Sicherlich trieb sich auch Natalie zu dieser späten Stunde dort herum.

Ich wollte nicht an Natalie denken, sondern an eine andere Tochter, die ohne ihre leibliche Mutter aufwachsen musste. Ich war nicht sehr optimistisch. Wer weiß, ob ich Tanja finden würde. Adeles eigene Nachforschungen waren damals im Sand verlaufen. Wie sollte ich vierzig Jahre später mehr in Erfahrung bringen können als sie? Ich hatte momentan absolut keine Ahnung, wie ich vorgehen sollte. Während ich über meine nächsten Schritte nachdachte, ertönte „That's All Right Mama“ von Elvis Presley auf meinem Handy.

Ich hob ab, hatte ich doch fast eine Woche lang nichts von meiner Mutter gehört. Früher hatte sie ständig angerufen, mich stundenlang mit ihren Geschichten genervt. Seit sie in einen leider verheirateten, griechischen

Ex-Kapitän verliebt war, meldete sie sich nur mehr alle heiligen Zeiten und dann meist mitten in der Nacht.

Meine Mutter lebte seit einigen Jahren auf der griechischen Insel Samos. Sie war ziemlich erfolgreich unterwegs. Nicht nur als Malerin, sondern vor allem wegen der Selbstfindungsseminare, genannt Kunsttherapie, die sie dort für deutsch- und englischsprachige Touristinnen mit Midlife-Crisis abhielt. Sie ließ ihre Klientinnen ihre Probleme künstlerisch darstellen. Zumindest in den Sommermonaten hatte sie großen Erfolg mit diesen Kursen.

„Hallo Mama. Nett, dass du dich meldest. Gibt es was Neues? Ist dein Lover mittlerweile zu seiner Familie zurückgekehrt?"

„Das täte dir so passen, mein Liebling." Agnes lachte zu laut und etwas gekünstelt. „Im Gegenteil, Stavros sitzt neben mir und lässt dich grüßen. Er fragt andauernd, wann er dich endlich kennenlernen darf. Wolltest du nicht im Mai kommen? Hast du die Flüge gebucht?"

„Keine Chance. Ich habe einen neuen Fall. Vor Juni kann ich unmöglich weg aus Wien."

„Je älter du wirst, desto mehr gerätst du nach deinem Vater. Er war genauso ein Stubenhocker wie du. Reisen war für ihn ein echter Horror. Am liebsten ist er Tag und Nacht in seiner Dunkelkammer gesessen ..."

„Du bist ungerecht. Als Fotograf war er sehr wohl an allem, was sich außerhalb seiner vier Wände abspielte, interessiert."

„Wovon sprichst du, mein Kind? Er hat hauptsächlich Porträtaufnahmen von irgendwelchen Langweilern gemacht."

„Menschen haben ihn eben fasziniert. Und er hat sie nicht so benützt oder gar ausgenützt, wie du das jetzt mit deinen Seminaren machst."

„Wovon sprichst du? Ich helfe den Leuten. – Aber lass uns nicht streiten. Erzähl mir lieber von deinem neuen Fall.“

„Darüber kann ich dir nicht viel erzählen. Ich habe den Auftrag erst heute bekommen. 1976 ist ein Baby verschwunden oder besser gesagt, zur Adoption freigegeben worden. Die leibliche Mutter war eine Malerin russischer Abstammung, die in Wien Ende der 1960er und Anfang der 1970er Jahre relativ bekannt war. Sagt dir der Name Larissa Lepinska was?“

„Ja. Ich habe sie zwar nicht persönlich gekannt, aber ihr Name war in der damaligen Kunstszene durchaus ein Begriff. Sie war eine großartige Spät-Expressionistin. Hätte eine tolle Karriere vor sich gehabt. Hat sich leider umgebracht. Warum fragst du?“

„Weil ich mehr über diese Frau, die ihre Tochter weggeben hat, erfahren möchte. Das Mädchen ist, wie gesagt, kurz nach seiner Geburt von Amerikanern adoptiert worden.“

„Frag doch am Jugendamt nach. Bestimmt werden die alle Unterlagen aufbewahrt haben.“

„Daran habe ich auch schon gedacht. Aber die werden mir keine Informationen geben dürfen.“

„Lass halt deinen Charme spielen.“

„Ach, seit wann besitze ich deiner Meinung nach Charme?“

„Ich habe dich wohl im falschen Augenblick angerufen. Melde dich, wenn du besser gelaunt bist, mein Schatz. Schlaf gut!“

Agnes legte auf.

Ich wusste, warum ich sie zeitweise hasste. Meine Mutter war eine unmögliche Person. Eine typische Aussteigerin, der nichts wichtiger war als ihr kleines persönliches Glück. Ihre Insel hatte sie bereits gefunden, ihren Traummann anscheinend ebenfalls. Ich fragte mich nur, wie sich ein gestandener Kapitän in einen Alt-Hippie wie meine Mutter verlieben hatte können. Die beiden passten sicher überhaupt nicht zusammen. Auch mein Vater und sie hatten nicht zusammengepasst. Als Vater-Tochter hatte ich meistens zu ihm gehalten. Nach seinem frühen Tod war mir nichts anderes übriggeblieben, als mich um meine tieftrauernde Mutter zu kümmern. Doch sie hatte sich, wie gesagt, schneller mit seinem Tod abgefunden als ich. War nach Griechenland abgehauen und hatte dort ein neues Leben begonnen. War ich etwa gar neidisch auf sie? – Nein, mit diesem Gedanken wollte ich mich ebenfalls nicht weiter beschäftigen.

Ich blickte auf den Sternenhimmel über Wien und schickte meinem toten Vater einen Gutenachtkuss.

1974

Adele hatte einen guten Deal gemacht, einem ihrer langjährigen Kunden, einem Sammler, der sich seit Jahren darum bemühte, ihr eine erotische Zeichnung von Gustav Klimt abzukaufen, grünes Licht gegeben. Sie hatte ihm den Akt einer auf dem Bauch liegenden masturbierenden Frau um eine horrende Summe überlassen.

Von dem Erlös dieser kleinen Zeichnung finanzierte sie unter anderem Larissas momentan größten Wunsch. Sie kaufte ihr ein Mercedes Cabrio. Der Wagen lief zwar aus steuerlichen Gründen auf Adeles Namen, aber sie schenkte ihn Larissa zu ihrem dreißigsten Geburtstag am 8. März.

Kurze Zeit später verfluchte sie ihr großzügiges Geschenk. Denn fortan bekam sie Larissa kaum mehr zu Gesicht. Ihre Freundin raste andauernd mit dem luxuriösen Schlitten in der Gegend herum. Verschwand sogar hin und wieder für eine Woche, ohne ihr Bescheid zu geben. Sie schien sich für nichts anderes mehr zu interessieren als für ihr schickes Cabrio.

Als sie den Wagen schließlich Ende September desselben Jahres zu Schanden fuhr, war Adele heilfroh, dass Larissa mit ein paar Prellungen und einer leichten Gehirnerschütterung davongekommen war.

Ihre Freundin hatte sich mit dem Mercedes um einen Baum gewickelt. Da sie nicht angeschnallt gewesen war, flog sie in hohem Bogen aus dem Cabrio und landete in einer blühenden Wiese.

Um das sündhaft teure Auto war es Adele nicht leid. Sie verkaufte den schwer beschädigten Wagen an den Auto Metzker in Vösendorf.

Damals kam es zum ersten ernsthaften Streit zwischen den beiden so ungleichen Freundinnen.

Larissa beweinte den Verlust ihres Cabrios tage-, ja wochenlang. Konnte sich überhaupt nicht mehr beruhigen. Sie beschuldigte Adele sogar, den Mercedes aus purer Eifersucht an den Schrotthändler verkauft zu haben.

„Du warst eifersüchtig auf ein Auto!" Larissa lachte hysterisch. „Ich habe nun einmal Spaß an schnellen Autos! Dass ich ohne dich Spaß hatte, hast du nicht ertragen können. Du musstest mir wieder wegnehmen, was mir am meisten Freude bereitet hat. Du hast es nicht ausgehalten, dass ich mich zum ersten Mal in meinem Leben frei gefühlt habe und dass du mich nicht mehr ständig unter Kontrolle gehabt hast. Du bist und bleibst ein Kontrollfreak!"

„Was redest du für Unsinn! Ich habe dir den Wagen doch geschenkt, weil ich weiß, wie sehr du schnelle Autos liebst."

„Ja, ich liebe schnelle Autos und junge Männer!" Larissa schaute ihre um dreizehn Jahre ältere Freundin herausfordernd an.

„Junge Männer? Seit wann?"

„Seit kurzem."

„Das ist mir neu ..."

„Siehst du? Selbst du weißt nicht alles über mich."

„Das habe ich mir nie eingebildet ..."

Larissa ließ ihre Freundin wieder nicht ausreden. „So ein toller Wagen übt auch auf junge Männer eine starke Anziehungskraft aus. Du kannst dir nicht vorstellen, wie all diese Papagallos in Rimini um mich herumgeschwänzelt sind und letztens die feschen Kärntner am Wörthersee. Mein Gott, was hatte ich für einen aufregenden Sommer!"

„Du warst in Italien und am Wörthersee? Davon hast du mir bisher nichts erzählt."

Adele bereute diesen Satz sogleich.

„Kein Wunder, oder? Habe ich nicht zu Recht befürchtet, dass du mir das Cabrio dann schon früher weggenommen hättest?"

„Ich bitte dich, Larissa, hör auf mit diesem Quatsch. Ich glaube dir kein Wort. Du hasst Männer, hast du zumindest bisher behauptet."

„Ich könnte dich angelogen haben."

„Warum?"

„Einfach so, weil ich gerne lüge."

Adele begann zu begreifen, dass mit Larissa kein vernünftiges Gespräch mehr möglich war. Sie schob ihren Zustand auf die Gehirnerschütterung, die sie bei dem Unfall erlitten hatte. Frustriert ging sie hinauf in ihr Zimmer.

„Vielleicht hast du den Wagen ja deshalb so schnell verkauft, damit die Polizei nicht mehr feststellen kann, dass du die Bremsschläuche angesägt hast ...", rief Larissa ihr nach.

„Wie bitte?"

Adele machte kehrt. Stürzte sich auf ihre Freundin. Packte sie mit beiden Händen an den Schultern und schüttelte sie.

„Sag das noch einmal!"

„Als es bergab ging, bin ich mehrmals heftig auf das Bremspedal getreten. Der Wagen ist weitergerast. Ich habe absolut keine Chance gehabt. Als ich den Baum am rechten Straßenrand erblickte, wusste ich, dass er meine einzige Rettung war. Es war übrigens eine Linde. Mein Lebensbaum. Deswegen habe ich ihn gewählt."

„Das war keine Linde, sondern ein unbeugsamer Nussbaum, glaube ich – ist aber vollkommen egal ..."

„Das ist überhaupt nicht egal. Ich finde es merkwürdig, dass du behauptest, dein Lebensbaum habe mir mein Leben gerettet."

„Wieso mein Baum?"

„Na, weil du ein Widder bist und dir in der keltischen Baumsymbolik der Nussbaum zugeschrieben wird. Der passt auch perfekt zu dir. Unbeugsam, stark, in der Liebe leidenschaftlich und eifersüchtig. Außerdem bist du sehr ehrgeizig und hart zu dir selbst und zu anderen. Und du bist eine alte Grüblerin."

„Bitte, Larissa, hör auf ..."

„Ich weiß, du hältst nichts von Astrologie oder Baumkreisen. Aber die alten Germanen haben die Linde als Göttin des Glücks verehrt. Mitten auf dem Dorfplatz ist oft eine Linde gestanden. Unter diesem Baum haben viele Liebende zueinander gefunden. Doch das verstehst du nicht. Du bist unromantisch. Wir Fische-Frauen sind eben viel herzlicher und liebenswürdiger. Wir träumen vom großen Glück ..."

„Du machst mich wahnsinnig mit diesem Quatsch. Was war mit den Bremsen des Wagens los?"

„Sie haben nicht funktioniert. Und wenn du das Cabrio nicht sofort an den Auto Metzker verkauft hättest, würde man feststellen können, dass jemand die Bremsschläuche manipuliert hat."

„Mir reicht's!" Adele ließ ihre Freundin allein im Garten sitzen.

Als sie später in aller Ruhe über die ganze Geschichte nachdachte, keimte der Verdacht in ihr auf, dass ihr Cousin Heinrich die Bremsen des Cabrios manipuliert haben könnte. Er hatte sich bei seinem letzten Besuch vor ein paar Tagen sehr für den neuen Wagen interessiert, ihn sogar Probe gefahren.

Heinrich konnte Larissa nicht ausstehen. Missbilligte nicht nur Adeles Beziehung mit dieser Malerin, die in seinen Augen pervers war, sondern hielt Larissa wegen ihrer psychischen Probleme für minderwertig und lebensunwürdig. Er war eben ein alter Nazi.

7.

In der Früh rief ich meine Freundinnen an.

Elvira war nicht erreichbar.

Sofia hob ab.

Ich berichtete ihr von Adeles Auftrag.

Sie reagierte eher desinteressiert. Versprach jedoch, mir bei der Suche nach Tanja Lepinska zu helfen.

„Leider habe ich Elvira nicht erwischt. Es kommt immer nur ihre Mailbox."

„Sie ist einkaufen gefahren."

„Mit Johann?"

„Mit wem denn sonst?"

„Weißt du zufällig, ob er gestern, gleich nachdem ich heimgeradelt bin, noch einmal weggefahren ist?"

„Keine Ahnung. Warum interessiert dich das?"

„Nur so. – Erkläre Elvira bitte, worum es geht. Ich werde auch ihre Hilfe benötigen."

Ich wollte schon auflegen, als Sofia gesprächiger wurde.

„Hast du Werner oder Natalie heute früh gesehen oder was von ihnen gehört?"

Ich verneinte.

„Sie melden sich beide nicht bei mir. Vielleicht sollte ich wieder einmal zuhause nach dem Rechten sehen?"

Ich antwortete nicht. Hatte mir fest vorgenommen, mich nicht mehr einzumischen.

„Weißt du was, ich komm heute Abend zu dir. Und wir schauen gemeinsam, was bei mir drüben los ist."

„Heute Abend kann ich nicht. Ich gehe ins Kino."

„Mit wem?"

„Allein."

„Was willst du dir ansehen?"

„Moonlight."

„Dieses Schwulendrama? Interessiert dich sowas im Ernst?“

Ich hatte keine Lust, mit ihr über diesen Film zu diskutieren.

„Verzeih bitte, meine Mutter ruft gerade an. Ich habe seit Tagen nichts mehr von ihr gehört“, log ich.

Zwei Stunden später rief mich Elvira zurück.

Ich bummelte gerade über den Naschmarkt, konnte mich nicht entscheiden, was ich heute Abend essen wollte. Seit sie nicht mehr bei mir wohnte, musste ich selbst einkaufen gehen. Ich kaufte nicht gerne am Naschmarkt ein, ließ mir immer überteuertes und unnötiges Zeug andrehen. Elvira hingegen genoss es, mit den Händlern zu schäkern und zu feilschen.

„Ich kann bei all diesem Krach hier nicht reden. Melde mich später“, beendete ich das kurze Telefonat.

Am Stand einer alteingesessenen Marktfrau erwarb ich ein halbes Kilo Tomaten und einen Salat. Bei einem Griechen kaufte ich Schafskäse. Bei einem Türken Fladenbrot und Oliven.

Obwohl ich seit einem Jahr nicht mehr rauchte, besuchte ich anschließend meinen früheren Trafikanten Herrn Alfons.

Er war sowas wie ein Freund unserer Familie. Auch meine Mutter hatte bei ihm ihre Zigaretten gekauft. Sie hatte sich sehr gut mit ihm verstanden. Zu gut? Bis heute hatte ich die beiden in Verdacht, ein Verhältnis gehabt zu haben. Egal, mittlerweile war meine Frau Mama ja mit einem griechischen Kapitän liiert, und ich hatte Herrn Alfons für mich allein.

Bulle, der dicke Kater des Trafikanten, schien Adeles Hunde an mir zu riechen. Er wollte heute nichts mit mir zu tun haben. Einst hatte ich ihm das Leben gerettet.

„Undankbarer Kerl", schimpfte ich lachend, als er, nachdem er mich kurz beschnuppert hatte, mit erhobenem Schwanz davonschlich.

„Er fängt nach wie vor keine Mäuse, obwohl sie sich in meinem Lager hinten vermehren wie die Schwammerl. Bulle ignoriert diese lästigen Viecher einfach. Ich fürchte, er ist psychisch gestört. Vielleicht sollte ich ihn mal zu einem Tierpsychologen bringen?" Herr Alfons blickte mich todernst an.

„Gute Idee! Und vielleicht sollte wir beide, als seine Adoptiveltern, gleich mit in Therapie gehen, gemeinsam eine Familientherapie machen?"

Mit diesen Worten entlockte ich Herrn Alfons ein Lächeln.

Wenn er lächelte, wirkte er um zehn Jahre jünger. Soviel ich wusste, war er kürzlich einundsechzig geworden.

Mir ging es ähnlich wie Elvira. Auch ich fand nur jüngere oder gleichaltrige Männer attraktiv. Konnte mir nicht vorstellen, die weiche Brust und den schwabbeligen Bauch eines alten Mannes zu streicheln. Hatte fast eine Art Horror vor ihrer Behaarung. Angeblich rasierten sich ältere Männer nicht am ganzen Körper. Glatzen oder Halbglatzen fand ich ebenfalls nicht sehr anziehend. Herr Alfons besaß allerdings volles graues Haar. Nur an den Schläfen hatte es sich etwas gelichtet.

Andererseits war ich bereits vierundvierzig. Obwohl meine Figur noch in Ordnung war, würde ich wahrscheinlich in zehn Jahren ebenfalls einen Hängebusen und einen runzeligen Po haben.

Herr Alfons war jedenfalls knappe siebzehn Jahre älter als ich und gehörte daher eher ins Beuteschema meiner Mutter.

Agnes sah mit ihren sechsundsechzig Jahren fantastisch aus. War schlank, hatte ein schönes ebenmäßiges Gesicht, dem die vielen Sonnen- und Lachfältchen nichts anhaben konnten. Und sie besaß eine sehr warme, herzliche Ausstrahlung. Das musste selbst ich, als eifersüchtige Tochter, zugeben.

Ich verwarf die Gedanken an meine Mutter und Herrn Alfons. Erzählte ihm von Adele und meinem neuen Auftrag.

„Wie hieß die Galerie dieser Dame?"

„Keine Ahnung. Es war eine Kunsthandlung in der Tuchlauben im Ersten. Sie hat sie längst aufgegeben. Das Straßenlokal gehört nach wie vor ihr. Mittlerweile hat sie es teuer vermietet."

„Ich glaube, ich kannte diese Kunsthandlung. War mal mit Ihrer Mutter dort."

Seine Worte versetzten mir einen kleinen Stich in der Magengegend. Ich fragte lieber nicht nach. Das altbekannte Gefühl von Einsamkeit machte sich augenblicklich in mir breit.

Ich schwieg. Beobachtete ihn, wie er eine ältere Kundin bediente. Auch zu ihr war er ausnehmend charmant.

Schließlich erwähnte ich den Typen, der mich auf der Thaliastraße verfolgt hatte.

Herr Alfons tätschelte meine Hand.

Sogleich fühlte ich mich nicht mehr so verloren.

Weder Sofia noch Elvira waren mir in letzter Zeit sehr nahe. Der überstürzte Auszug der beiden hatte mich ziemlich mitgenommen. Beide hatten mich sozusagen von heute auf morgen alleingelassen. Die vielen vernünftigen Argumente für ihre Entscheidungen hatte ich nicht hören wollen. Keine von ihnen hatte an mich gedacht.

Bevor ich mich weiter in Selbstmitleid erging, rief ich nach Bulle.

„Komm her, du faules Stück!“

Er hörte nicht auf mich. Deshalb schnappte ich ihn mir und setzte ihn auf meinen Schoß.

Immerhin ließ er sich ohne Gegenwehr von mir streicheln. Ich hätte lieber Herrn Alfons Hand streicheln sollen als diesen fetten Kater, denn ich begann zu niesen.

Eigentlich mochte ich Katzen, litt jedoch unter einer Katzenhaarallergie. Deswegen hatte ich Bulle, nach dem Tod seines Frauchens, auch bei Herrn Alfons untergebracht.

„Sie werden diese Frau finden, davon bin ich überzeugt. Obwohl Ihr neuer Fall womöglich komplizierter sein könnte, als es momentan den Anschein hat.“

Herr Alfons sah mich lange an. „Ich weiß, Sie sind imstande, auf sich selbst aufzupassen, aber seien Sie vorsichtig. Keine nächtlichen Radtouren mehr, versprochen?“

Ich grinste ihn verlegen an.

Bester Laune verließ ich kurz danach die Trafik.

Als ich über den Markt zurück zu meinem Haus schlenderte, bildete ich mir ein, dass mir jemand folgte. Ich sah mich um. Konnte keinen potentiellen Verfolger in der Menschenmenge entdecken. Vielleicht war Paranoia ja ansteckend? Allerdings war ich schon einmal am Naschmarkt überfallen worden. Ich erinnerte mich mit Schaudern an diese mörderische Attacke.

Der Himmel hatte sich verdunkelt. Trotzdem beschloss ich, hinaus nach Ottakring zu fahren.

Vorher rief ich noch einmal Elvira an.

„Was treibst du gerade?“, fragte ich.

„Ich helfe Johann im Garten.“

„Seit wann stehst du auf Gartenarbeit?"

„Ich weiß nicht, ob ich diese Herumbuddelei in der Erde wirklich mag. Versuche mich heute zum ersten Mal als Gärtnerin. Ich bin in Bratislava in einem sozialistischen Plattenbau groß geworden und in Wien habe ich mir nie eine Wohnung mit Garten leisten können."

„Hat dir Sofia erzählt, dass wir einen neuen Auftrag haben?"

„Du hast einen neuen Auftrag."

Sie klang ein bisschen beleidigt. Wahrscheinlich dachte sie, dass sich Adele Artner zuerst an sie hätte wenden sollen.

Ich wunderte mich über das mangelnde Interesse meiner Freundinnen an diesem neuen Fall. Waren sie tatsächlich eifersüchtig, weil sich Adele Artner an mich gewandt hatte oder hatten sie einfach keine Lust mehr, Detektiv zu spielen?

Der Gedanke, dass ich mich dieses Mal allein mit einem Fall herumschlagen musste, deprimierte mich.

8.

Im düsteren Licht des späten Nachmittags, an dem der Himmel mit tief hängenden Wolken bedeckt war, die sich jederzeit entladen konnten, war der Wienerwald eine deprimierende Gegend.

Um meine trüben Gedanken zu vertreiben, wollte ich, trotz des schlechten Wetters, von der U-Bahn-Station Ottakring aus zur Villa Artner laufen. Denn das Laufen war für mich nach wie vor die beste Therapie gegen Schwermut. Ich lief die Johann-Staud-Straße bergauf. Der riesige Ottakringer Friedhof zu meiner

Rechten trug nicht gerade zur Besserung meiner melancholischen Stimmung bei.

Ich rannte weiter bis zum Sommerbad Ottakring. Als ich bei der gegenüberliegenden Kuffner Sternwarte ankam, war ich außer Atem. Verlangsamte also das Tempo. Warf einen Blick auf die höchstgelegene Pfarre Wiens. Gegenüber der Pfarrkirche Starchant lag der Kleingartenverein Rosental. Kurz malte ich mir aus, wie es wäre, in so einem hübschen Gartenhäuschen zu wohnen.

Von der Johann-Staud-Straße bog ich in die Savoyenstraße ein. Lief langsam vorbei an der Biologischen Versuchsanstalt und dem Schloss Wilhelminenberg.

Als ich beim Montléart-Mausoleum, der Grabkapelle für die Besitzer des Schlosses Wilhelminenberg, Fürst Moritz Montléart und dessen Gattin Wilhelmine, anlangte, machte ich einen kurzen Abstecher auf den Waldweg, der direkt am Mausoleum vorbeiführte.

Wie die meisten Läufer bevorzugte ich weichen Waldboden. War besser für die Gelenke.

Die Schlossherberge, ein Hostel für junge und junggebliebene Leute, und der dazugehörige Minigolfplatz waren menschenleer. Der knallrot gestrichene Würstelstand geschlossen.

Ich begegnete keinem Menschen. Dennoch hatte ich das Gefühl, dass mich jemand beobachtete.

Schön langsam ging mir mein Verfolgungswahn selbst auf die Nerven. Beherzt rannte ich weiter.

Bald ging es am Sprengersteig bergab. Ich lief trotzdem langsam, genoss den wunderbaren Blick auf die Stadt. Der Weg zwischen den Weingärten führte zur Heurigenschenke der Familie Leitner. Sie hatte jetzt im April gerade geöffnet. Der verführerische Geruch von Stelzen und Brathühnern drang in meine Nase.

Plötzlich entlud sich der wolkenverhangene Himmel. Der dunkle Wald wurde von zuckenden Blitzen erleuchtet. Äste, Knospen, Blätter und die dicken Tropfen, die sie bedeckten, waren deutlich sichtbar.

Regen, Wind, Blitz, Donner. Obwohl ich rannte, so schnell ich konnte, hatte ich das Gefühl, nicht voranzukommen. Es war mehr Nacht als Tag. Wald und Himmel waren beinahe eins geworden.

Ich rannte den Sprengersteig im Schutz der hohen Bäume, die mich nur vor dem Regen, aber beileibe nicht vor den Blitzen, schützten, zurück bis zur Savoyenstraße.

Die prächtigen alten Häuser an der linken Straßenseite würdigte ich kaum eines Blickes. Ein Jagdschlösschen war mit Stacheldrahtzaun umgeben. Ich hatte bisher nicht gewusst, dass dies so eine gefährliche Gegend war.

Als ich den Forstweg erreichte, der zur Villa Artner führte, war ich völlig durchnässt.

Die letzten Meter ging es steil bergauf. Ich gab höllisch Acht, auf dem nassen Kies nicht auszurutschen. Meine weißen Sportschuhe versanken zentimetertief in der aufgeweichten Erde.

Bevor ich den Wintergarten betrat, zog ich die Schuhe aus.

„Grüß euch! Ich bin es, Magdalena."

Keine Reaktion. Wahrscheinlich hockten bei diesem grauenhaften Wetter alle in ihren Zimmern. Merkwürdigerweise ließen sich auch Charlie und Zita nicht blicken. Die Hunde liefen bei Schlechtwetter sonst immer frei im Haus herum.

Ich setzte mich in einen Korbsessel, zog meine nassen Socken aus.

Der Regen trommelte auf das Dach des Wintergartens, tropfte durch eine undichte Stelle auf den Holzboden. Ich stellte einen Topf mit einem Oleanderstrauch unter das Leck.

Der Mann, der mir ein paar Minuten später dabei zusah, wie ich meine nassen Füße mit einer Decke abtrocknete, war völlig durchnässt. Er hatte keinen Schirm dabei. Als er an die Glastür des Wintergartens klopfte, wollte ich ihn zuerst nicht hereinlassen. Deutete ihm zur Haustür zu gehen.

Er faltete seine Hände, als würde er beten. Sah mich dabei so flehend an, dass ich lachen musste und die Tür des Wintergartens öffnete.

„Danke, Sie sind ein Engel. Mein Name ist Oliver Artner. Und Sie müssen die neue Gesellschafterin meiner Tante sein."

Ich musste wieder lachen. Gesellschafterin? Der Typ stammte wohl aus dem 19. Jahrhundert.

Mir war bewusst, dass er mich mit Elvira verwechselte. Mit ihr hatte mich bisher noch niemand verwechselt. Sie war äußerlich das genaue Gegenteil von mir. Klein und rundlich. Ich war 1,77 groß und hätte liebend gerne ein paar Kilos mehr auf die Waage gebracht.

„Magdalena Musil. Aber ich bin nicht die Gesellschafterin von Frau Artner."

Ich schüttelte ihm die Hand.

Sein lascher Händedruck irritierte mich.

„Ihre Tante schläft."

Er ließ sich mir gegenüber nieder. Im Nu bildete sich am Boden zwischen seinen Füßen eine kleine Pfütze.

„Typisches Aprilwetter." Er strich sich das braune Haar aus der Stirn.

Der Mann sah verdammt gut aus. War etwa so groß wie ich, hatte breite Schultern, muskulöse Arme und Beine, die sich unter seiner nassen, engen Kleidung deutlich abzeichneten. Vor allem seine blauen Augen hatten es mir sofort angetan. Ich mochte blauäugige Männer. Er war ungefähr in meinem Alter.

„Sind Sie eine Freundin meiner Tante?“

„So könnte man sagen. Nein, eigentlich bin ich nur wegen meiner Freundinnen Elvira und Sofia hier.“

„Sofia?“

„Sie archiviert den Buchbestand in Frau Artners Bibliothek.“

„Ach so.“

„Und Sie möchten Ihre Tante besuchen?“

Er nickte.

„Sie wird sich bestimmt über Ihren Besuch freuen.“

„Das glaube ich kaum.“

„Warum nicht?“

„Ach, Tante Adele ist in letzter Zeit ein bisschen komisch geworden. Sie misstraut jedem und verhält sich vor allem ihrer Familie gegenüber sehr abweisend.“

„Das tut mir leid. Zu mir war sie bisher sehr freundlich.“

„Sie sind ja auch nicht mit ihr verwandt. Seit ihrem letzten Krankenhausaufenthalt ist Adele nicht mehr sie selbst. Sie leidet unter Verfolgungswahn und macht es uns nicht gerade leicht, uns um sie zu kümmern.“

Ich konnte ihm nicht widersprechen. Auch mir war Adeles beginnende Paranoia nicht nur letztens, bei unserem gemeinsamen Mittagessen, aufgefallen.

„Stört es Sie, wenn ich hier gemeinsam mit Ihnen warte, bis sie aufwacht?“

Diese höfliche Frage nahm mich erneut für ihn ein.

„Keineswegs. Es ist eher Ihr Zuhause als meines.“

„Da bin ich mir nicht so sicher.“

„Wie darf ich das verstehen?“

„Vergessen Sie es. Lassen Sie uns über Interessanteres reden. Was machen Sie beruflich?“

„Ich bin Fotografin." Ich musste ihm ja nicht auf die Nase binden, dass ich für seine Tante Ermittlungen anstellte.

„Oh, eine Künstlerin. Hat Adele Interesse an Ihren Werken?"

„Hat sie." Das war nicht gelogen.

„Dann können Sie sich glücklich schätzen. Meine Tante hat seit mindestens zehn Jahren keine Künstler mehr gefördert. Früher war sie eine bedeutende Kunsthändlerin. Sie besitzt einige wertvolle Gemälde, sogar Zeichnungen von Egon Schiele und eine Landschaft von Oskar Kokoschka. Eigentlich hat mein Großonkel, Adeles Vater, all diese Bilder kurz vor dem Krieg billig erstanden. Er hat diese in der Nazizeit als entartete Kunst geltenden Zeichnungen und Ölgemälde vor ihrer Vernichtung bewahrt. Und ganz gut davon profitiert – nach dem Krieg."

„Trotzdem lobenswert, oder finden Sie nicht, Herr Artner?"

„Selbstverständlich. Der Bruder meines Großvaters war ein kluger, vorausschauender Mann. Er war Arzt, so wie mein Großvater und mein Vater."

„Und Sie setzen die Medizinertradition fort?"

„Nein. Ich bin Jurist und meine ältere Schwester ist Immobilienmaklerin. Wir sind beide etwas aus der Art geschlagen."

Obwohl ich seit meiner Scheidung von Gernot für Anwälte nicht viel übrig hatte, gefiel mir die offene und leicht ironische Art des Juristen.

„Und Sie möchten nun ein ernstes Wort mit Ihrer, wie sie befürchten, leicht paranoiden Tante reden?"

„Ja, genau. Verzeihen Sie bitte, normalerweise pflege ich nicht mit Fremden über Familienangelegenheiten zu sprechen, aber Sie haben mir vom ersten Augenblick an Vertrauen eingeflößt. Vor kurzem habe ich erfahren, dass Tante Adele ihr Testament ändern und all ihren Besitz der Biologischen Versuchsanstalt am Wilhelminenberg vererben möchte. Bisher war ich ihr Testamentsvollstrecker. Vielleicht möchte sie nun jemand anderen mit dieser Aufgabe betrauen. Jedenfalls muss ich mit ihr darüber reden. Sie wird demnächst siebenundachtzig ..."

„Wollen Sie damit andeuten, dass sie nicht mehr zurechnungsfähig ist?"

„Keineswegs. Ich sollte nur wissen, was sie vorhat. Selbstverständlich würde ich auch ihr neues Testament aufsetzen, egal, wer die Nutznießer ihres Vermögens sein werden ..."

„Sehr edelmütig von Ihnen." Ich grinste ihn an.

„Machen Sie sich ruhig über mich lustig, Frau Musil – Musil wie der große österreichische Romancier?

„Ja, leider nicht mit ihm verwandt."

Er sah mir lange in die Augen.

Bevor ich mich entscheiden konnte, ob ich mit ihm flirten sollte oder nicht, betrat Sofia den Wintergarten.

„Oh pardon, du bist nicht allein."

Sie musterte Oliver Artner von oben bis unten.

Er sprang auf, reichte ihr die Hand und bot ihr seinen Sessel an. Von diesem Moment an hatte er nur mehr Augen für meine schöne Freundin.

9.

Am nächsten Morgen hörte ich in den Nachrichten auf Radio Wien, dass gestern am späten Nachmittag eine etwa vierzigjährige Frau beim Joggen im Wienerwald überfallen worden war.

Gleich darauf rief ich Major Schanda an, erreichte aber nur seine Mailbox. Ich bat ihn um genauere Informationen, was den Überfall betraf.

Eine Stunde später rief er mich zurück.

Die Joggerin war in dem Wäldchen neben dem Montléart-Mausoleum brutal niedergeschlagen worden. Etwa um dieselbe Zeit, als ich dort herumgelaufen war. Während des schrecklichen Gewitters. – Das war kein Zufall!

„Sie hat höchstwahrscheinlich keine Wertsachen dabeigehabt. Das Motiv ist also völlig unklar. Leider konnten meine Kollegen die Frau nicht befragen. Ihre Kopfverletzungen waren so schlimm, dass die Ärzte auf der Intensivstation im Wilhelminenspital stundenlang um ihr Leben gekämpft haben. Sie scheint zum Glück durchzukommen."

„Wie heißt die Frau?"

„Das darf ich dir nicht sagen."

„Komm schon, Werner. Womöglich kenne ich sie. Wir Läuferinnen sind eine eingeschworene Community. Treffen uns mehrmals im Jahr bei diversen Frauenläufen und Halbmarathons."

„Beate Breiner. Behalte den Namen für dich, okay?"

Ohne mich bei Werner Schanda zu bedanken, legte ich auf.

Ich war überzeugt, dass die arme Frau mit mir verwechselt worden war. Es hätte mich nicht gewundert, wenn das Opfer mir ähnlich sehen würde.

Verzweifelt rannte ich in meiner Wohnung hin und her. Sollte ich noch einmal Werner anrufen? Ihm von meinem Verdacht erzählen? Ich verwarf diesen Gedanken wieder. Er würde mich bestimmt für verrückt halten. Vielleicht sollte ich ins Wilhelminenspital fahren und die Frau besuchen? Nicht, dass sie auf meinen

Besuch Wert legen würde, aber ich wollte mich vergewissern, ob sie mir tatsächlich ähnlich sah.

Mein Handy klingelte.

Sofia.

Sie schien bester Laune zu sein.

Ich hatte gestern, kurz nach Sofias Erscheinen, die Villa verlassen, ohne Adele oder Elvira zu sehen und war mit Bus und U-Bahn nach Hause gefahren.

„Wie findest du Oliver Artner? Ich habe mich nach deinem überstürzten Aufbruch noch eine Weile recht gut mit ihm unterhalten. Endlich mal ein Mann mit ausgezeichneten Manieren. Er war so was von charmant und zuvorkommend, ein richtiger Gentleman ..., ich fürchte, ich habe mich in ihn verliebt."

Ich verstand sehr gut, dass Sofia seit der Enttäuschung mit ihrem Mann empfänglich für Schmeicheleien anderer Männer war. Oliver hatte ja selbst mir gut gefallen. Aber musste sie sich gleich in ihn verlieben?

„Er will nur das Beste für seine Tante. Das ist ein ganz Lieber ..."

„Ja, ja, ich glaube dir. Trotzdem, irgendetwas Übles ist in diesem Haus im Gange."

„Du hast dich von Adeles Paranoia anstecken lassen."

Ich antwortete nicht. Erwähnte den Überfall auf die Joggerin bewusst nicht. Denn mir war plötzlich ein beängstigender Gedanke gekommen. Oliver Artner war kurz nach mir völlig durchnässt in der Villa aufgekreuzt. Womöglich hatte er die Läuferin niedergeschlagen, weil er sie mit mir verwechselt hatte? Bestimmt lag es nicht in seinem Interesse, dass ich Larissas Tochter ausfindig machte. Nein, ich verwarf diesen Verdacht wieder. Der Mann hatte auf mich einen durchaus kultivierten Eindruck gemacht. Das war kein Schläger-Typ.

Auch wohlerzogene, gutbürgerliche Männer schlagen oder ermorden Frauen, rief ich mir dann selbst in Erinnerung.

Sofia schien meine Gedanken lesen zu können.

„Glaubst du im Ernst, dass so ein sensibler Mensch wie Oliver seine Tante beseitigen möchte? Das ist völlig absurd!"

„Ich rede doch nicht von Mord, sondern von dem nicht unbeträchtlichen Erbe, das er sicherlich nicht verlieren möchte. Wenn du dich so gut mit ihm verstehst, könntest du ihn ja bei eurem nächsten Treffen ein bisschen aushorchen. Ich würde zum Beispiel gerne wissen, ob er mittlerweile von Adeles Plan, ihr gesamtes Vermögen der Tochter ihrer Freundin Larissa zu vererben, weiß."

„Spinnst du komplett? Endlich gefällt mir wieder einmal ein Mann und dann soll ich ihn für dich ausspionieren, weil du irgendwelchen Hirngespinsten einer alten Frau Glauben schenkst?"

Ich schilderte ihr nun detailliert mein Gespräch mit Adele, erwähnte zuletzt, dass ich das Gefühl gehabt hatte, wir würden belauscht. „Ich dachte zuerst an Pauline. Doch vielleicht war es Johann? Jedenfalls hat mich jemand mit einem großen dunklen Wagen verfolgt, als ich abends heimgeradelt bin. Bitte sag vorerst nichts deinem Mann."

Sofort änderte sich Sofias Ton. „Bist du dir sicher, dass es Adeles Mercedes war und dass Johann am Steuer saß?" Sie klang ernsthaft besorgt.

„Nicht hundertprozentig. Ich habe den Fahrer nicht gesehen und das Kennzeichen habe ich mir auch nicht gemerkt. Habe nicht einmal darauf geachtet."

„Na siehst du! Wahrscheinlich bildest du dir das Ganze nur ein. Wiener Autofahrer hassen prinzipiell alle Radfahrer. Der Typ wollte dir nur Angst einjagen."

„Mag sein ... Zum ersten Mal habe ich den schwarzen Wagen bemerkt, als ich in die Paltaufgasse zur U-Bahn-Station Ottakring einbiegen wollte. Ich fuhr geradeaus weiter. Er kam knapp hinter mir her. Bei der Wattgasse gab ich vor, rechts in die Possingergasse abbiegen zu wollen. Er bremste scharf und bog ab. Während ich geradeaus weiterradelte."

„Warum sollte Johann dich verfolgen oder gar bedrohen? Er kennt dich kaum."

„Das habe ich mich auch gefragt. Es könnte mit meiner Suche nach Tanja zu tun haben."

„Willst du damit sagen, Johann hat aus irgendeinem Grund kein Interesse daran, dass du die Tochter von Larissa Lepinska findest?"

„Genau. Frau Kriminalinspektor kapieren rasch."

„Sehr witzig! Hast du von meinem Alten was gehört?"

„Nein."

Mittlerweile log ich nicht schlecht. Zumindest am Telefon.

„Kommst du einen Sprung vorbei?"

„Mal sehen."

„Wir sollten reden."

Das klang bedrohlich in meinen Ohren. Bestimmt wollte sie über ihre Eheprobleme und über Natalie reden, während ich momentan nichts anderes als den Überfall auf die arme Läuferin im Kopf hatte.

„Ich weiß nicht. Der Wind ist total lästig. Es wird Sturmböen um die achtzig km/h geben ..."

Trotz des gestrigen Überfalls auf die Joggerin machte ich mich zu Mittag auf den Weg in den Wienerwald. Ich fuhr allerdings mit dem 46B zu den Steinhofgründen. Sie waren seit kurzem mein liebstes Laufrevier.

An diesem unfreundlichen Tag hatte ich die Wiesen links und rechts der Wege und all die Schlüsselblumen und Narzissen fast für mich allein. Glaubte ich zumindest.

Plötzlich tauchte am Wegesrand ein nackter Bauch aus dem fast meterhohen Gras auf.

Ich erschrak.

Der kräftig gebaute Glatzkopf sah mich mit seinen blassblauen Augen finster an, wandte jedoch den Blick ab, als er meinem begegnete. Er trank einen Schluck aus seiner Bierdose und tauchte wieder in der ungemähten Wiese unter.

Wer nahm bei diesem Wind ein Sonnenbad? Nur ein Verrückter!

Ich schaute, dass ich wegkam. Obwohl ich mich vor den Insassen am Steinhof nicht fürchtete, war mir etwas mulmig zumute. Ich war heilfroh, als die Feuerwache in Sicht kam.

Ein anderer einsamer Läufer rannte gerade durchs Tor.

Wir hatten kurz Augenkontakt miteinander und drehten uns nacheinander um, als wir weiterliefen.

„Magdalena? Bist du es wirklich?"

Die tiefe, erotische Stimme war mir nur allzu vertraut, obwohl ich sie zum letzten Mal vor fast zwanzig Jahren gehört hatte.

„Michael? Das darf nicht wahr sein!"

Ich blieb stehen. Keuchte und spürte ein höllisches Stechen in der Brust. Abruptes Anhalten nach so vielen Kilometern war nicht das Schlaueste.

Er hatte ebenfalls kehrtgemacht. Kam in langsamem Tempo auf mich zu.

„Was machst du hier?" Blöde Frage.

„Laufen." Blöde Antwort.

Wir fielen uns nicht leidenschaftlich in die Arme. Umarmten uns eher vorsichtig. Ich klopfte ihm verlegen auf die Schulter.

„Na so eine Überraschung. Läufst du öfters hier?"

„Fast täglich nach der Arbeit."

„Oh! Arbeitest du als Psychologe am Steinhof?"

„Ja. Und was treibt dich Asphaltpflanze hierher in die Wildnis?"

„Ich vertrage in meinem fortgeschrittenen Alter die Abgase auf der Linken und Rechten Wienzeile nicht mehr so gut."

Mein Gott, warum redete ich so einen Schwachsinn daher? Wann begegnet man schon jemals seiner ersten großen Liebe wieder? Hatte man sich denn nichts anderes zu sagen? Ich beschloss, den Mund zu halten, ihn reden zu lassen.

Auf Michaels kommunikative Fähigkeiten war Verlass. Er war einer der wenigen Männer in meinem Leben gewesen, mit dem man gut hatte reden können. Es überraschte mich nicht, dass er sein Psychologiestudium, im Gegensatz zu mir, beendet hatte und heute als klinischer Psychologe arbeitete.

„Siehst du die Bank da drüben? Magst du dich kurz ausruhen? Ich finde es so schön, dass wir uns hier zufällig begegnet sind ..."

„Ich glaube nicht an Zufälle", unterbrach ich ihn.

„Ehrlich gesagt, ich auch nicht."

Mein Gott, er hatte noch immer dieses jungenhafte Lächeln, das mich vor über zwanzig Jahren halb um den Verstand gebracht hatte, als wir gemeinsam diese grässlichen Psychologie-Vorlesungen an der Wiener Uni besucht hatten.

Als wir nebeneinander auf der Bank saßen, musterte ich ihn unauffällig von der Seite. Er sah gut aus, hatte ein bisschen zugelegt, ging gerade noch als schlank durch. Sein kleines Bäuchlein störte mich nicht. Sein volles dunkles Haar lichtete sich bereits etwas an seiner hohen Stirn. Auch das störte mich nicht. Nur der goldene Ehering irritierte mich schwer.

Scheiße! Was hatte ich erwartet? Dass er ledig geblieben war? Auf mich gewartet hatte, nachdem ich ihn wegen eines genialen Juristen und weniger genialen Ehemannes verlassen hatte?

„Du bist verheiratet? Hast Kinder?“ Meine Stimme klang ziemlich kläglich.

„Ja, einen Sohn. Meine Frau und ich haben uns vor einem halben Jahr getrennt. Wahrscheinlich renne ich deshalb wie ein Irrer durch die Gegend.“

Getrennt. Wow!

„Ich habe mich vor zwei Jahren von Gernot scheiden lassen. Bin aber schon vorher wie eine Irre durch die Gegend gerannt.“

„Laufen war immer deine große Leidenschaft – neben der Fotografie.“

„Stimmt. Allerdings arbeite ich heute als Detektivin.“

„Wie bitte?“ Sein Lächeln betörte mich erneut.

„Ja, ich habe eine Ausbildung als Detektivin begonnen. Habe noch keinen Abschluss. Du erinnerst dich an meine Prüfungsangst? Aber ich habe bereits ein paar Fälle erfolgreich erledigt.“

„Das finde ich ja spannend. Erzähl!“

„Nicht jetzt. Erzähl mir lieber von dir.“

„Da gibt es nicht viel zu erzählen. Ich habe mein Psychologiestudium beendet, habe promoviert und danach eine psychotherapeutische Ausbildung gemacht. Plage mich nach wie vor mit Fortbildungsseminaren herum, obwohl ich längst neben meinem Job am Steinhof eine eigene Praxis habe. Diese ewige Testerei und die vielen

Gruppentherapien im Spital füllten mich nicht aus. Außerdem leite ich das Stationsparlament, das heißt, ich schlage mich ständig mit Anfragen und Beschwerden der Patienten herum. Am liebsten würde ich nur mehr in der Praxis arbeiten. Mal sehen, vielleicht werde ich das nach der Scheidung auch machen."

„Du willst dich ernsthaft scheiden lassen? Viel Glück, kann ich nur sagen. Ich habe mich bei meiner Scheidung von Gernot über den Tisch ziehen lassen, weil ich um jeden Preis einen Rosenkrieg vermeiden wollte. Jetzt wurstle ich als Privatdetektivin herum und weiß manchmal nicht, wovon ich meine nächste Miete bezahlen soll ..."

Verdammt, warum erzählte ich diesem Mann, mit dem ich zwanzig Jahre lang keinen Kontakt gehabt hatte, solche intimen Geschichten? Ich war sonst nicht so redselig.

„Du wolltest noch etwas sagen?" Er schaute mir in die Augen.

Mir wurde etwas flau im Magen.

„Ein anderes Mal."

Die körperliche Nähe zwischen uns war mir nicht geheuer. Wir waren beide verschwitzt. Selbst sein Schweiß war mir vertraut. Es war mir nicht unangenehm, dass sein feuchter Schenkel an meinem klebte. Dennoch rutschte ich ein Stück von ihm weg.

„Andrea, meine Frau, hat einen Liebhaber. Ich kann es ihr nicht einmal verdenken. Wir hatten jahrelang keinen guten Sex mehr. Ehrlich gesagt hatten wir den von Anfang an nicht. Vergiss es, es ging nicht um Sex. Sie hat meine Arbeit nicht ertragen können, war eifersüchtig auf meine Patienten. Behauptete oft, meine Patienten wären mir wichtiger als meine Familie. Vielleicht hatte sie sogar recht. – Entschuldige bitte, dass ich dich mit meiner kaputten Ehe belabere. Schade, dass wir uns nicht vor deiner Scheidung getroffen haben. Ich hätte dir im Kampf gegen diesen Superhero beistehen können. Zumindest psychisch. Ich habe deine Heirat mitbekommen, habe auch erfahren, dass du danach Fotografie auf der Angewandten studiert hast. Irgendwann sind meine Informationsquellen versickert, und ich habe die Suche nach dir aufgegeben."

Ich hatte ihn in all den Jahren nicht gesucht, obwohl ich oft an ihn gedacht hatte.

Mein Handy läutete.

Elvira.

Ich wollte zuerst nicht abheben, tat es doch.

„Wo bist du? Wir warten auf dich mit dem Abendessen. Pauline hat Schnitzel gemacht und ihren wunderbaren Erdäpfel-Mayonnaise-Salat ..."

„Ich bin gleich da." Ich legte rasch auf.

„Du musst gehen?"

„Ja, leider."

„Sehen wir uns wieder?"

„Gerne. Hast du was zum Schreiben dabei?"

Er holte einen Kugelschreiber aus der Tasche seiner kurzen Hose.

Ich schrieb ihm meine Telefonnummer auf die Innenseite seiner linken Hand, so wie er mir vor den schwierigen Statistik-Prüfungen die für mich unverständlichen Formeln auf meine Handfläche geschrieben hatte.

Er bat mich auch um meine Mail-Adresse.

Ich sagte sie ihm.

„Leicht zu merken. Ich habe denselben Provider."

Wir standen gleichzeitig auf. Zum Abschied gab er mir einen flüchtigen Kuss auf den Mund.

„Ich melde mich."
„Tu das."
Dann liefen wir in entgegengesetzte Richtungen.

Larissas Zustand verschlimmerte sich in den Wochen nach ihrem Unfall. Phasen der Melancholie, in denen sie tagelang in einer Art Dämmerzustand vor dem Fernseher lag, folgten Tage, an denen sie total überdreht, aggressiv und gleichzeitig unheimlich produktiv war.

Als sie nur mehr grässliche Fratzen malte, versuchte Adele sie zu überreden, einen Neurologen zu konsultieren. Ein völlig sinnloses Unterfangen. Larissa dachte nicht im Traum daran, einen Arzt aufzusuchen.

Ein verfrühter Wintereinbruch Anfang Dezember zwang die beiden Frauen, tagelang im Haus zu bleiben. Heftige Schneefälle und eiskalter Wind schnitten sie buchstäblich von der Außenwelt ab. Larissa verließ ihr Atelier im Erdgeschoss der Villa kaum mehr. Sie verbarrikadierte sich regelrecht. Schloss die Tür ab. Ließ Adele oft tagelang nicht hinein. Auch die Nächte verbrachte sie auf der Couch in ihrem Atelier. Sie wusch sich kaum mehr. Ernährte sich hauptsächlich von Ravioli in Tomatensauce. Von diesen Dosen gab es einen schier unerschöpflichen Vorrat in der Speis neben der Küche.

Adele hatte mittlerweile eingesehen, dass ihre Freundin psychisch krank war. Sie vermied jede Auseinandersetzung. Mit großer Beharrlichkeit versuchte sie, Larissa zu bewegen, mit ihr gemeinsam einen Arzt zu besuchen. Ihre Bemühungen blieben vergeblich.

Larissa schien inzwischen kaum mehr zu schlafen. Adele litt ebenfalls unter Schlaflosigkeit.

In jeder Nacht dröhnten die Bässe der Stereoanalage vom Atelier nach oben in Adeles Schlafzimmer. Larissa hörte die ganze Nacht lang in voller Lautstärke Rockmusik: Jimi Hendrix, Janis Joplin, Deep Purple, Frank

Zappa and The Mothers of Invention, Velvet Underground und Santana.

Dem Durchdrehen nahe überlegte Adele sogar, ihren Cousin Heinrich zu bitten, ihr ein Schlafmittel zu verschreiben. Die heiße Milch mit Honig, die sie jeden Abend bevor sie zu Bett ging zu sich nahm, half leider nicht.

Heinrich war Psychiater am Steinhof, erster Oberarzt und auf dem Sprung Primar zu werden.

Sie ließ es bleiben, da sie Heinrich nicht leiden konnte und ihm nicht einmal als Arzt vertraute.

Die seltenen Momente, in denen sie Larissas neue Ölbilder zu Gesicht bekam, überzeugten sie davon, dass ihre Freundin, trotz ihrer psychischen Probleme, sehr kreativ war. Sie malte realistischer. Ihre Sujets waren härter und gesellschaftskritischer. Auf ihren Bildern waren Atommeiler, explodierende Bomben und Menschen mit Gasmasken zu erkennen. Auch technisch hervorragende Kohlezeichnungen von toten Soldaten entstanden in dieser Periode. Trotz des Abzugs der US-Truppen war der Krieg in Vietnam nicht zu Ende.

Larissas abstrakte Periode, in der sie den großen russischen Maler und Hauptvertreter der russischen Avantgarde, Kasimir Malewitsch, und den abstrakten Expressionismus von Mark Rothko, des jüdischen Malers, der aus Lettland in die USA emigriert war, imitiert hatte, schien vorbei zu sein.

In ihren neuen Bildern setzte sie sich mit ihren Ängsten und Aggressionen auseinander. Eine Welt des Schreckens präsentierte sich Adele, als sie kurz vor Weihnachten wieder einmal, in Larissas Abwesenheit, das Atelier betrat. Schreiende Münder. Weit aufgerissene Augen. Geschlagene und gequälte Körper. Und das alles in grellen, verstörenden Farben. Giftgrün, krebsrot, knallgelb. Man musste keine Psychologin sein, um diese Bilder deuten zu können. Sie waren ein einziger Hilfeschrei.

10.

Die Begegnung mit meiner ersten großen Liebe hatte mich ziemlich mitgenommen. Ich wollte allein sein, das Treffen wieder und wieder vor meinem inneren Auge Revue passieren lassen und in romantischen Erinnerungen schwelgen. Mein neuer Fall, selbst die schwer verletzte Joggerin, waren in den Hintergrund getreten.

Nicht einmal nach der Gesellschaft meiner Freundinnen war mir nach dieser aufregenden Begegnung zumute.

Als Michael außer Sichtweite war, griff ich nach meinem Handy und rief Elvira an. Sie hob nicht ab.

Ich versuchte es bei Sofia, doch die war ebenfalls nicht erreichbar.

Zuletzt wählte ich die Nummer von Adeles Seniorenhandy.

„Bei Frau Artner", meldete sich Pauline.

„Guten Tag. Hier ist Magdalena Musil. Ich würde gern mit Frau Artner sprechen."

„Sie kann jetzt nicht."

„Dann richten Sie ihr und meinen Freundinnen bitte aus, dass ich heute leider nicht mit ihnen essen kann. Mir ist etwas Wichtiges dazwischengekommen."

Pauline anzuschwindeln fiel mir leicht. Adele hätte mich bestimmt mit Fragen gelöchert und mich zu überreden versucht, doch vorbeizuschauen – ebenso Elvira und Sofia. Pauline hingegen war garantiert froh, mich nicht auch noch am Hals zu haben.

„Ich werde es ihr ausrichten."

Bei der Feuerwache stieg ich in den Bus.

Auf der langen Fahrt bis zur U-Bahn-Station Ottakring hatte ich viel Zeit zum Nachdenken. Michael hatte eindeutig mit mir geflirtet. Hatte er mir verziehen, dass ich ihn vor zwanzig Jahren so schmählich mit Gernot betrogen, ihn sogar wegen dieses Idioten verlassen hatte?

Wehmütig dachte ich an die aufregenden Nächte mit Michael. Nächte voller Zärtlichkeit und heftiger Diskussionen bei Bier und Zigarettenrauch. Ich dachte an die Musik – unsere Musik –, von der wir bis in die frühen Morgenstunden nicht genug kriegen konnten. Auch wenn wir uns liebten, hörten wir meistens Miles Davis, den er sehr verehrte, und Roxy-Musik, die wir beide für grandios hielten. Madonna und Whitney Houston entdeckte ich erst später, als ich mich in Gernot verliebte. Verglichen mit Michaels Musikgeschmack war der von Gernot etwas primitiv. Und meiner ebenfalls, musste ich mir eingestehen. Denn ich hatte mir nach dem Ende meiner Beziehung mit Michael nie mehr die Jazz-CDs, die er mir geschenkt hatte, angehört.

Heute Abend würde ich mir das Concierto de Aranjuez, interpretiert von Miles Davis, auflegen und von den heißen Nächten träumen, die Michael und ich Mitte der 1990er Jahre in Andalusien verbracht hatten.

Bei der U-Bahn-Station Ottakring gab es einen kleinen Markt. Ich kaufte einen Salat und zwei Körbchen Erdbeeren zum Preis von einem. Nicht weil ich Lust auf Salat und Erdbeeren verspürte, sondern weil die Sachen so appetitlich aussahen.

Plötzlich musste ich an die schwer verletzte Joggerin denken.

Anstatt heimzufahren, machte ich mich auf den Weg zum Wilhelminenspital.

Die Schwester an der Rezeption wollte mich abwimmeln. Die offizielle Besuchszeit war längst vorbei.

Ich gab mich als Cousine von Frau Breiner aus. Sagte, ich käme vom Land. Zeigte ihr die Erdbeeren, die ich gerade am Markt erstanden hatte. Betonte, dass meine Cousine Erdbeeren lieben würde und ich ihr nur rasch ein paar vorbeibringen wollte. Ich redete lauter Schwachsinn daher.

„Möchten Sie kosten? Sie sind köstlich."

Die Schwester schüttelte den Kopf und musterte mich amüsiert. „Sie schauen der Patientin ziemlich ähnlich."

Ich durfte zu ihr.

Beate Breiner lag in einem Dreibettzimmer. Ich erkannte sie sofort an dem Kopfverband. Unter dem Verband schauten blonde Haare hervor.

Schmales Gesicht, ebenmäßige Züge, graugrüne Augen, keine allzu kleine Nase, schön geschwungene, nicht sehr volle Lippen. Obwohl ich die Umrisse ihres Körpers unter der Bettdecke nur in etwa erkennen konnte, kam sie mir groß und sehr schlank vor.

Ich stellte mich mit vollem Namen vor. Sagte, ich würde in ihrem Fall ermitteln. Zeigte ihr ganz kurz meinen Studienausweis von der Detektiv-Akademie in Krems.

Als ich ihr ein Körbchen Erdbeeren reichte, lächelte meine Doppelgängerin schwach.

„Wieso wissen Sie, dass ich Erdbeeren liebe?"

Tja, ich konnte eben hellsehen.

Da sie sehr blass um die Nase war, fragte ich nur rasch, ob sie den Angreifer gesehen hätte.

Sie nickte.

Ihre Augen wurden feucht, als sie ihn mir beschrieb. „Er war mittelgroß und kräftig gebaut. Mehr kann ich nicht sagen. Die Kapuze seines Sweaters hat seine Haare und die Hälfte seines Gesichts verdeckt. Ich habe ihn nur eine Sekunde lang gesehen. Aber das habe ich eh schon alles der Polizei erzählt."

„Ich weiß. Entschuldigen Sie bitte. Ist ihnen sonst noch etwas an ihm aufgefallen? Ich meine, hatte er eine schiefe Nase oder haben sie seine Augenfarbe erkannt? Hatte er feine Gesichtszüge oder sah er eher brutal aus?"

„Das kann ich nicht sagen. Es ging alles so schnell. Ich habe ein Geräusch hinter mir gehört. Habe mich umgedreht. In diesem Augenblick hat er zugeschlagen."

„Mit der Faust?"

„Jein. Die Polizei meinte, er hätte einen Schlagring oder sowas Ähnliches benützt und gleich mehrmals auf mich eingedroschen."

„Oh mein Gott!"

„Ja, ich habe Glück gehabt. Oder besser gesagt, ich habe mein Leben den Ärzten hier zu verdanken."

Sie seufzte und schloss die Augen.

Ich wollte sie nicht länger belästigen, dankte ihr und verließ rasch das Krankenzimmer.

Als ich endlich zuhause angekommen war, duschte ich ausgiebig, zog mir einen warmen Jogginganzug an und machte es mir mit einem koffeinfreien Kaffee und einer Schüssel Erdbeeren mit Schlagobers auf meinem großen Balkon bequem. Eingewickelt in eine flauschige Wolldecke genoss ich die frischen Erdbeeren und die milde Frühlingsnacht.

Mein Handy hatte ich auf Vibrieren geschaltet.

Natalie rief zweimal an. Ich rief nicht zurück, hatte mir ein bisschen Ruhe verdient.

Auch Elvira versuchte mehrmals, mich zu erreichen. Bei ihrem vierten Versuch hob ich ab.

Sie klang sehr nervös.

„W... was ist los? Wieso bist du nicht zum Abendessen erschienen? Du stehst doch auf Erdäpfelsa... Mayonnaisesalat."

Nur auf den von meiner Mutter, hätte ich am liebsten gesagt.

„Die Polizei war heute bei uns oder besser gesagt bei mir. Sie fahnden nach Milan und wollten von mir wissen, wo er sich zurzeit aufhält. Stell dir vor, dieser verdammte Idiot schmuggelt angeblich wieder Zigaretten und Schlimmeres, also Marihuana aus Albanien, im ganz großen Stil. Meine Mutter würde sich im Grab umdrehen, wenn sie wüsste, dass ich jahrelang mit einem Drogendealer und Schmuggler zusammen war!"

„Spiel jetzt bloß nicht die Unschuld vom Lande. Den Kaviar, den Wodka und all die anderen Schätze, die Milan früher aus Kroatien mitgebracht hat, hast du dir immer gut schmecken lassen."

Nicht nur sie, auch Sofia und ich, und sogar Major Schanda von der Wiener Kripo, hatten diese Köstlichkeiten sehr genossen.

Elvira überhörte meine Bemerkung geflissentlich.

„Dieses Schwein hat als seine letzte Adresse in Wien mein früheres Geschäft in der Gumpendorfer Straße angegeben. So sind sie überhaupt auf mich gekommen. Dort hat er nie gewohnt, wie du weißt. Warum hat er mich da mithineingezogen? Ist das seine Art von Rache, weil ich ihn verlassen habe? Ich könnte ihn umbringen! Weißt du, wie peinlich es mir war, vor diesem alten Tratschweib Pauline beschuldigt zu werden, einen Drogenhändler zu verstecken? Garantiert erzählt sie es Adele. Dann bin ich meinen Job hier los ..."

„Beruhige dich, Elvira. Adele ist keine Spießerin. Ich nehme an, sie hat in ihrer Jugend selbst gekifft. Und was Pauline über dich denkt, kann dir vollkommen wurscht sein."

„Dein Wort in Gottes Ohren!"

„Sei nicht so hysterisch."

„Und du bist und bleibst eine kalte Nudel! Wie kannst du nur so gleichgültig bleiben, wenn deine beste Freundin in der größten Krise ihres Lebens steckt?“

Von wegen beste Freundin und von wegen größte Krise! Ich hatte schon mehrere größte Krisen von Elvira miterlebt und ihr jedes Mal aus der Patsche geholfen.

„Wenn Sofia nicht aufgekreuzt wäre und den beiden Bullen die Meinung gesagt hätte, wäre ich sicher verhaftet worden. Sie war großartig, hat sich als Frau von Major Schanda vorgestellt und so ganz von oben herab gefragt, worum es denn ginge. Die Bullen waren auf einmal scheißfreundlich. Ich musste gar nix mehr sagen. Sofia hat ihnen erklärt, dass Milan eine flüchtige Bekanntschaft von mir war und ich seit langem keinen Kontakt mehr mit ihm hatte.“

„Flüchtige Bekanntschaft?“ Ich kicherte.

„Was findest du so lustig?“

„Als flüchtige Bekanntschaft kann man deine Beziehung mit Milan wirklich nicht bezeichnen. Du warst die große Liebe seines Lebens. Und, wenn du ehrlich bist, hast auch du ihn geliebt.“

„Bla, bla, bla. Das sagst gerade du, die nicht an die große Liebe glaubt.“

„Habe ich das je behauptet?“

„Öfters!“

„Sei froh, dass Sofia alles geklärt hat“, beendete ich das etwas mühselige Telefonat mit ihr.

Da es draußen kühl geworden war, ging ich hinein. Setzte mich mit meinem Laptop auf mein rotes Sofa. Zuerst checkte ich meine E-Mails. Michael hatte sich noch nicht gemeldet. Was hatte ich erwartet? Den Rest des Abends verbrachte ich im Internet auf der Suche nach Larissas Tochter.

Laut Elvira war es für eine Detektivin unerlässlich, im Internet präsent zu sein. Deshalb hatte ich mich vor einiger Zeit bei allen möglichen sozialen Netzwerken angemeldet.

Anstatt Miles Davis zu hören und von Michael zu träumen, durchsuchte ich stundenlang sämtliche Social Media nach einer Tanja Lepinska. Probierte es nicht nur bei Facebook, Instagram und Twitter, sondern auch bei LinkedIn und XING, in denen eher berufliche Kontakte gepflegt wurden.

Ohne Erfolg. Eine Tanja Lepinska schien, zumindest im Netz, nicht zu existieren. Inzwischen war ich überzeugt, dass Tanja einen anderen Nachnamen hatte. Eine vierzigjährige Frau musste doch heutzutage im Internet zu finden sein!

Bevor ich zu Bett ging, fragte ich ein zweites Mal meine Mails ab.

Michael hatte noch immer nichts von sich hören lassen.

Ich checkte meine SMS.

Nichts.

Heute Nacht würde ich wohl von Tanja Lepinska träumen, anstatt von den heißen andalusischen Nächten mit Michael.

„That's All Right, Mama" ertönte auf meinem Handy.

Meine Mutter. Sie hatte mir heute gerade noch gefehlt.

Ich hob trotzdem ab.

„Wie geht's dir, mein Schatz? Hast du die Tochter dieser Malerin bereits ausfindig gemacht?"

„Nein."

„Warst du am Jugendamt?"

„Nein."

„Warum nicht?"

„Hatte keine Zeit.“

Weil ich Michael heute wiedergesehen habe, hätte ich am liebsten gesagt. Andererseits war meine Mutter der letzte Mensch, mit dem ich über ihn reden wollte. Als ich ihn einst wegen Gernot verlassen hatte, war sie empört gewesen. Meinen späteren Ehemann hatte sie von Anfang an nicht ausstehen können. Ich musste mir um fast Mitternacht nicht anhören, dass sie recht gehabt hatte, dass Gernot ein Arschloch war und Michael der Traum aller Schwiegermütter ... Seine jetzige Schwiegermutter würde ihre Meinung sicher nicht teilen. Dieser Gedanke amüsierte mich. Beinahe vergnügt fragte ich Agnes, ob ihr Kapitän denn endlich geschieden wäre.

„Darüber reden wir ein anderes Mal. Ich wollte dir nur eine gute Nacht wünschen, mein Liebling.“

„Gute Nacht, Mama.“

Nach diesem Telefonat ging ich zu Bett, konnte aber nicht einschlafen.

Agnes hatte leider recht. Ich musste morgen unbedingt zum Magistrat.

11.

Gleich nach dem Frühstück, zwei Tassen Kaffee und einem längst abgelaufenen Müsli mit frischem Joghurt und den restlichen Erdbeeren von gestern, machte ich mich auf den Weg zum Magistrat 11, dem Amt für Jugend und Familie der Gemeinde Wien.

Und, oh Wunder, das Glück war mir hold.

Zuerst wollte mir die Beamtin keine Auskunft geben.

Ich drückte auf die Tränendrüsen. Erwähnte so ganz nebenbei, dass die Frau, die ich suchte, ein Riesenvermögen erben würde.

Erst als ich ihr meine alte Visitenkarte reichte, die mich als Mitarbeiterin des Anwaltsbüros meines Mannes auswies, wurde sie zugänglicher. In vertraulichem Ton teilte sie mir mit, dass mein Mann die Scheidung ihrer besten Freundin erfolgreich bestritten hatte. Dann begann sie auf ihrem Computer nachzusehen.

Es dauerte eine Weile. Sie war nicht die Schnellste. Rutschte unruhig auf ihrem Drehsessel hin und her. Sah öfters zur Tür.

„Wenn Sie mich kurz entschuldigen würden, ich muss dringend auf die Toilette ..."

Rasch schloss ich die Tür zum Gang, die sie offengelassen hatte und machte mich an die Arbeit.

Ich war verdammt nervös, drückte einige Male auf die falschen Tasten. Schließlich fand ich eine Tanja Lepinska, die 1976 von einem österreichischen Adeligen namens Seefeld und seiner amerikanischen Ehefrau, einer geborenen Myers, adoptiert worden war. Eine Salzburger Adresse. Zu mehr kam ich nicht, da ich Schritte am Gang hörte. Ich betätigte mehrmals die Retour-Taste und setzte mich rasch wieder auf den Besucherstuhl.

Als sich die Beamtin, sichtlich entspannter, auf die Suche in ihren digitalisierten Akten machte, dauerte es mindestens zehn Minuten, bis sie ebenfalls fündig wurde.

Sie sah mich verschwörerisch an. „Tanja Seefeld, mehr darf ich Ihnen nicht sagen!"

Ich bedankte mich überschwänglich.

Zuhause begab ich mich sogleich auf meinem Laptop ins Internet.

Eine Tanja von Seefeld arbeitete als Kunsthistorikerin und Kuratorin im Schloss Belvedere. Sie hatte sogar eine eigene Website. Da die Adelstitel in Österreich 1919 abgeschafft worden waren, wunderte ich mich über das kleine „von“ auf ihrer Homepage.

Auch ihre Diplomarbeit wurde mehrmals im Netz erwähnt. Interessanterweise hatte sie sich mit dem amerikanischen Maler Mark Rothko und der von ihm erfundenen Farbfeldmalerei beschäftigt. Hatte Adele nicht letztens erwähnt, dass auch Larissa von den Werken des berühmten abstrakten Expressionisten begeistert gewesen war?

Wie sollte ich jetzt weiter vorgehen? Adele berichten, dass ich die Tochter ihrer geliebten Freundin höchstwahrscheinlich gefunden hatte? Oder sollte ich mich zuerst mit Tanja Seefeld in Verbindung setzen, sie über die ganze Geschichte informieren und auf den Besuch bei Adele vorbereiten? Konnte ich sie einfach anrufen? Nein, sicher war es besser schriftlich, also per Mail, mit ihr Kontakt aufzunehmen.

Und wenn sie kein Interesse haben würde, die frühere Freundin ihrer Mutter kennenzulernen? Geld interessiert jeden. Ich würde ihr dann halt doch mitteilen, dass ein großes Erbe auf sie wartet. Sogleich bekam ich wieder Zweifel, ob das schlau war. Einen richtigen Schöngeist würde das viele Geld weniger reizen. Wusste sie überhaupt, dass sich ihre leibliche Mutter umgebracht hatte? Keinesfalls wollte ich die Überbringerin dieser Horrorgeschichte sein.

Ich rief Elvira an, bat sie um ein Treffen in einem unserer Lieblingslokale am Naschmarkt.

„Mein Gott, wie sehr habe ich den Markt vermisst!“

Elvira begrüßte die netten jungen Kellner im Neni wie alte Freunde. Sie kannte alle beim Namen. Wir bestellten zwei Gläser Prosecco. Elvira stand auf Prosecco. Zeitweise hatte sie sich davon ernährt. Ich ließ meine dauerquasselnde Freundin nicht zu Wort kommen, schilderte ihr sofort meine missliche Lage. Elvira konnte auch gut zuhören, was in ihrem Beruf als Kosmetikerin und Pediküre sehr wichtig war.

Sie unterbrach mich kein einziges Mal. Erst als ich geendet hatte, sagte sie: „Stell dich nicht so an. Du rufst diese Tanja an, sagst ihr, dass sich deine Klientin mit ihr treffen möchte und machst einen Termin aus. Adele ist sowieso ans Haus gefesselt. Die feine Dame kann also vorbeischauen, wann sie will. Ihre leibliche Mutter und das Erbe, das auf sie wartet, musst du gar nicht erwähnen, sag ihr einfach, dass eine alte Kunsthändlerin sie unbedingt kennenlernen möchte und ihr selbst erklären wird, worum es geht."

„Danke, Elvira! Das ist wirklich die beste Variante. Sollte Tanja keine Lust auf dieses Treffen haben, werde ich aber die Erbschaft erwähnen müssen, oder?"

„Ja, notfalls. Ich bin überzeugt, dass sie neugierig sein wird, was diese alte Lady von ihr will."

„Okay, so werde ich es machen. – Und wie geht es dir? Fühlst du dich besser? Ist diese leidige Geschichte mit Milan geklärt?"

„Alles okay. Die Bullen lassen mich in Frieden, seit Sofia mit ihnen ein ernstes Wort geredet hat. Sie hat mir übrigens erzählt, dass du dir einbildest, von Johann verfolgt worden zu sein."

Diese verdammte Tratschen, schimpfte ich in Gedanken.

„Ich weiß nicht, was Sofia zu dir gesagt hat. Fest steht jedenfalls, dass mich ein großer schwarzer Wagen, ein SUV, am späten Abend gefährdet hat, als ich mit meinem Citybike nach Hause gefahren bin. Ob es sich um Adeles Mercedes handelte und Johann am

Steuer saß, kann ich nicht mit Sicherheit behaupten. Es war finster, ich habe nicht viel gesehen. Doch irgendein Idiot hätte mich fast umgebracht."

„Sicher nicht Johann! Er ist zwar ein Spinner, aber kein Mörder!"

Dabei beließ ich es. Wir tranken unseren Prosecco aus.

Elvira hätte sich gern ein zweites Gläschen gegönnt. Die Enttäuschung, weil ich zum Aufbruch drängte, war ihr deutlich anzumerken.

Zuhause schaltete ich meinen Laptop ein und versuchte ein Mail an Tanja Seefeld zu schreiben.

Ich vermisste Sofia. Sie war schriftlich viel besser als ich. Mir wollte einfach keine geschliffene Formulierung gelingen.

Irgendwann gab ich es auf.

Ein Gespräch unter vier Augen würde mir leichter fallen als ein E-Mail.

Es war ein herrlicher Frühlingstag. Wolkenloser Himmel, klare Luft.

Ich schlenderte den Naschmarkt entlang. Schaute auf einen Sprung bei Herrn Alfons in seiner Trafik auf der Linken Wienzeile vorbei.

Er drückte mir einen Kuss auf die Wange und bot mir einen Espresso an.

Auch Bulle schien sich dieses Mal über meinen Besuch zu freuen. Kaum hatte ich mich auf den Drehstuhl hinter der Verkaufstheke gesetzt, sprang der dicke rothaarige Kater auf meinen Schoß.

„Hey, du Dickerchen! Wie geht's dir? Zu gut, glaube ich."

Bulle schnurrte und streichelte meinen Arm mit seinem buschigen Schwanz.

Prompt begann ich zu niesen.

„Hat er viele Mäuse im Bauch?"

„Was denken Sie! Die Marktfrauen von Gegenüber füttern ihn jeden Morgen mit fetten Würsten."

Ich berichtete Herrn Alfons von den letzten Ereignissen. Meine Begegnung mit Michael verschwieg ich ihm. Auch den Überfall auf die Joggerin am Wilhelminenberg und meinen Verdacht, dass der Anschlag mir gegolten hatte, erwähnte ich mit keinem Wort.

Herr Alfons kam selbst darauf zu sprechen.

„Vielleicht sollten Sie sich in nächster Zeit ein anderes Laufrevier suchen? Soviel ich gehört habe, verdächtigt die Polizei einen psychisch Kranken, eine Läuferin am Wilhelminenberg überfallen zu haben."

„Quatsch!" Mehr sagte ich nicht.

Erzählte ihm dann, dass ich auf dem Weg zu Tanja Lepinska oder besser gesagt Tanja Seefeld war.

„Wie kann ich dieser Frau, ohne ihr alles genau erklären zu müssen, beibringen, dass sie mit Adele Artner Kontakt aufnehmen soll?"

Ich trank meinen Espresso. Er war schön stark. Ich bat ihn um eine zweite Tasse.

„Am besten, man sagt immer ganz direkt, was man will und redet nicht lange um den heißen Brei herum."

„Diese Geschichte ist so furchtbar ..."

„Genau deswegen sollten Sie der Lady völlig unverblümt und möglichst emotionslos erklären, worum es geht."

Sein Ratschlag erschien mir vernünftig, entsprach außerdem meinem Temperament.

Ich trank meinen zweiten Espresso aus, tätschelte Bulles dicken Popo und machte mich auf den Weg zum Schloss Belvedere.

Die Blumenrabatte auf der Zweierlinie leuchteten in den prächtigsten Farben. Das Wiener Stadtgartenamt hatte sich selbst übertroffen. Ich konnte mich nicht daran erinnern, jemals so wunderschöne Tulpen und Märzenbecher mitten in einer pulsierenden Großstadt gesehen zu haben. Nicht einmal in Paris.

Beim Unteren Belvedere angekommen, fragte ich mich zu Tanja Seefeld durch. Als ich sie endlich am Telefon hatte, schlug ich ein kurzes Treffen im Museumscafé vor.

Sie schien keine Zeit zu haben.

Ich konnte sehr hartnäckig sein, das hatte ich von meinem Ex-Mann gelernt. Schließlich willigte sie ein, mich für ein paar Minuten im Café zu treffen.

Eine Frau um die Vierzig, blaues Kostüm, hochhackige Schuhe, kam schnellen Schrittes auf mich zu. Sie war, trotz ihrer hohen Absätze, ein ganzes Stück kleiner als ich. Gute Figur, schlanke Beine. Ihre leicht schräg stehenden Augen waren von einem auffälligen eiskalten Blau, ihr Teint eher dunkel, das braune dichte Haar im Nacken zusammengebunden.

Auf den zweiten Blick fand ich sie recht hübsch. Allein ihr missmutiger Gesichtsausdruck beeinträchtigte die Schönheit ihrer Züge.

Tanja sah ihrer Mutter Larissa ein bisschen ähnlich. Ich hatte einige Fotos von Larissa gesehen, die in Adeles Schlafzimmer auf einer Kommode standen. Allerdings hatte Larissa fast schwarze Augen gehabt. Zwischen dem großen expressionistischen Selbstporträt von Larissa, das gegenüber von Adeles Bett hing, und der hübschen Tanja konnte ich allerdings keinerlei Ähnlichkeit feststellen.

„Magdalena Musil. Ich bin eine Freundin von Adele Artner. Der Name wird Ihnen nichts sagen. Es geht um Ihre Mutter.“

In der Folge hielt ich mich an Herrn Alfons Rat, erzählte ihr brühwarm die ungeheuerliche Geschichte in Kurzfassung. Die Erbschaft, die sie erwartete, erwähnte ich nur beiläufig.

Tanja Seefeld wurde während meiner Rede zusehends blasser.

„Man hat mich in dem Glauben gelassen, dass meine leibliche Mutter bei meiner Geburt gestorben ist“, unterbrach sie mich. „Meine Adoptivmutter hat mir das erzählt, als ich zwölf war.“

Ihr hübscher Mund hatte sich bei diesen Worten zu einer hässlichen Grimasse verzerrt.

„Das stimmt nicht ganz. Ihre Mutter ist erst drei Monate nach Ihrer Geburt in der Psychiatrie gestorben. Angeblich war es Selbstmord. Es könnte auch Mord gewesen sein.“

Sogleich bereute ich meine Worte.

Sie biss sich auf die Lippen. Stellte keine Fragen.

„In Österreich haben adoptierte Kinder das Recht zu erfahren, wer ihre leiblichen Eltern sind oder waren. Haben Sie denn nie versucht, das herauszufinden?“

„Wozu hätte das gut sein sollen?“

Diese Frau war mir nicht sympathisch.

Frustrierte Menschen sind selten sympathisch, ermahnte ich mich. Ich dachte an Michael, der sicherlich besser mit Tanja Seefeld hätte umgehen können als ich.

„Würden Sie mir bitte mehr über Ihre Adoptiveltern erzählen.“

„Warum?“

„Um mehr über Sie zu erfahren, Ihre Kindheit, Ihre Jugend ...“

Sie zögerte. Entschloss sich jedoch zu antworten.

„Sarah war eine wohlhabende Amerikanerin, die einen verarmten Salzburger Adeligen geheiratet hat und selbst keine Kinder bekommen konnte. Sie ist vor zwei Jahren an Gebärmutterhalskrebs gestorben. Man soll Toten nichts Schlechtes nachsagen. Aber sie war eine grässliche Person. Schwer hysterisch, unberechenbar und sehr launenhaft."

„Und Ihr Adoptivvater?"

„Mein Vater hat fast ihr gesamtes Vermögen an der Börse verspekuliert. Die beiden haben sich scheiden lassen als ich sechzehn war. Ich bin bei ihm in Salzburg geblieben. Sarah ging zurück in die USA. Zwei Jahre später begann ich in Wien Kunstgeschichte zu studieren. Sarah hat mir das Studium bezahlt. Dafür war ich ihr dankbar. Ich habe sie einmal im Jahr in Houston, Texas, besucht. Mit meinem sogenannten Vater habe ich seit Jahren keinen Kontakt mehr."

Ihr abfälliger und zugleich wütender Gesichtsausdruck ließ mich rasch das Thema wechseln.

„Sie zählen heute zu den gefragtesten Kunsthistorikerinnen Österreichs – das hat zumindest meine Recherche ergeben."

„Mag sein. Ich habe sehr hart dafür gearbeitet."

„Das glaube ich Ihnen. Das Interesse für Kunst dürften Sie von Ihrer leiblichen Mutter haben. Sie war eine großartige Malerin ..."

„Sie war verrückt, haben Sie vorhin gesagt."

„Das habe ich nicht gesagt. Sie litt unter einer bipolaren Störung."

„Nur eine professionellere Bezeichnung für dasselbe."

Ich konnte mit dieser Frau nicht warm werden. Als ich sie nach ihrer momentanen Lebenssituation fragte, wollte sie mir zuerst weder ihre Adresse noch ihre Telefonnummer verraten.

Beides ließ sich leicht herausfinden. Ich beharrte nicht darauf.

„Ich werde Sie nicht weiter belästigen, Frau Magister Seefeld. Ersuche Sie nur, mit Frau Artner bald Kontakt aufzunehmen.“ Ich reichte ihr Adeles Visitenkarte.

„Ich werde die Dame demnächst anrufen. Jetzt muss ich wieder an die Arbeit.“

Sie verabschiedete sich, ohne mir die Hand zu reichen.

Kaum war ich zuhause, rief ich meine Mutter in Samos an. Erzählte ihr, dass ich die Tochter von Larissa Lepinska gefunden hatte.

Nach dem Gespräch mit Tanja erschien mir meine unmögliche Mutter die beste Mutter der Welt zu sein.

Ich hörte ihr sogar aufmerksam zu, als sie mir von ihrem Stavros vorschwärmte. Ihr Kapitän war gerade geschieden worden. Ihrem Glück stand also nichts mehr im Wege.

Als sie sich endlich erkundigte, wie es denn mir gehen würde, antwortete ich kurz und bündig: „Ich bin auch in einen verheirateten Mann verliebt. Erinnerst du dich an Michael? Meine erste große Liebe? Seine Situation ist schlimmer als die deines Liebhabers. Ihm steht die Scheidung noch bevor.“

„Michael, dieser wunderbare Junge, ich freue mich ...“

Bevor sie mich mit Fragen löchern würde, legte ich auf.

1974

Weihnachten kam es zu einem Eklat. Adele hatte wie jedes Jahr ihren Cousin Heinrich, seine Frau Hannelore und deren Kinder am ersten Weihnachtsfeiertag zu der obligatorischen Weihnachtsgans eingeladen.

Larissa hatte sich geweigert, mit Adele den Heiligen Abend zu verbringen. Sie hatte sich damit herausgeredet, dass die Russisch-Orthodoxen erst später Weihnachten feiern würden, und den Abend allein in ihrem Atelier verbracht.

Adele mochte Weihnachten sowieso nicht, besuchte aber, so wie jedes Jahr, die Mitternachtsmesse in der Kirche Strachant.

Nach der Mette klopfte sie vergebens an Larissas Tür, um ihr wenigstens frohe Weihnachten zu wünschen. Larissa ließ sie nicht hinein.

Durchs Fenster sah Adele ihre Freundin in einem durchsichtigen weißen Fetzen vor dem Kaminfeuer zu den Klängen der Heavy-Metal-Band Black Sabbath tanzen. Mit ihren zerzausten Locken und ihrem bleichen Gesicht sah sie aus wie ein Gespenst. Ihre Lippen hatte sie blutrot geschminkt, was an einen Vampir denken ließ.

Am ersten Weihnachtsfeiertag erschien Larissa überraschend beim familiären Mittagessen.

Ihr Aufzug schockierte nicht nur Heinrichs biedere Gattin Hannelore, auch die beiden Kleinen begannen bei Larissas Anblick zu brüllen wie am Spieß.

Larissa hatte sich ganz in Schwarz gekleidet, schwarze Hose, schwarzer Pullover und darüber ein schwarzes Cape. Außerdem trug sie eine weiße venezianische Maske.

Adele musste beim Anblick ihrer Freundin unwillkürlich grinsen.

Sie erinnerte sich an all die verrückten Künstlerfeste an der Kunsthochschule, die sie gemeinsam mit Larissa besucht hatte. Malerfürsten und Studentinnen waren damals alle verkleidet gewesen.

„Spielst du heute Mephisto oder Gevatter Tod?"

„Der Tod ist ein Wiener, der Wiener ist tot ..., tot ist der Wiener, er ist der Tod ...", trällerte Larissa.

„Hat sie ihre Medikamente genommen?", fragte Heinrich leise.

Adele nickte.

„Ich werde ihr eine Beruhigungsspritze geben." Obwohl er flüsterte, schien Larissa seine Worte gehört zu haben.

„Keine Spritze!" Ihr Kreischen übertönte das Geplärre der Kinder. Schreiend rannte sie aus dem Zimmer.

„Sie hat fürchterliche Angst vor Spritzen. Du solltest ihr wieder Lithium geben."

„Das bekommt sie sowieso. Lithium ist eine Basismedikation und muss regelmäßig eingenommen werden. Erst dann entfaltet es seine Wirkung. Es kappt die Spitzen. Die Patienten sind dann weder richtig manisch noch schwer depressiv. Aber Larissa benötigt mehr, nicht nur Lithium."

„Ich hatte das Gefühl, dass sich ihre manischen Zustände gebessert hatten. Seit du ihr das neue Medikament dazugegeben hast, ist sie zeitweise völlig außer Rand und Band. Sie bewegt sich zudem merkwürdig, klagt oft über Kopfschmerzen und ist manchmal ganz benommen."

„Willst du ihre Behandlung nicht lieber mir überlassen?"

„Verzeih, du bist der Fachmann. Aber ich bin tagein, tagaus mit ihr beisammen und habe in letzter Zeit eine Verschlechterung ihres Zustands bemerkt."

„Hört auf über mich zu reden, als wäre ich nicht anwesend", fauchte Larissa, als sie ohne Maske ins Esszimmer zurückkehrte.

Sie hielt Heinrich ihr Glas hin: „Darf ich um etwas Sekt bitten, Herr Doktor?“ Dann brach sie ein kleines Stück Weißbrot ab, zerteilte es und stopfte es den Babys in den Mund. „Und jetzt seid gefälligst ruhig, ihre süßen kleinen Schreihälse!“

Tatsächlich hörten die beiden zu brüllen auf.

Hannelore konnte sich jedoch nicht beruhigen. Sie hielt Larissa einen Vortrag darüber, wie schädlich sich ihre Maskerade auf das Gemüt ihrer Kinder auswirken könne.

Ihr hysterischer Tonfall brachte die Kleinen erneut zum Schreien.

„Du kriegst gleich auch eine Beruhigungsspritze verpasst“, fuhr Heinrich mit hochrotem Kopf seine Frau an.

Sie verstummte abrupt. Spielte fortan die Beleidigte.

Die Gans wurde ohne weitere Zwischenfälle verzehrt.

Adele bemerkte, dass Larissa nur das helle Fleisch aß. Rotkraut und Erdäpfelknödel rührte sie nicht an.

Nach dem Dessert, einem köstlichen Apfelstrudel mit Schlag, den Hannelore mitgebracht hatte, verabschiedete sich die Verwandtschaft überstürzt.

Hannelore gab vor, dass die Kleinen ihr Mittagsschläfchen brauchen würden. Allerdings waren die beiden eh bereits in ihren Kinderwägen eingeschlafen.

Adele servierte Larissa einen Irish Coffee und überreichte ihr einige Geschenke. Am Heiligen Abend hatte sie ja keine Gelegenheit dazu gehabt.

Larissa schien bester Laune zu sein, freute sich über die wertvolle Armbanduhr und über das Buch – eine Biografie ihrer berühmten Kollegin Tamara de Lempicka.

Als sie kurz danach wortlos vom Tisch aufstand und verschwand, war Adele dem Verzweifeln nahe. Was habe ich nun wieder falsch gemacht, fragte sie sich.

Ein paar Minuten später kehrte Larissa mit einer großen Leinwand zurück. Das Porträt, das Larissa von Adele gemalt hatte, war im Stil der Maler der Renaissance gehalten.

Auch Kasimir Malewitsch war kurz vor seinem Tod zur figurativen Malerei zurückgekehrt. Hatte damals einige eindrucksvolle an die Renaissance erinnernde Porträts gemalt. Unter anderem ein sehr berührendes Selbstporträt.

Das Porträt von Adele besaß eine gewisse Ähnlichkeit mit der berühmten Mona Lisa – nur ihr Lächeln war weniger geheimnisvoll.

Adele war dermaßen begeistert, dass sie ihre Freundin zum ersten Mal nach vielen Monaten wieder herzlich umarmte.

Überraschenderweise erwiderte Larissa ihre Zärtlichkeit. Kurz nach der verspäteten Bescherung landeten sie in ihrem ehemals gemeinsamen Schlafzimmer.

Dieser Abend voller Lachen und Vertrautheit gab Adele wieder Hoffnung. Sie würde Heinrichs Hilfe nicht weiter brauchen, dachte sie und fühlte sich nicht verletzt, als Larissa sie nach ein paar schönen, aufregenden Stunden verließ, um in ihr Atelier zurückzukehren, Hard-Rock-Musik zu hören und den Rest der Nacht zu malen.

12.

Ich bereitete Adele auf Tanjas Besuch vor. Warnte sie, sagte ihr, dass Tanja auf mich einen unnahbaren Eindruck gemacht habe und womöglich nicht sehr freundlich zu ihr sein würde.

Adele schaute mich erschrocken an.

„So schlimm ist es nicht. Sie scheint nur etwas frustriert zu sein. Vielleicht hat sie gerade eine unglückliche Liebesbeziehung hinter sich."

„Ach, diese verdammten Männer! Da fällt mir gerade ein, ich soll Ihnen von Sofia ausrichten, dass sie sich heute mit ihrem Mann trifft. Aussprache an einem neutralen Ort."

„Wurde auch langsam Zeit."

Im Grunde war ich stinksauer auf Sofia und ihren Mann. Sie waren seit Monaten so sehr mit sich selbst beschäftigt, dass sie nicht bemerkten, wie ihre Tochter immer weiter abstürzte.

„Und wann wird Tanja mich besuchen kommen?"

Adeles Frage brachte mich wieder zu meinem neuen Fall zurück.

„Das weiß ich nicht. Sie wird vorher anrufen."

„Gut, dann muss Johann alle Bilder ihrer Mutter aus dem Lager holen. Ich will sie ihr unbedingt zeigen."

Die älteren Bilder von Larissa waren wahrscheinlich mittlerweile wertvoll. Oder auch nicht. Denn vor allem Malerinnen gerieten ja schnell in Vergessenheit. Adele dachte sowieso nicht daran, die Werke ihrer Freundin zu verkaufen. Hatte sie extra für Tanja aufgehoben.

Andere Bilder, an denen sie sehr hing, wollte sie ihr ebenfalls hinterlassen. Ein kleines Selbstporträt von Max Oppenheimer, ein Landschaftsbild von Oskar Kokoschka, zwei Aktzeichnungen von Egon Schiele und pikanterweise ein Porträt seiner Frau von Arnold Schönberg und ein noch ausdrucksvolleres Porträt von Mathilde Schönberg, gemalt von ihrem Liebhaber Richard Gerstl.

Adele beteuerte, es sei ihr egal, was Tanja mit diesen Schätzen machen würde. Sie wünschte Larissas Tochter nichts anderes als ein sorgenfreies, glückliches Leben. Sie redete wie aufgezogen, bis sie nur mehr ein heiseres Krächzen hervorbrachte. Ich wollte sie allein lassen. Sie bestand darauf, dass ich bei ihr blieb. Ließ sich jedoch dazu überreden, sich hinzulegen.

„Öffnen Sie die unterste Schublade meines Sekretärs. Dort befindet sich ein Kuvert mit Ihrem Honorar. Ich habe das Geld für die Fotos gleich dazugegeben."

„Aber ich bin noch lange nicht fertig. Habe bisher höchstens ein Drittel all Ihrer Bilder fotografiert."

„Das spielt keine Rolle. Ich weiß, dass ich mich auf Sie verlassen kann. – Zählen Sie lieber nach."

Ich warf einen flüchtigen Blick in das wattierte braune Kuvert. Beim Anblick all der großen Banknoten wurde mir leicht schwindlig. In dem Briefumschlag befanden sich mindestens zehntausend Euro.

„Nicht gleich alles ausgeben!"

Scherzhaft drohte sie mir mit dem Zeigefinger.

„Danke, vielen Dank, Adele, aber das ist viel zu viel. Das sehe ich auf den ersten Blick. Ich habe Tanja sehr rasch ausfindig gemacht. Es waren überhaupt keine aufwendigen Nachforschungen nötig."

„Genau deshalb haben Sie sich ein besonderes Erfolgshonorar verdient. Außerdem haben Sie bestimmt hohe Materialkosten, da Sie die Fotos ja selbst entwickeln. Schluss mit dieser leidigen Diskussion! Sie ermüdet mich. Setzen Sie sich zu mir."

Ich rückte den bequemen Fauteuil näher an ihr Bett.

Auf ihrem Nachtkästchen lag ein in scharlachrotes Leder gebundenes Fotoalbum. Adele deutete auf das Album.

„Hier, das sollten Sie sich ansehen."

Ich nahm das schwere Album in die Hände. Blätterte es durch. Die Hochglanzfotos in verschiedenen Formaten waren auf Seiten aus steifem, champagnerfarbenem Papier geklebt worden. Der Klebstoff hatte sich an einigen Stellen gelöst, wodurch manche Bilder verrutscht waren. Andere waren leicht vergilbt. In einer kaum leserlichen Schrift war hier und da ein Name, ein Ort, ein Datum vermerkt.

Larissa, mittelgroß, schlank, rothaarig, das krause Haar zu einem Pferdeschwanz zusammengebunden, riesige orangefarbene Sonnenbrille, weiße schmal geschnittene Jacke, weite weiße Hose, lächelt nicht. Dahinter eine mit Efeu bewachsene Hausmauer. Die Rückseite der Villa.

Larissa in einem hinreißenden roten Kleid, tiefes Dekolletee, verstörter Blick, zusammengepresste Lippen.

Larissa mit knallroten Lippen, gelbem Kopftuch und schwarzer Sonnenbrille am Steuer eines Mercedes Cabrio, lächelnd.

Zwei Fotos, auf denen Larissa und Adele einander umarmen, lagen lose zwischen den Seiten. Ich nahm sie aus dem Album und hielt sie einzeln hoch. Versuchte die Position des Fotografen einzunehmen. Fragte mich, wer diese Bilder gemacht hatte.

Auf einem Bild war Larissa an der Seite eines Mannes zu sehen.

Man konnte im Grunde nur die Konturen einer zarten Frau und eines kräftigen Mannes erkennen sowie die Farben ihrer Kleidung. Die Gesichter waren ziemlich verschwommen.

„Wer ist der Mann?“

Adele warf einen flüchtigen Blick auf das Bild.

„Das ist Heinrich, mein Cousin. Ich habe es aufbewahrt, weil auch Larissa drauf ist.“

Ich bemühte mich, die Gesichtszüge des Mannes zu erkennen. Konnte nur feststellen, dass er eher dunkle Haare und eine kräftige Nase hatte.

Auf den nächsten Seiten waren ausschließlich Fotos von Adeles Freundin in den verschiedensten Posen. Irgendwann hatte ich genug von Larissa. Legte das Album weg und machte ebenfalls ein Nickerchen.

Der laute Klingelton von Adeles Seniorenhandy riss mich aus meinem Schlummer. Adele war ebenfalls aufgewacht. Ihr Handy lag griffbereit auf ihrem Nachtkästchen.

Sie hob ab.

„Larissas Tochter.“

Mit zitternder Hand reichte sie mir ihr Handy. „Bitte reden Sie mit ihr.“

„Magdalena Musil. Frau Artner kann momentan nicht mit Ihnen sprechen ...“

„Sie schon wieder? Sind Sie ihre Privatsekretärin?“

„Was kann ich für Sie tun?“ Mein schnippischer Tonfall prallte an ihr ab.

„Ich würde heute Nachmittag einen Sprung vorbeischauen. Falls es passt. Wenn nicht ...“

„Wunderbar. Sie haben die Adresse. Frau Artner wird den ganzen Nachmittag zuhause sein. Sie freut sich auf Ihren Besuch.“

Bevor sie es sich womöglich anders überlegte, beendete ich das Telefonat.

„Warum waren Sie so kurz angebunden?“ Adele warf mir einen vorwurfsvollen Blick zu.

„Tja. Tanja ist, wie gesagt, eine schwierige Person. Ich wollte mich auf keine längere Diskussion mit ihr einlassen, hatte Angst, sie könnte absagen, wenn ich erwähne, dass Sie unpässlich sind.

„Mir geht es ausgezeichnet! Rufen Sie bitte Pauline und Elvira. Sie sollen mich herrichten, damit ich präsentabel bin."

Ich überließ Adele den geschickten Händen der beiden, ging hinunter und machte mich an die Arbeit. Für heute hatte ich mir vorgenommen, die Bilder im Esszimmer zu fotografieren.

Ich holte eine Leiter aus dem Abstellraum. Nahm die Stillleben, die von mir unbekannten Malern stammten, von den Wänden. Stellte sie einzeln vor die weiße Leinwand im Salon.

„Sie müssen von hier verschwinden. Frau Adele will ihren Gast im Salon empfangen."

Paulines herrischer Ton missfiel mir. Dennoch packte ich mein Fotoequipment zusammen, schnappte mir die Bilder und brachte sie mitsamt der weißen Leinwand zurück ins Esszimmer.

Dabei erhaschte ich einen Blick auf Adele, die gerade von Elvira und Pauline in den Salon geführt wurde.

Sie nahm in dem großen Ohrensessel Platz.

„Bitte lasst mich allein."

Aus dem Fotografieren würde heute wohl nichts mehr werden. Ich wollte gerade meine Kamera einpacken, als ich Adeles heisere Stimme vernahm.

„Nein, nicht Sie, Frau Musil! Sie möchte ich zu Beginn des Gespräches dabeihaben. Nach einer Weile können Sie sich ja entschuldigen und weiter fotografieren ..., nur, wenn es Ihnen kon... konveniert ..."

„Ist schon gut. So machen wir es."

Die alte Dame wirkte so aufgeregt, dass ich Mitleid mit ihr hatte.

Als es an der Haustür klingelte, fuhr sie zusammen.

„Ich mache auf. Mich kennt sie."

Als ich zur Tür kam, hatte Pauline sie bereits geöffnet. Sie hatte die Hände in die Hüften gestemmt. Musterte die Besucherin unverschämt von oben bis unten. Ließ sie nicht sofort eintreten.

Ich bat Tanja herein, führte sie in den Salon, wo ich sie Adele vorstellte.

„Mein Gott, diese Ähnlichkeit. Sie sind Larissa wie aus dem Gesicht geschnitten!"

Das fand ich nicht. Tanja hatte eine längere Nase und eine stärker ausgeprägte Kinnpartie als ihre Mutter. Außerdem wirkte Larissa, zumindest auf den Fotos, die ich vorhin gesehen hatte, viel zarter und zerbrechlicher.

Tanja, enge schwarze Hose, weiße Bluse, knappes, über der Taille endendes schwarzes Jäckchen, hochhackige schwarze Schuhe, machte einen wesentlich kräftigeren Eindruck. Ich tippte auf regelmäßige Besuche in einem Fitnessstudio.

Nach dem Austausch einiger Höflichkeiten zog ich mich ins Esszimmer zurück.

Die Tür zum Salon schloss ich absichtlich nicht ganz. Neugier ist schließlich eine der wichtigsten Voraussetzungen für eine angehende Detektivin. Obwohl ich versuchte, mich auf meine andere Arbeit zu konzentrieren, bekam ich von dem Gespräch im Salon fast alles mit.

Adele blühte richtig auf. Tanja verhielt sich ihr gegenüber eher reserviert. Die überschwängliche Freude der alten Dame schien ihr nicht ganz geheuer zu sein.

Adeles beinahe devotes Verhalten und ihre Begeisterung über den Besuch der Tochter ihrer einstigen Freundin waren selbst mir unangenehm.

Als Adele von Larissa zu erzählen begann, stand plötzlich Johann in der Tür des Esszimmers. Er hatte die Arme vor der Brust verschränkt, starrte mich missmutig an.

„Brauchen Sie mich?“

Seit wann sprach er mit mir?

Ich schüttelte den Kopf. Hoffte, er würde wieder gehen. Wollte weiter mitanhören, was drüben gesprochen wurde.

„Wie lange wird die bleiben?“ Er deutete mit dem Kopf in Richtung Salon.

Ich zuckte mit den Schultern.

Die Stimme von Tanja Seefeld wurde lauter. Johann und ich hörten sie sagen: „Ich werde nicht zu Ihnen ziehen. Das können Sie sich gleich abschminken. Ich habe eine sehr schöne Maisonette im dritten Bezirk, nicht weit entfernt von meinem Arbeitsplatz und ich fühle mich dort sehr wohl.“

Adeles leise Worte waren nicht zu verstehen.

Nach einer Weile vernahmen wir wieder Tanjas gereizte Stimme.

„Die Bilder meiner angeblichen Mutter können Sie gerne behalten. Ich bin nicht daran interessiert! ... – Nein, ich habe keine Zeit, sie mir jetzt anzusehen.“

Ein paar Minuten später wurde die Tür zwischen Salon und Esszimmer aufgestoßen. Tanja zuckte zusammen, als sie Johann und mich erblickte. Wir hängten gerade gemeinsam eines der Stillleben wieder auf.

„Sie sollten sich lieber um die alte Dame kümmern. Ihr scheint es nicht gut zu gehen.“

Schnellen Schrittes stolzierte sie auf ihren hohen Absätzen an uns vorbei zur Haustür.

Adele war totenbleich, hatte die Augen geschlossen. Ihre dünnen Arme hingen schlaff über die Lehnen. Ihre schmale Gestalt verschwand fast in dem riesigen Ohrensessel.

„Adele, was ist denn nur los?“ Ich tätschelte ihre eingefallenen Wangen.

„Ich fürchte, ich habe es falsch angefangen.“ Ihr Stöhnen war herzerweichend.

„Nein, nichts haben Sie falsch gemacht. Überhaupt nichts. Beruhigen Sie sich bitte ...“

Sie röchelte, rang nach Luft.

„Johann, rufen Sie den Notarzt!“

Umständlich nestelte er sein Handy aus der Hosentasche.

Ich riss es ihm aus der Hand und verständigte selbst die Rettung.

„Holen Sie wenigstens Elvira und Pauline!“, fauchte ich ihn an.

Als er mit den beiden zurückkam, hatte ich Adele bereits auf die Chaiselongue gebettet.

Pauline flößte ihr Herztropfen ein.

Elvira wollte ihr eine Herzmassage verpassen.

Während ich mich fragte, ob das sinnvoll oder womöglich sogar kontraproduktiv war, vernahmen wir die Sirene des Krankenwagens. Der Notarzt kümmerte sich um Adele, während die Sanitäter eine Trage hereinbrachten. Obwohl Adele kaum sprechen konnte, war uns allen klar, dass sie keinesfalls in ein Spital gebracht werden wollte.

Der Notarzt nahm mich beiseite.

„Wenn sie partout nicht in ein Krankenhaus will, lassen wir es lieber. Medizinisch ist sie versorgt. Ich habe ihr ein herzstärkendes Mittel gegeben. Achten Sie bitte darauf, dass sie in den nächsten Stunden Ruhe hat.

Keine Aufregungen, keine Anstrengungen! Ihr Herz ist sehr schwach.“

„Sollen wir sie in ihr Bett im ersten Stock bringen?“

„Nein, lieber nicht bewegen. Diese Chaiselongue sieht sehr bequem aus. Ruhe ist jetzt das Wichtigste. Absolute Ruhe!“

Die Rettung fuhr ohne Adele weg.

Ich verfluchte Tanja Seefeld. Nahm mir vor, ihr demnächst ordentlich die Meinung zu sagen.

Den Rest des Tages ließ ich niemanden zu Adele. Wie Zerberus vor dem Eingang zum Hades wachte ich vor der Tür zum Salon. Fotografierte ein paar Bilder und sah jede Viertelstunde nach der alten Lady.

Als es dunkel wurde, kam Sofia heim. Ich berichtete ihr, was sich abgespielt hatte und schärfte ihr ein, nicht einmal Pauline oder Elvira zu Adele zu lassen.

„Die beiden können den Mund nicht halten, würden sie mit ihrem Gequatsche sicher wieder aufregen. Pauline soll ihr eine Hühnersuppe machen. Aber die gibst du ihr, versprochen?“

„Natürlich, alles klar. Steht es wirklich so schlimm um sie?“

„Ich fürchte ja. Ihr Herz ist sehr schwach. Sie braucht vor allem Ruhe, meinte der Notarzt.“

Sofia schossen Tränen in die Augen.

„Wie war eigentlich dein Treffen mit Werner?“

„Fürchterlich. Aber das erzähle ich dir ein anderes Mal. Ich schau jetzt lieber nach Adele.“

13.

Michael hatte mich angerufen und zum Sonntags-Brunch in die Villa Aurora eingeladen. Mein zweites

Treffen mit ihm würde hoffentlich wesentlich harmonischer verlaufen als Sofias letztes Rendezvous mit ihrem Ehemann.

Meine Freundin hatte mich gestern spät abends noch angerufen, um mir Bescheid zu geben, dass es Adele viel besser ging, sie sogar einen Teller Suppe gegessen hatte. Der eigentliche Grund ihres Anrufs war jedoch ihre Aussprache mit Werner gewesen, die in eine fürchterliche Streiterei ausgeartet war. Sie redete eine halbe Stunde lang auf mich ein. Meine Kommentare beschränkten sich auf „hm", „oje" und „na geh".

Michael holte mich von Zuhause ab. Wir fuhren mit seinem alten Opel Astra hinaus in den sechzehnten Bezirk. Während der langen Fahrt waren wir anfangs beide etwas verlegen. Also redeten wir über unsere gemeinsame Studienzeit und über „die Wilhelminenberger", Konrad Lorenz und Otto König.

Als Michael und ich in den 1990er Jahren ein paar Semester zusammen Psychologie studierten, hatten wir uns über Konrad Lorenz und seine Graugänse oft lustig gemacht. Ihn wegen seiner erbbiologischen Studien im besetzten Polen als Nazi und Rassenkundler abgelehnt.

Konrad Lorenz hatte sich als einer der ersten Wissenschaftler mit der Psyche von Tieren beschäftigt. Entscheidende Erkenntnisse gewann er durch seine Graugans Martina. Er spielte dem Küken vor, seine Mutter zu sein und beobachtete, dass junge Vögel einerseits angeborene Verhaltensweisen aufweisen, andererseits bestimmte Verhaltensmuster, die später nicht mehr rückgängig zu machen sind, in einer kurzen Lebensphase erlernen. Durch diese Erkenntnisse hatte er die Grundlage für die moderne Verhaltensforschung gelegt. 1973 hatte der Zoologe sogar den Nobelpreis für

Medizin verliehen bekommen. Was uns im Nachhinein besonders empört hatte.

„Erinnerst du dich an Otto König? Er starb, als wir gerade zu studieren begonnen haben. Der Professor war ein Schüler von Konrad Lorenz und hat mit seiner Gattin Lilli die Biologische Station Wilhelminenberg, das heutige Institut für Vergleichende Verhaltensforschung, gegründet ...“

„Ehrlich gesagt habe ich mich nie ernsthaft mit Verhaltensforschung beschäftigt. Hätte ich genügend Geld gehabt, wäre ich Psychoanalytikerin geworden. Nun bin ich halt leider nur eine Detektivin.“

„Psychoanalytiker sind nichts anderes als Detektive der Seele, habe ich mal irgendwo gelesen.“

Lachend gab ich ihm einen Kuss auf die Wange.

Prompt verriss Michael das Steuer.

„Hey, pass auf! Ich will nicht jetzt schon unter der Erde landen.“ Wir fuhren gerade am Ottakringer Friedhof vorbei.

„Ist eine eigenartige Atmosphäre hier oben. Nicht wegen dem Friedhof. Ich meine wegen der Biologischen Station und dem Steinhof. Auch das Schloss Wilhelminenberg hat eine üble Vergangenheit.“

„Ja, ich weiß was du meinst. Wenn ich vom Wilhelminenberg zum Steinhof hinüberlaufe, erscheinen manchmal grässliche Bilder vor meinem inneren Auge. Bilder von misshandelten und missbrauchten Heimkindern in dem schönen Schloss. Bilder von kranken, unterernährten, zu Tode gequälten Minderjährigen, die von NS-Ärzten als Versuchskaninchen benützt und auf Raten in der Anstalt „Am Spiegelgrund“, wie das psychiatrische Krankenhaus damals hieß, umgebracht wurden.“

„Mir geht es ebenso. Jedes Mal, wenn ich an der Gedenkstätte zur Geschichte der NS-Medizin vorbeilaufe, kommt mir beinahe das Kotzen. Obwohl ich dieses Mahnmal großartig finde. Für das Gehirn jedes der Kinder, die damals grausamen Torturen ausgesetzt waren und bestialisch ermordet wurden, steht heute dort ein Lichtstab."

„Das wusste ich nicht. Ich kenne zwar die Gedenkstätte ..."

„Eigentlich will ich seit Jahren meinen Job hier aufgeben und nur mehr in meiner psychotherapeutischen Praxis arbeiten. Aber wenn ich mich demnächst scheiden lasse, werde ich das Geld brauchen. Das bedeutet, hier ausharren, bis wir ins Wilhelminenspital übersiedelt werden."

„Früher hab ich mir nie viele Gedanken über die Psychiatrie in Österreich gemacht. Seit ich an diesem neuen Fall dran bin, frage ich mich oft, wie es heute hier zugeht. Meine Klientin hat mir einige Geschichten über den stationären Aufenthalt einer ihrer Freundinnen am Steinhof Mitte der 1970er Jahre erzählt. Ungeheuerliche Geschichten."

„Wahrscheinlich stimmen sie alle. Zum Glück habe ich dieses Elend nicht mehr miterlebt. Dieses ursprünglich moderne Pflegespital war jahrzehntelang eine geschlossene Anstalt, aus der es kein Entrinnen gab. Die Behandlungsmethoden waren nicht nur in der Nazizeit, sondern auch noch dreißig Jahre nachher der helle Wahnsinn. Völlig antiquiert. Einfach menschenunwürdig. Es hat sogar Fieberkuren gegeben."

„Wie bitte?"

„Hast du noch nie was von dieser Malariafiebertherapie gehört? Man hat bei schizophrenen Patienten, und nicht nur bei denen, mit Hilfe von Malariaerregern Fieber hervorgerufen. Und Elektroschocks waren sowieso die Therapie der Wahl. Die Patienten waren außerdem unter haarsträubenden Bedingungen untergebracht. Es gab riesige Schlafsäle. Die Aufnahme erfolgte meistens zwangsweise. Kaum jemand begab sich damals freiwillig in psychiatrische Behandlung. Erst Ende der 1970er Jahre haben einige junge, fortschrittliche und sehr engagierte Psychiater die dringend nötigen Reformen erkämpft. Anfang der 1970er Jahre wurden die psychisch Kranken noch eingesperrt und fast wie Tiere behandelt. Niederspritzen, Übermedikation, Gitterbetten, Einzelhaft, sogar körperliche Misshandlungen waren an der Tagesordnung. Alte Nazis führten die Liste der Primarärzte an. Denk nur an diesen NS-Arzt Heinrich Gross und seine Verbrechen, die er an behinderten Kindern „Am Spiegelgrund“ begangen hat. Nach dem Krieg war er Primarius in der Nervenheilanstalt Rosenhügel und ein viel beschäftigter Gutachter für Neurologie und Psychiatrie.“

Als wir in der Villa Aurora angekommen waren, beendeten wir dieses schreckliche Thema.

Wir setzten uns in den idyllischen Gastgarten mit Blick auf die Orangerie und das Gartenhaus „Flora“ mit der hübschen Theater- und Literaturveranda.

Sowohl Michael als auch ich waren begeistert von dem Frühstücksbuffet.

Ich stürzte mich auf all die ungesunden Sachen: Spiegeleier mit Speck, fette Salami, Camembert und Weißbrot. Michael bediente sich bei den diversen Müsli-Sorten und Fruchtsalaten. Unsere Gelüste waren eindeutig verschieden. Wir bestellten jedoch beide Kaffee. Wenigstens die Kaffeesucht teilten wir.

„Kennst du den Alt-Wiener-Bergbauernhof, das Wolkenkuckucksheim da drüben? Als mein Sohn klein war, kamen wir oft hierher. Und im Winter waren wir mindestens zweimal in der Woche am Pieter-Breughel-

Eislaufplatz. Der Aussichtswundergarten für Picknick- und Schäfermahle ist ebenfalls recht idyllisch."

„Wie romantisch!" Ich lächelte spöttisch.

„Eine Romantikerin warst du nie."

Er tat mir unrecht. Ich hatte nur nichts für organisierte Romantik übrig.

Die Kinder einiger Bobos tummelten sich auf dem Spielplatz im Garten der Villa Aurora. Ich war kinderlos, aber deswegen nicht kinderfeindlich. Das Geschrei der Gschrappen störte mich nicht. Sollten sich diese kleinen Großstadtwürsterl doch endlich mal im Grünen richtig austoben. Allerdings ging mir das Benehmen der Eltern auf die Nerven. Anstatt die höchst aggressiven Kleinen voneinander zu trennen und sich mit ihnen zu beschäftigen, hieß es in verlogen-liebevollem Ton: „Nein, Tobias, hauen darf man nicht."

„Hör auf zu spucken, Amelie. Das tut man nicht", ertönte es von einem anderen Tisch.

Natürlich wusste der kleine Fratz, dass er das Mädchen nicht schlagen durfte. Aber das war ihm egal. Er trommelte weiter mit seinen Fäustchen auf sie ein.

Ein größeres Mädchen kam ihr zu Hilfe. Stieß den Buben um. Er begann zu flennen, als er wie ein zappelnder Maikäfer auf dem Rücken lag. Rief nach seiner Mami. Sie schien ihn nicht zu hören, telefonierte gerade.

Das große Mädchen setzte sich auf seinen Bauch. Die Kleine warf ihm Erde vermischt mit Kieselsteinen ins Gesicht.

Obwohl meine Sympathien eindeutig auf Seiten der Mädchen lagen, hätte ich mich am liebsten eingemischt.

Es wurde weiter gespuckt, geschlagen und an den Haaren gezogen, während die Eltern seelenruhig ihr spätes Frühstück genossen.

„Irgendwann müssen sie ihre Aggressionen ja ausleben." Michael schien meine Gedanken lesen zu können.

Ich drehte den raufenden Kindern den Rücken zu und fragte Michael, was denn der wahre Grund für seine bevorstehende Scheidung sei.

Er verschluckte sich beinahe an seinem Frühstücksbrei. Denn nichts anderes als Baby-Brei-Ersatz war dieses Müsli-Zeugs in meinen Augen.

„Mein Privatleben hat unter meiner langjährigen psychotherapeutischen Ausbildung sehr gelitten. Meine Frau ist Lehrerin, unterrichtet an einem Gymnasium Deutsch und Psychologie. Als ich aus London zurückkehrte, habe ich ein paar Jahre lang an der Uni in Wien eine Vorlesung über pädagogische Psychologie gehalten. Andrea war eine meiner Studentinnen. Sie sieht dir übrigens ein bisschen ähnlich, ist auch eine schöne Frau ..."

„Hör auf, Michael, ich war nie eine Schönheit."

„Du entsprichst perfekt dem hellenistischen Ideal, siehst aus wie eine griechische Göttin."

„Spinner!" Lachend klopfte ich ihm auf die Finger. Mit Komplimenten hatte ich noch nie umgehen können.

„Ich war am Ende, als du mit mir Schluss gemacht hast. Hatte jahrelang keine ernsthafte Beziehung. Selbst die Geschichte mit Andrea war nichts anderes als eine kleine Affäre für mich. Prompt wurde sie schwanger. Wir haben geheiratet, als sie im sechsten Monat war und ich die Hoffnung aufgegeben hatte, dass sie mich gehen lassen würde. Unser Sohn ist sechzehn und extrem schwierig. Er hat gerade die Schule geschmissen ..."

„Oje, das tut mir leid."

„Hoffentlich habe ich dir genügend Schuldgefühle eingejagt?" Er streichelte meine Hand.

Ich entzog sie ihm.

„Du hast dich überhaupt nicht verändert, Michael. Bist genauso zynisch wie früher."

„Ich bin nicht zynisch. Das ist reiner Galgenhumor."

Er lächelte mich so liebevoll an, dass ich ihn am liebsten vor all diesen jungen Familien geküsst hätte.

„Familien sind echt die Hölle, glaub mir."

Insgeheim gab ich ihm recht. Obwohl ich fand, dass auch das Leben als Single nicht gerade ein Honiglecken war.

Nach dem Brunch machten wir noch einen kleinen Spaziergang durch den Park der Villa Aurora. Hand in Hand schlenderten wir über die Wiese. Ich wollte ihn endlich küssen. Wagte es nicht. Wartete darauf, dass er mich in die Arme nahm und seine Lippen auf meinen Mund presste. Ich wartete vergeblich.

1975

Larissa war wieder zuhause. Sie hatte sich seit ihrem stationären Aufenthalt sehr verändert. Saß meist lustlos, ja fast apathisch in ihrem Atelier herum, aß wenig, rauchte eine nach der anderen und schien sich für nichts und niemanden zu interessieren. Adele kümmerte sich rund um die Uhr um sie. Larissa nahm ihre Anwesenheit oft gar nicht wahr.

Eines Abends kam es nach dem Essen zu einer kleinen Auseinandersetzung zwischen den beiden Freundinnen.

Larissa teilte Adele in kurzen Worten mit, was sie für ihren bevorstehenden Geburtstag geplant hatte.

„Nein!", schrie Adele. „Das werde ich verhindern."

„Kannst du nicht."

„Und ob ich das kann!"

„Dann verbrenne ich mich halt selbst."

Adele widersprach ihr nicht länger. Sie wusste, Larissa würde es durchziehen. Wenn sie einmal einen Entschluss gefasst hatte, ließ sie sich von nichts und niemandem davon abbringen.

Sie überlegte, wie sie wenigstens einige der Bilder retten könnte. Eventuell könnte sie verlangen, die Bilder als eine Art Ersatz für die Miete einzubehalten. Aber Larissa würde sie bestimmt nur auslachen. Es war von Anfang an klar gewesen, dass sie keine Miete bezahlen müsste, wenn sie zu ihrer Freundin zog. Verzweifelt suchte Adele nach einem anderen Argument, um das Schlimmste zu verhindern.

„Die große Zeit des Wiener Aktionismus ist längst vorbei."

Ihr ironischer Unterton prallte an Larissa ab.

„Ich bin doch keine Aktionistin. Wie kommst du auf diese absurde Idee?"

„Das, was du planst, ist eine sehr spektakuläre Protestaktion oder von mir aus auch eine Kunstaktion."

„Wieso spektakulär? Weil ich vernichten möchte, was ohnehin keinen interessiert?"

„Mich interessiert es."

„Du zählst nicht, du liebst mich. Liebende sind nicht objektiv."

„Von wegen! Ich habe einige deiner Bilder gut verkauft."

„Ja, weil du dich bei reichen Ungustln eingeschleimt hast."

„Hör auf, Larissa, dieses Thema haben wir schon hundertmal durchgekaut."

„Ich bin keine Hure."

„Hältst du mich für eine?"

„Nein, das wollte ich damit nicht behaupten. Du bist eine Händlerin, eine vom alten Schlag. Hauptsache, du kannst etwas verkaufen, dann strahlst du wie ein Hutschpferd."

„Nicht alle meiner Kunden sind reiche Ungustl."

„Ach so? In meiner Heimat bezeichnet man sie als Kapitalistenschweine. Wäre es dir lieber, wenn ich sie so nennen würde?"

„Larissa, du bist keine Kommunistin. Du bist 1968 aus deinem gelobten Land abgehauen."

„Tja, war ein Fehler. Ich war vierundzwanzig und sehr ehrgeizig. Eine junge Malerin mit großen Illusionen und vollgepumpt mit West-Propaganda. Der Prager Frühling gab auch uns Studenten in Leningrad Hoffnung. Als die sowjetischen Panzer in Prag eintrafen, reichte es mir. Ich sah keinen anderen Ausweg, als die Sowjetunion zu verlassen ..." Larissa war sehr aufgeregt, rang während ihrer Worte öfter nach Luft.

„Komm, beruhige dich bitte."

„Wie soll ich mich beruhigen, wenn nicht einmal du mich verstehst? Ich muss es tun! Begreife das endlich!“

„Nein, ich werde dir nicht dabei zuschauen.“

„Musst du nicht. Ich will überhaupt keine Zuschauer. Ich werde meine Bilder nachts verbrennen, wenn die Stadt sowieso wie ausgestorben ist. Du kapierst es einfach nicht. Es geht mir nicht um einen öffentlichen Protest ...“

„Warum willst du deine Bilder dann vor den Toren des Kunsthistorischen Museums in lodernden Flammen aufgehen lassen? Wenn es dir nicht darum geht, Aufsehen zu erregen, könntest du sie, gemeinsam mit all dem Laub und Baumschnitt, hinten in meinem Garten vernichten.“

„Ich hasse deine Logik! Vielleicht hast du ja recht und ich möchte doch ein bisschen Aufmerksamkeit auf mich ziehen. Ein letztes Mal?“

Larissas Lächeln jagte Adele Angst ein.

14.

Die Hunde liefen bellend auf die ältere Dame zu, die gerade den Garten betrat.

Mit einem energischen „Schluss jetzt“, brachte Adele die beiden zum Schweigen. Zita gab ein letztes leises Knurren von sich.

Elvira bat die elegant gekleidete Dame herein.

„Hannelore Artner, die Witwe meines Cousins“, stellte Adele uns die Besucherin vor. „Und das sind meine neuen Freundinnen, Elvira Smejkal, Sofia Schanda und Magdalena Musil. – Was willst du, Hannelore?“

„Ich habe gedacht, ich schau mal kurz vorbei und frage, wie es dir geht, meine Liebe.“

„Bestens!“

„Bestens? Gestern musste der Notarzt kommen, habe ich gehört.“

„Ah, hat Pauline wieder mal nichts Besseres zu tun gehabt, als dich gleich anzurufen? Keine Angst, es war nur ein kleiner Schwächeanfall. Habe leider überlebt, wie du siehst.“

„Deine Art von Humor möchte ich haben.“

„Du hast überhaupt keinen Humor, liebe Hannelore. Das ist das Problem.“

Na, die beiden geben es sich ganz schön, dachte ich amüsiert.

Adele hatte, laut Sofia, eine gute Nacht gehabt.

Ich hatte mich nach dem Brunch in der Villa Aurora von Michael zu Adele bringen lassen.

In der Villa Artner hatte man spät zu Mittag gegessen. Angeblich hatte die alte Dame großen Appetit gehabt.

Da Adele keine Anstalten machte, ihrem neuen Gast einen Stuhl anzubieten, erhob ich mich aus dem Korbsessel.

„Bleiben Sie ruhig sitzen, Frau Musil. Ich muss mein Mittagsschläfchen machen, sonst schimpft der Doktor wieder mit mir. Hannelore kann meinen Sessel haben." Adeles Stimme klang beinahe fröhlich. „Wenn du Kaffee möchtest, gib Pauline Bescheid. Du kennst ja die Gepflogenheiten in diesem Haus." Sie erhob sich. Elvira und Sofia halfen ihr die Stiege hinauf.

Ich blieb allein mit Hannelore Artner im Wintergarten zurück.

Während ich nach einem unverfänglichen Gesprächsthema suchte, ergriff sie die Initiative. „Sie müssen die Detektivin sein, die Adele engagiert hat. Mein Sohn hat mir von Ihnen erzählt."

Ich betrachtete sie mit halbgesenkten Lidern.

Ihr Lächeln war mir nicht ganz geheuer. Ein Botox-Lächeln? Diese Frau musste Mitte Siebzig sein, sah jedoch aus wie eine Fünfzigjährige. Fast makellos weiße Haut, hübsche, angehobene Apfelbäckchen, ein Schmollmund wie der von Brigitte Bardot in ihren besten Zeiten.

„Ach, hat er?"

Woher wusste Oliver Artner, dass ich Detektivin war? Ihm gegenüber hatte ich mich als Fotografin ausgegeben. Pauline? Wer sonst. Oder hatte Sofia ihm verraten, dass ich für Adele Ermittlungen anstellte? Nach ihrer ersten Begegnung hier im Wintergarten hatte sie sich bestimmt öfters mit ihm getroffen.

„Mein Sohn befürchtet, dass unsere Adele auf ihre alten Tage ein bisschen komisch wird. Angeblich fühlt sie sich bedroht."

Es klang wie eine Frage.

„Nicht, dass ich wüsste."

"Warum sollte sie sich sonst so viele fremde Leute ins Haus holen? Anscheinend hat sie kein Vertrauen mehr zu ihren Angestellten. Pauline und Johann hat sie mit ihrem Misstrauen jedenfalls schwer gekränkt."

„Das tut mir sehr leid."

Nach dieser Beteuerung kam ich nicht mehr zu Wort.

„Adele ist eine Eigenbrötlerin. Sie hat nie geheiratet, sich nach Larissas Tod immer mehr zurückgezogen, in ihrer eigenen Welt gelebt, in einer Welt von Bildern und Büchern. In dieser Villa hat sie mittlerweile mehrere tausend Bücher gehortet und jeden Quadratzentimeter mit Bildern bestückt. Das dürfte Ihnen nicht entgangen sein."

Ich nickte.

„Sie hat ein Vermögen mit den Bildern ihres Vaters verdient. Der Onkel meines Mannes war ein bedeutender Sammler österreichischer Kunst der Zwischenkriegs- und Nachkriegszeit. Sie werden ja all die Klimt- und Schiele-Zeichnungen sowie die Gerstls und Kokoschkas gesehen haben, die in der Villa völlig ungeschützt herumhängen. Ihre Alarmanlage ist total veraltet. Außerdem vergisst sie meistens, sie einzuschalten. Oliver hat ihr bereits mehrmals moderne Alarmanlagen empfohlen."

„Nun hat sie ja mich."

„Sie bewachen ihr Haus?" Verblüfft musterte sie mich von Kopf bis Fuß.

Ich reagierte mit einem blöden Grinsen. Sollte sie mich ruhig für naiv und etwas dümmlich halten. Diese Ex-Krankenschwester musste früher aufstehen, um mir Informationen zu entlocken.

„Adele hat sich wirklich sehr verändert. Als mein Mann und ich 1968 geheiratet haben, war sie eine ganz liebe, eher schüchterne Frau. Sie war übrigens eine meiner Brautjungfern. In ihrem blassrosa Kleid, das ihr hervorragend gestanden hat, sah sie entzückend aus. Überhaupt nicht wie eine Lesbe."

Mein Gott, was hatte diese blöde Kuh für Vorurteile! Am liebsten wäre ich ihr über den Mund gefahren.

„Nach dem Tod ihrer geliebten Freundin Larissa ist sie sehr hart und unnahbar geworden. Heute ist sie eine herrische, einsame alte Frau, läuft in Schlabberhosen und Turnschuhen herum und liebt nur ihre beiden Hunde. Ich hasse diese Köter!"

Sie sprang auf, da Charlie gerade in den Wintergarten trottete.

Ich mochte auch keine Hunde. Aber der doofe Charlie war mir inzwischen ans Herz gewachsen. Diese Dogue de Bordeaux, die sehr gefährlich aussah und von deren Maul andauernd unappetitlicher Speichel tropfte, war ein richtiges Schmusekätzchen. Vor Zita hatte ich nach wie vor gehörigen Respekt. Glücklicherweise tollte sie kläffend vor dem Wintergarten herum.

Hannelore Artner hatte sich mittlerweile ins Haus geflüchtet.

Eine Frau in meinem Alter stand vor dem Gartentor. Sehr blond, sehr schlank, sehr elegant. Sie wagte es nicht, das Tor zu öffnen, denn der gutmütige Charlie hatte sich inzwischen wieder zu der herrischen Zita gesellt und fletschte die Zähne vor der neuen Besucherin.

Ich ging zum Gartentor, versuchte, die Hunde zu beruhigen.

Mein Liebling Charlie folgte mir aufs Wort, als ich ihn mit sanfter Stimme bat, abzuhauen. Zita fauchte mich böse an.

Mir reichte es. Genügte es denn nicht, dass ich Adeles Auftrag, Tanja zu finden, erfolgreich erledigt hatte, musste ich mich jetzt auch noch mit ihrer Verwandtschaft und mit ihren Hunden herumschlagen?

„Hau endlich ab, Zita", schrie ich. Und, oh Wunder, die Boxer-Lady folgte knurrend Charlie, der längst das Weite gesucht hatte.

„Diese verdammten Köter sind die Pest", sagte Daniela Artner.

Sie sah ihrer Mutter sehr ähnlich. Nur ihre Frisur war moderner als die ihrer Frau Mama. Sie trug einen Bob.

„Wer sind Sie?", herrschte sie mich an.

Am liebsten hätte ich Zita zurückgepfiffen.

„Magdalena Musil, Privatdetektivin." Ich streckte ihr meine Rechte hin.

Sie ignorierte meine Hand.

„Wo ist meine Mutter?"

„In Sicherheit."

Meine Ironie ignorierte sie geflissentlich.

Hannelore dürfte das laute Organ ihrer Tochter gehört haben. Sie kam in den Garten.

„Hast du mit Adele gesprochen?"

Die hübsche Blondine mit den dunklen Augen blickte ihre Mutter wütend an.

„Sie hält gerade ihr Mittagsschläfchen."

„Weck sie gefälligst auf! Wir müssen mit dieser Verrückten reden. Wer weiß, was sie sonst noch alles anstellt. Gestern war eine fremde Frau hier. Angeblich die Tochter ihrer Geliebten, dieser Malerin, die sich umgebracht hat. Hast du eine Ahnung, was sie von der Frau will? Womöglich möchte sie sie adoptieren."

„Beruhige dich bitte, mein Schatz. Es wird alles gut."

Hannelore Artner sah zuerst mich betreten an, dann ihre Tochter. Es schien ihr unangenehm zu sein, dass ich Zeugin dieses Gesprächs war.

„Tante Adele ist nicht mehr ganz dich! Ich nehme an, Sie haben das auch bereits festgestellt. Ich fürchte, wir werden sie entmündigen lassen müssen", wandte sich Daniela an mich.

„Ich bitte dich! Darum geht es nicht." Hannelore bedeutete ihrer Tochter mit einer eindeutigen Handbewegung zu schweigen.

„Doch, genau darum geht es! Oliver meint, dass sie die Villa und den Garten den ‚Wilhelminenbergern' vermachen wird. Sie hat ihm gegenüber letztens so etwas angedeutet. Das ist völlig irre. Das Anwesen ist seit der Jahrhundertwende im Besitz unserer Familie. Tante Adeles Vater hat es als ältester Sohn geerbt, aber meine Großeltern haben zumindest ein lebenslanges Wohnrecht hier gehabt. Ich werde es nicht zulassen, dass meine durchgeknallte Tante alles den ‚Graugänsen' vererbt."

Diese Geschichte war mir neu. Bisher hatte ich gedacht, Adele würde ihren Besitz und ihr Vermögen der Tochter ihrer Freundin Larissa hinterlassen. Ich hielt mich zurück, ließ Daniela weiterreden.

„Ich habe übrigens bereits einen Käufer für die Villa gefunden. Ein ukrainisches Oligarchensöhnchen, das sein Schwarzgeld in Wien gut anlegen möchte. Er würde mir eine Mille dafür bezahlen. Sein Vater war ein Schokoladenfabrikant. Stell dir das vor, mit Schokolade konnte man dort in den letzten Jahren Millionen verdienen. Hoffentlich wird er die echten Schiele-Zeichnungen und Kokoschka-Bilder zu würdigen wissen."

„Spinnst du komplett?", wurde nun auch Hannelore Artner laut. „Du willst ihm die Villa mitsamt den Bildern um eine Million verkaufen? Mein Kind, du hast einfach keine Ahnung von Kunst! Jede Schiele-Zeichnung ist heutzutage mehr wert als diese ganze Bruchbude, Jugendstil hin oder her."

„Die Bilder sollten Sie wirklich lieber extra verkaufen", warf ich ein.

Sogleich schimpfte ich mich selbst eine Verräterin. Wieso gab ich diesen beiden Schreckschrauben gute Ratschläge?

Das angespannte Verhältnis zwischen Mutter und Tochter erinnerte mich ein bisschen an meine schwierige Beziehung zu meiner Mutter. Allerdings pflegten wir uns nicht so anzuschreien.

Pauline kreuzte mit einem Tablett in den Händen auf und bot den Damen Kaffee und frisch gebackenen Marillenkuchen an.

„Möchten Sie auch einen Kuchen?", fragte sie mich.

Womit hatte ich so viel Freundlichkeit verdient?

Ich lehnte dankend ab.

Mutter und Tochter langten kräftig zu. Plauderten nebenbei sehr nett mit Pauline. Was mich wunderte, hielt ich sie doch für Snobs, die normalerweise dem Personal gegenüber eher herablassend waren.

Hatte Adele recht gehabt mit ihrer Vermutung, dass Pauline mit den beiden unter einer Decke steckte?

Ich war keine Freundin von Smalltalk. Hielt mich aus unsinnigen Unterhaltungen gerne heraus. Beobachtete lieber die anderen. Wie sie sich bewegten, wie sie sich kleideten, wie sie schauten. Ihre Mimik und Gestik verrieten mir mehr über sie als ihre Worte.

Nachdem sich die Damen verabschiedet hatten, kam Adele allein die steile Stiege herunter.

„Sie sollen doch nicht ohne Begleitung diese gefährliche Treppe benützen."

„Papperlapapp. Fangen Sie bitte nicht auch noch an, mich zu bevormunden, Frau Musil. Ich kenne diese Stiege wie kein anderer. Bin sie tausende Male rauf- und runtergegangen. Erzählen Sie mir lieber, was die beiden Weiber gewollt haben."

„Mit Ihnen reden."

„Über mein Testament, nehme ich an. War schlau von mir, Oliver gegenüber anzudeuten, dass ich alles der Biologischen Versuchsanstalt vermachen möchte, oder? Damit ist Tanja außer Gefahr. Ich muss das Mädchen unbedingt vor diesen Aasgeiern schützen."

„Übertreiben Sie nicht ein bisschen, Adele? Glauben Sie im Ernst, Ihre Verwandten würden Tanja etwas antun, wenn sie wüssten, dass sie Ihre Alleinerbin sein wird?"

„Die sind zu allem fähig. Wir sind eine mörderische Familie, glauben Sie mir. Die Artners schrecken vor nichts zurück."

„Adele, ich bitte Sie, seien Sie vorsichtig mit solchen Anschuldigungen. Das passt gar nicht zu Ihnen."

„Hören Sie mir mal zu, liebe Frau Musil. Die Witwe von Heinrich spielt gern die vermeintlich Kranke. Dank ihrer Wehwehchen hat sie ihre Kinder fest im Griff. Vor allem Oliver. Sie rennt von einem Arzt zum anderen, obwohl sie pumperlgesund ist. Hannelore ist viel jünger als ich, gerade erst vierundsiebzig geworden. Leider ist sie strohdumm ... "

Sie holte tief Luft.

„Schluss jetzt! Trinken Sie einen Schluck Wasser!" Ich reichte ihr ein volles Wasserglas.

Adele war jedoch nicht mehr zu bremsen. „Mitte der 1960er Jahre war Hannelore eine blutjunge, sehr hübsche, sehr blonde Krankenschwester am Steinhof. Es war ein Leichtes für sie, sich meinen Cousin, diesen viel älteren, eingefleischten Junggesellen zu angeln. Bis heute hat sie nichts anderes als ihr Aussehen, ihre Gesundheit und ihre missratenen Sprösslinge im Kopf. Oliver ist ein Spieler. Daniela eine Hochstaplerin. Alle drei sind schwer verschuldet. Mit Geld umgehen konnte diese Familie nie. Mein verstorbener Cousin hat als Primar ausgezeichnet verdient. Das Geld rann ihnen buchstäblich durch die Finger. Sie hocken immer noch in diesem hässlichen Betonklotz, den sie sich angeschafft hatten, als meine Mutter sie hinauskomplimentiert hatte. Beide Kinder sind, wie gesagt, komplette Versager. Daniela ist ein genauso verlogenes Biest wie ihre Mutter. Sie ist sehr impulsiv, um es freundlich auszudrücken, oberflächlich und schwer hysterisch. Jagt wie eine Besessene durchs Leben, geplagt von ständiger innerer Unruhe. Liebend gerne würde sie meine Villa verschachern. Sie hat ein kleines Immobilienbüro in der Josefstadt und eine Eigentumswohnung im selben Haus, ist aber nicht sehr erfolgreich, steckt andauernd in den roten Zahlen. Tja, viel mehr gibt es über sie nicht zu sagen. Höchstens, dass ich sie für noch dümmer halte als ihre Mutter. Und Dummheit ist gefährlich. Sie würde garantiert nicht davor zurückschrecken, mich ins Jenseits zu befördern, wenn sie eine Möglichkeit sähe, mit dieser Tat davonzukommen. Ihre Mutter ist ebenfalls nicht ungefährlich. Ich fürchte mich ein bisschen vor ihr, seit ich körperlich so schwach bin. Und vor allem fürchte ich mich vor dem Unschuldslamm Oliver. Er ist bis heute von seiner Mama abhängig. Würde alles tun, was sie von ihm verlangt. Er hat sogar Frau und Kind verlassen, weil Hannelore ihre Schwiegertochter und die Kleine nicht leiden konnte. Ja, Hannelore ist schuld, dass Oliver seine Familie im Stich gelassen hat. Er war Mamas Liebling von Geburt an, hat sogar bis zur Pubertät das Bett mit ihr geteilt. Das hat mir mein Cousin Heinrich einst erzählt. Kaum war der Junge auf der Welt, hat Hannelore ihren Mann aus dem gemeinsamen Schlafzimmer ausquartiert. Damals hat Heinrich wieder versucht, bei mir zu landen. Kurz danach ist er übrigens tödlich verunglückt."

Adeles diabolisches Lächeln gefiel mir nicht.

Als es zu dämmern begann, machte ich mich zu Fuß auf den Heimweg.

Unweit der Villa entdeckte ich am Straßenrand einen großen, schwarzen SUV unter einer alten Eiche. Olivers Wagen. Er saß am Steuer. Augen geschlossen. Verzückter Gesichtsausdruck.

Als ich knapp an dem Wagen vorbeiging, sah ich einen dunklen Haarschopf zwischen seinen Beinen. Sofia?

Die beiden waren so sehr miteinander beschäftigt, dass sie mich nicht bemerkten. Ich wollte Sofia bei ihrem Blowjob nicht länger zusehen. Kopfschüttelnd eilte ich weiter zur Busstation.

15.

Am Montagmorgen rief ich nach drei Tassen starken Kaffees meinen Ex-Mann an.

„Kennst du einen Anwalt namens Oliver Artner?"

„Ja. Warum interessierst du dich für den? Er hat keinen guten Ruf."

„Sagt man ihm krumme Geschäfte nach?"

„Nein, das nicht gerade. Er ist vor ein paar Jahren bei Morawetz & Partner rausgeflogen, weil er schlicht und einfach unfähig war. Seither hat er nichts mehr

Ordentliches auf die Beine gebracht. Soviel ich gehört habe, hat er sich selbstständig gemacht und auf Immobiliengeschäfte spezialisiert. Seine Familie besitzt ein kleines Immobilienbüro. Und für die erledigt er nun die Verträge und sonstigen Kram."

„Danke! Mehr wollte ich nicht wissen."

Bevor ich auflegen konnte, fragte er mich, ob ich demnächst einmal mit ihm essen gehen würde. Entweder war er momentan solo oder er hatte irgendeine Gemeinheit vor. Seit unserer Trennung wechselte Gernot ständig seine Freundinnen. Hatte fast alle zwei Monate eine neue. Und nett war er nur zu mir, wenn er etwas von mir wollte. Zum Beispiel entlarvende Fotos von den Mandanten seiner gegnerischen Anwälte.

Freundlich, aber bestimmt lehnte ich seine Einladung ab.

„Ich muss leider Schluss machen. Meine neue Klientin ruft gerade an."

Das war nicht einmal gelogen.

Wie viele alte Leute brüllte auch Adele in ihr Handy, so als müsse sie die Entfernung zwischen uns überschreien. Ich hielt das Telefon ein paar Zentimeter von meinem Ohr weg. Sie wollte unbedingt ein zweites Mal mit Tanja reden. Hatte sich einen Plan zurechtgelegt, wie sie die spröde Tochter ihrer Freundin für sich und ihre Pläne gewinnen könnte.

In meinen Augen waren ihre Bemühungen sinnlos. Ich behielt diese Meinung lieber für mich, erledigte einfach meinen Auftrag und rief sofort Tanja Seefeld an.

Nach mehrmaligem Ertönen des Ruftons hob sie endlich ab.

„Was gibt es? Wir haben doch alles besprochen."

Mit dem Ergebnis, dass die alte Dame einen Schwächeanfall erlitten hat, hätte ich am liebsten gesagt.

„Frau Artner möchte noch einmal in aller Ruhe mit Ihnen reden. Den Termin können Sie bestimmen."

„Ich habe keine Zeit, mich mit den sentimentalen Erinnerungen einer einsamen, alten Frau zu beschäftigen ..."

„Es geht um Ihre leibliche Mutter."

„Die ich nie kennengelernt habe, da sie mich ja gleich nach meiner Geburt weggeben hat."

Schwer narzisstisch gekränkt, lautete meine Diagnose als Laienpsychologin.

„Frau Artner will Ihnen unbedingt die Bilder Ihrer Mutter zeigen. Interessieren Sie denn diese Arbeiten überhaupt nicht? Sie sind doch Kunsthistorikerin."

Pause.

Nach einer Weile: „Okay. Ich schau nächstes Wochenende vorbei. Bilder, die ich gut finde, könnte ich dann ja gleich mitnehmen. Ich vermute, sie werden in meinen Geländewagen hineinpassen."

Ich hatte von „zeigen" gesprochen, nicht von „schenken". Womöglich hatte Adele in ihrer überschwänglichen Freude, endlich die Tochter ihrer Freundin kennenzulernen, ihr die Bilder aber bereits versprochen.

Ich wusste nicht, was ich sagen sollte.

„War's das?"

„Über das Testament sollten Sie ebenfalls miteinander sprechen. Würden Sie das Erbe überhaupt annehmen? Letztens haben Sie kein besonderes Interesse gezeigt ..."

„Nur ein Idiot würde so ein Vermögen ausschlagen."

Sie schien sich mittlerweile über Adeles Grundbesitz und den Wert ihrer Bilder informiert zu haben. Tanja machte es mir nicht leicht, sie sympathisch zu finden. Ich gönnte weder ihr noch Adeles Verwandtschaft das große Erbe. Am liebsten hätte ich Adele geraten, all ihr

Hab und Gut tatsächlich der Biologischen Versuchsstation am Wilhelminenberg oder noch besser, einer sozialen Institution, die sich um Vergewaltigungsopfer oder um missbrauchte Kinder kümmerte, zu vermachen.

Ohne mich zu verabschieden, legte ich auf.

Die Sonne ließ sich nicht blicken. Über der Stadt lag eine dichte graue Wolkenschicht.

Ich fuhr mit U-Bahn und Bus hinaus nach Ottakring.

Trotz Regenschirm wurde ich nass, als ich zu Adeles Villa eilte. Der Wind peitschte den Regen gegen meine rechte Körperhälfte. Ich klemmte meinen kleinen Rucksack unter meinen linken Arm. Meine Joggingsachen befanden sich darin. Falls es zu regnen aufhörte, wollte ich nachher eine Runde auf den Steinhofgründen drehen. Wer weiß, vielleicht begegnete ich rein zufällig wieder Michael? Schade, dass er sich nicht gerührt hatte. Im Grunde hatte ich nach unserem netten Brunch in der Villa Aurora fix mit seinem Anruf gerechnet.

Elvira und Sofia zogen sich nach dem Kaffee, den wir oben bei Adele tranken, zurück. Das Wohnzimmer im ersten Stock war das schönste Zimmer im Haus. Ein Flügel vor dem Erkerfenster, ein hübscher schmaler Couchtisch von Josef Hoffmann, um ihn herum drei Sessel, ebenfalls aus den Wiener Werkstätten. Bezogen mit einem ornamental gemusterten Stoff.

Adele fragte mich, ob ich Tanja erreicht hätte.

„Sie will kommendes Wochenende vorbeischauen."

„Wenn es dann nicht zu spät sein wird."

Woher auf einmal die depressive Verstimmung? Gestern war Adele bestens gelaunt gewesen.

„Bestimmt ist sie mir böse, weil ich sie nicht gleich nach ihrer Geburt adoptiert habe. Dabei habe ich ihr vorgestern alles erklärt ..." Sie brach ab.

Ich erinnerte sie daran, dass sie versprochen hatte, mir mehr über ihre Freundin Larissa zu erzählen.

Sie verzog den Mund. Ich fürchtete, sie würde gleich in Tränen ausbrechen.

„Könnten Sie bitte mal nachsehen, ob jemand nebenan ist?"

„Warum sollte sich jemand während Ihrer Abwesenheit in Ihrem Schlafzimmer aufhalten?"

„Pauline schnüffelt gerne herum."

Hier waren sie wieder, diese Anzeichen von Altersparanoia.

Es hatte keinen Sinn, sie darauf hinzuweisen. Jede Bemerkung meinerseits würde ihren Verfolgungswahn nur noch verstärken.

Kopfschüttelnd stand ich auf.

„Der Kamin funktioniert wie der Vorläufer eines Telefons. Man kann drüben fast alles verstehen, was hier gesprochen wird. Schließen Sie also bitte die Schlafzimmertür von außen ab und bringen sie den Schlüssel mit."

Ich tat, worum sie mich gebeten hatte. Als ich ihr den Schlüssel reichte, konnte ich mir ein spöttisches Grinsen nicht verkneifen: „Charlie lag neben Ihrem Bett. Ich habe ihn rausgeschmissen. Bestimmt wollte er uns belauschen."

Adele, die an sich nicht humorlos war, verzog keine Miene. Begann von Larissa zu sprechen, als ob sie mir zum ersten Mal von ihr erzählen würde. – War sie doch schon leicht dement?

„In seinen letzten Lebensjahren hat sich mein Vater für zeitgenössische Malerei begeistert. Er erstand einige abstrakte Bilder einer jungen talentierten Künstlerin russischer Abstammung. Ihr Name war Larissa Lepinska. Ich erinnere mich ganz genau an unsere ersten Zusammentreffen. Zum allerersten Mal traf ich sie in einem Lokal am Naschmarkt, wo sie arbeitete. Damals wusste ich nicht, wer sie war. Ich fand die neue Kellnerin außergewöhnlich hübsch und sehr sympathisch. Sie hatte etwas Geheimnisvolles an sich. Kurz vor dem Tod meines Vaters begegnete ich ihr dann ein zweites Mal in unserer Kunsthandlung. Ich war eifersüchtig auf die junge Malerin, von der mein Vater so schwärmte. Hatte mir vorgenommen, ihr die kalte Schulter zu zeigen." Adele lächelte versonnen.

„Es kam alles anders. Vom ersten Augenblick an bin ich an diesem Abend Larissas Charme und Temperament erlegen. Sie war dreizehn Jahre jünger als ich. Eine kleine, schlanke Frau mit dichtem, lockigem roten Haar, großen, dunklen, leicht schräg stehenden Augen und einem sinnlichen Mund. Mit ihrem schmalen, ebenmäßigen Gesicht sah sie aus wie eine Madonna. Ihr Temperament war weniger madonnenhaft. Sie kanzelte meinen Vater ab wie einen Schulbuben, weil er es gewagt hatte, ohne ihre Zustimmung eine Ausstellung für sie in einer neuen Galerie am Wiener Opernring zu organisieren. Ich amüsierte mich. Nie hatte ich meinen Herrn Papa so verlegen und kleinlaut erlebt. Wie gerne hätte ich ihm ebenfalls einmal so energisch die Meinung gesagt. – Könnten Sie mir bitte ein Glas Wasser bringen? Ich habe einen völlig ausgetrockneten Mund." Sie reichte mir ihr leeres Glas.

Ich ging ins Badezimmer. Sah mich einen Augenblick darin um, da ich es noch nie benutzt hatte. Bisher hatte ich immer das Bad im zweiten Stock oder die Toilette im Erdgeschoss aufgesucht.

Adeles geräumiges Bad war zwar barrierefrei, aber sehr altmodisch eingerichtet. Nur die Dusche war neu. Die grünen Fliesen, die in den 1970er Jahren en vogue gewesen waren, fand ich witzig. Vielleicht sollte ich mir auch solche für mein Bad anschaffen?

Rasch warf ich einen Blick in ihr Apotheker-Schränkchen. Herzstärkende Mittel, Beta-Blocker, Aspirin und Thomapyrin sowie jede Menge Salben und kleine Tigerl mit irgendwelchen Cremen. Das Übliche also. Nicht dass ich an Adeles geistiger Gesundheit ernsthaft gezweifelt hätte, aber ich hatte sicher gehen wollen, dass sie wegen ihrer Wahnvorstellungen keine Psychopharmaka verschrieben bekommen hatte.

Als ich ihr das volle Wasserglas reichte, stellte sie es, ohne einen Schluck zu trinken, auf eines der kleinen Beistelltischchen, das bestimmt von Josef Hoffmann entworfen worden war.

„Befand sich jemand am Gang?"

„Keine Menschenseele. Wir sind allein hier im Stock."

„Gut. Wo war ich stehengeblieben? Ach ja, 1971. – Nach dem Tod meiner Eltern ist Larissa zu mir in die Villa gezogen. Mein Vater starb 1970 an einem Herzinfarkt. Meine Mutter folgte ihm ein knappes Jahr danach. Sie ist einfach eingeschlafen, hat ohne ihren geliebten Mann nicht mehr weiterleben wollen. Ich habe die Arbeit meines Vaters fortgesetzt, Larissa, so gut ich konnte, gefördert. Habe weitere Ausstellungen für sie organisiert und ihre Bilder in meiner Kunsthandlung in der Tuchlauben recht gut verkauft. Abstrakter Expressionismus kam Anfang der 1970er Jahre in Wien bestens an."

Adele lächelte versonnen und schwieg eine Weile, bevor sie fortfuhr: „Meine Freundin galt als exzentrisch. Die Leute hier oben am Wilhelminenberg schimpften sie ‚die Verrückte', weil sie meistens in langen geblümten Kleidern herumlief, Shit rauchte, aufregende Bilder malte und mit diesen Spießern nichts am Hut hatte. Larissa gab vor, sich nichts aus der Meinung ihrer Mitmenschen zu machen, frei und unabhängig zu sein. Leider war diese Unabhängigkeit nur vorgetäuscht. Im Grunde litt sie sehr unter der Ablehnung, die ihr ständig entgegengebracht wurde. Sie war ein ganz besonderer Mensch, überaus sensibel, leicht verletzbar. Und sie wollte geliebt werden, so wie wir alle. Keiner liebte sie, außer mir. Es gab gute Phasen, in denen sie locker mit all den Hindernissen und Anfeindungen, denen sie auch in der Wiener Kunstszene ausgesetzt war, umgehen konnte. In solchen Zeiten war sie unbeschreiblich glücklich, sehr verführerisch und wahnsinnig produktiv. Darauf folgten wieder mehrere Monate der Melancholie. Sie zog sich dann in ihr Atelier zurück, das sich unten im Wintergarten und im angrenzenden heutigen Esszimmer befand. In solchen Phasen wollte sie nichts von mir wissen. Heute weiß ich, dass meine Freundin an einer bipolaren Störung gelitten hatte, manisch-depressiv war, wie man früher sagte. Ich habe mich in den letzten Jahren, nein Jahrzehnten, intensiv mit psychischen Erkrankungen beschäftigt. Auch, um endlich zu begreifen, durch welche Hölle Larissa gehen musste, als ich ihre Stimmungsschwankungen nicht verstanden und sie oft sehr ungerecht behandelt habe."

Adele hielt inne und seufzte.

„Bitte, erzählen Sie mir mehr von dieser ungewöhnlichen Frau."

„Wissen Sie, bis heute fühle ich mich mitschuldig an ihrem Tod. Hätte ich bloß nicht meinen Cousin angerufen. Alles wäre anders gekommen. Aber ich war so verzweifelt und so verdammt hilflos, als Larissa zum ersten Mal durchgedreht war und in ihrem Atelier alles kurz und klein geschlagen hatte. Heinrich führte ihr aggressives Verhalten auf einen psychotischen Schub zurück und redete mir ein, dass Larissa für andere und vor allem für sich selbst eine große Gefahr darstelle. Auf sein Betreiben hin wurde sie in die Psychiatrie auf der Baumgartner Höhe gebracht."

„Wie furchtbar!"

„Das Wort ‚furchtbar' wird nicht annähernd dem gerecht, was die Arme dort durchmachen musste. Ich habe sie nach drei Wochen wieder rausgeholt. Meine liebste Freundin war nicht mehr wiederzuerkennen, völlig antriebslos, geistig verkümmert, richtig dumpf ... Damals habe ich ihr versprochen, sie nie mehr in die Hände von Psychiatern zu geben, egal, was geschehen würde. Als sie jedoch kurz danach erneut von der Polizei am Steinhof eingeliefert wurde, konnte ich ihr nicht helfen. Ich habe gegen die gerichtliche Verfügung angekämpft. Glauben Sie mir, ich habe alles versucht, den besten Anwalt engagiert, Larissa musste jedoch wieder zwei Monate in der Psychiatrie bleiben und ist zeitweise sogar in einem Netzbett untergebracht worden. – Können Sie sich das vorstellen? Ich werde mir das bis an mein Lebensende nicht verzeihen. Da ich ja wusste, wie schlimm man ihr bei ihrer ersten Einlieferung mitgespielt hatte ..."

Adele begann zu weinen.

Ich war fast froh über ihre Tränen, hoffte, sie würden ihr Gewissen erleichtern.

„Fast jeden Tag habe ich Larissa am Steinhof besucht. An einem der Nachmittage, die ich dort verbracht habe, lernte ich Johann kennen. Er arbeitete damals als Pfleger auf der Baumgartner Höhe. Der junge Mann war mir aufgefallen, weil er sich sehr gewissenhaft um die Patienten kümmerte. Ich steckte ihm etwas Geld zu, damit er sich speziell um Larissa annahm, gut auf sie

Acht gab. Er wollte das Geld zuerst nicht annehmen, aber ich habe mich schließlich durchgesetzt."

Ich hatte keine Sekunde daran gezweifelt. Adele war vor vierzig Jahren bestimmt mindestens so resolut gewesen wie heute.

„Als ich ihm viele Jahre später zufällig bei einer Vernissage in meiner Kunsthandlung begegnet bin, habe ich mich an ihn erinnert. Nicht sogleich, denn er wirkte ziemlich heruntergekommen. Zuerst habe ich ihn für einen der armen Schnorrer gehalten, die sich auf jeder Vernissage herumtreiben, um zu einem kleinen Imbiss und ein paar Gläschen Wein zu kommen."

Was für ein Zufall, dachte ich zynisch. Johann hatte die Vernissage in ihrer Galerie damals sicher nicht rein zufällig besucht. Und Adeles nächste Worte bestätigten meinen Verdacht.

„Er hat mich angesprochen, mich gefragt, ob ich mich an eine russische Malerin namens Larissa Lepinska erinnern könne. Was für eine überflüssige Frage! Aber in diesem Moment wusste ich, wen ich vor mir hatte. Er hat mir dann erzählt, dass man meine Freundin falsch behandelt hätte. Lithium wäre das Mittel der Wahl gewesen, da es die Stimmungslage stabilisiert. Die Lithiumsalze hätten eindeutig eine suizidverhütende Wirkung. Stattdessen hätten die behandelnden Ärzte das Lithium abgesetzt und ihr Haldol verpasst. Dabei sei sie sicher nicht schizophren gewesen. Außerdem sei die Dosis, seiner Meinung nach, viel zu hoch gewesen. Als er zuletzt beteuerte, dass er Larissas Selbstmord nie überwunden hätte, hat er mich endgültig für sich eingenommen."

Das konnte ich mir lebhaft vorstellen.

„Johann war damals sehr jung und Larissa die erste Tote, die er gesehen hatte. Im Laufe der Jahre hat er viele Selbstmorde am Steinhof miterlebt. Keiner hat ihn mehr so erschüttert wie der Tod meiner Freundin. Mit Mitte Vierzig hat er den Job als Pfleger wegen seiner kaputten Bandscheiben aufgeben müssen. Seither schlug er sich mit Gelegenheitsjobs aller Art durchs Leben. Finanziell schien es ihm miserabel zu gehen. Deshalb hat er mein Angebot, für mich als Gärtner und Chauffeur zu arbeiten, dankbar angenommen."

Obwohl ich diese Geschichte über Johann, den einfühlsamen Pfleger, durchaus interessant fand, brachte ich sie dazu, weiter von Larissa zu erzählen.

„Als sie schwanger wurde, behauptete sie steif und fest, nicht zu wissen, von wem sie schwanger war. Sie erzählte mir nur, dass sie mehrmals in der Nacht in diesem alten, unheimlichen Pavillon vergewaltigt worden war."

Ich hatte es die ganze Zeit geahnt, dennoch war ich schockiert und fand keine Worte.

Mir fiel mein Gespräch mit Michael ein. Ich dachte an all die Kinder und psychisch Kranken, die während der Nazizeit am Spiegelgrund für medizinische Experimente missbraucht und anschließend ermordet worden waren. Vergewaltigungen waren wahrscheinlich auch an der Tagesordnung gewesen.

„Anfangs hoffte ich, sie würde diese Vergewaltigungen nur phantasieren. Heinrich hatte mir erklärt, dass psychotische Menschen oft die wildesten sexuellen Phantasien hätten und sexuell sehr freizügig wären."

Adele hielt erschöpft inne.

Ich warf einen Blick aus den Erkerfenstern. Von den Bäumen fielen letzte Tropfen. Es regnete seit einer halben Stunde nicht mehr. Der Himmel war nach wie vor dunkelgrau. Dicke Wolken bauschten sich am Horizont auf.

Während ich überlegte, ob ich überhaupt noch laufen gehen sollte, vernahm ich Adeles Stimme wie aus weiter Ferne.

„Damals habe ich mich gegen Heinrich durchgesetzt. Ich habe ihn regelrecht erpresst, ihm mit meinen guten Kontakten zu Journalisten gedroht, gesagt, wenn er Larissa nicht sofort entlassen würde, wüsste morgen ganz Wien von den Vergewaltigungen auf seiner Station. Larissas Schwangerschaft war ein einziger Horror, vor allem für sie selbst, aber auch für mich. Sie wollte das Kind unbedingt abtreiben. Das Gesetz über die Straflosigkeit eines Schwangerschaftsabbruchs innerhalb der ersten drei Monate nach Beginn der Schwangerschaft trat erst am 1.1.1975 in Kraft. Larissa war bereits im siebten Monat. Mein Gott, ich erinnere mich an all die Demos, auf denen sie, mit dem Kind in ihrem Bauch, mit tausenden anderen Frauen um die Abschaffung des Paragraphen 144, also die Entkriminalisierung des Schwangerschaftsabbruchs, an vorderster Front gekämpft hat ..."

Adele stützte ihre Ellbogen auf den Couchtisch und vergrub ihr Gesicht in den Händen.

„Kurz vor dem Geburtstermin war Larissa von Heinrich wieder in die Psychiatrie am Steinhof gebracht worden, weil sie ihn körperlich attackiert hatte. Ich war nicht zuhause gewesen, hatte auf der Kunstmesse in Basel einen eigenen Stand. Ach, wie war mir dieser ganze Kunstkram damals wichtig! Wäre ich doch nur bei Larissa geblieben!"

Ich fürchtete ernsthaft, dass das viele Reden und vor allem die traurigen Erinnerungen ihren ohnehin angegriffenen Gesundheitszustand verschlimmern würden. Wollte gerade sagen, dass wir ein anderes Mal weiterreden sollten, als sie fortfuhr.

„Heinrich und seine Frau Hannelore hatten bei einem frühabendlichen Besuch die hochschwangere Larissa in ihrem Atelier überrascht, als sie einen Kanister mit Terpentin verschüttet und ein Streichholz angezündet hatte. Heinrich behauptete, dass er sie in letzter Sekunde daran hindern hatte können, das Haus abzufackeln. Sie war angeblich mit einem Stanley-Messer auf ihn losgegangen. Seine Frau Hannelore hatte diese Attacke gegenüber der Polizei bestätigt. Sie hatte die Bullen zu Hilfe gerufen. – Zwei Tage danach hat Larissa entbunden. Angeblich wurde sie von Heinrich höchstpersönlich vom Steinhof in die Semmelweis-Klinik gebracht. Mich hat man weder über die erneute Einlieferung noch über die Geburt informiert, so kam ich erst einen Tag später zurück nach Wien. Sofort eilte ich in die Semmelweis-Klinik. Fand Larissa völlig lethargisch im Bett liegend vor. Sie sprach kein Wort, schien überhaupt nicht wahrzunehmen, dass ich da war. Als ich darum bat, das Kind sehen zu dürfen, brachte mich eine Schwester zu einem Fenster der Entbindungsstation und deutete auf eines der vielen Babys. Ich war mir nicht sicher, welches der Kinder nun Larissas Tochter sein sollte.“

Adele atmete schwer.

„Lassen wir es gut sein für heute.“

„Nein, es geht schon. Ich habe sie täglich besucht. Ihr Zustand blieb unverändert. Sie starrte auf die Decke, reagierte nicht auf meine Fragen. Erst als sie wieder in die Psychiatrie gebracht wurde, begann sie zu reden. Wenn auch nur bruchstückhaft. Ich entnahm ihren Worten, dass sie ihre Tochter zur Adoption freigegeben hatte, und, dass die Kleine Tanja heißen würde, wie ihre russische Großmutter. Als ich mich an meinen Cousin Heinrich wandte, beteuerte er, keine Ahnung zu haben, was sich in der Semmelweis-Klinik ereignet hatte. Ich glaubte ihm nicht. Alle meine Versuche, ihn oder Larissa zum Reden zu bringen, scheiterten. Ich rannte der Direktion der Semmelweis-Klinik buchstäblich die Tür ein. Man gab mir keine Auskunft, da ich ja nicht mit der Patientin verwandt war. Ein Spießrutenlauf durch sämtliche zuständige Ämter begann. Dieser endete jäh, als sich Larissa drei Monate nach der Geburt ihrer Tochter umbrachte. Ich glaube bis heute, dass sie nicht freiwillig gesprungen ist. Es war Mord!“

1975

In der Nacht vom siebten auf den achten März 1975 erleuchtete ein Feuer die beiden großen Museen am Maria-Theresien-Platz.

Larissa Lepinska verbrannte ihre Bilder vor dem Kunsthistorischen Museum.

Sie hatte vor dem Denkmal der dicken österreichischen Kaiserin ein großes Lagerfeuer mit ihren Leinwänden entfacht.

Halb lachend, halb weinend sah sie zu, wie sich die Flammen um die Keilrahmen wanden und von den Gemälden Besitz ergriffen. Sobald die Flammen kleiner wurden, warf sie ein weiteres ihrer Öl- und Acrylbilder, die sie vor dem Denkmal aufgestapelt hatte, ins Feuer. Während die Leinwände vor sich hin prasselten und einen fürchterlichen Gestank verbreiteten, trank sie Champagner und dozierte halblaut über die ungerechte Behandlung von weiblichen Künstlerinnen am internationalen Kunstmarkt.

Ein Sandler, der es sich im Rasen neben dem Denkmal bequem gemacht hatte und durch das Feuer und ihr Gerede aufgeweckt worden war, hörte ihr aufmerksam zu. Trieb sie sogar an: „Recht hast. Gib es ihnen. Fackel all diese imperiale Scheiße hier ab!“ Der Mann schien nicht ganz ungebildet zu sein.

Sie bot ihm einen Schluck aus ihrer Champagnerflasche an.

Er revanchierte sich mit einem Schluck aus seiner Bierdose.

Das Feuer wurde schließlich von einem Postler, der in den frühen Morgenstunden auf dem Weg in die Arbeit war, der Wiener Feuerwehr gemeldet. Als Feuerwehr und Polizei beinahe gleichzeitig am Maria-Theresien-

Platz eintrafen, machte sich der Sandler rasch aus dem Staub.

Larissa wurde von den Polizisten festgenommen.

Da sie wild um sich schlug und einem der Beamten ein Veilchen verpasste, wurden ihr Handschellen angelegt. Sie beschimpfte die Bullen nun erst recht, trat nach ihnen aus. Man brachte sie in Handschellen in die Psychiatrie am Steinhof.

Um drei Uhr früh tauchte die Polizei bei Adele auf. Larissa hatte die Villa Artner als ihre Adresse angegeben. In ihrer Verzweiflung alarmierte Adele ihren Cousin Heinrich. Ein paar Minuten später traf er in der Villa ein. Adele empfing ihn im Morgenrock.

Er umarmte sie. Versuchte sie zu trösten.

Sie wand sich aus seiner Umarmung. Berührungen von Heinrich waren ihr schon von Kindheit an unangenehm. Er behauptete, nichts für Larissa tun zu können, außer, sie in seinen Pavillon verlegen zu lassen und höchstpersönlich ihre Behandlung zu übernehmen.

„Deine Freundin ist manisch-depressiv. Sie gehört längst ordentlich behandelt. Solche Leute gefährden nicht nur sich selbst, sondern ihre ganze Umgebung. Stell dir vor, das Feuer hätte sich ausgebreitet, aufs Kunsthistorische oder Naturhistorische Museum übergegriffen. Nicht auszudenken!"

„Du musst ihr unbedingt helfen, Heinrich."

„Selbstverständlich werde ich ihr helfen. Mach dir keine Sorgen. Es gibt heutzutage ganz neue, sehr effiziente Neuroleptika. Ich werde Larissa medikamentös gut einstellen. Und du wirst sehen, in ein paar Wochen wird es ihr viel besser gehen."

„Dein Wort in Gottes Ohr!"

„Gott hat damit nicht viel zu tun. Danke lieber der medizinischen Forschung."

„Wie lange, denkst du, wird sie im Spital bleiben müssen?"

„Das kann ich unmöglich sagen. Einige Monate? Jedenfalls wird sie der Spitalsaufenthalt vor dem Gefängnis bewahren. Daran solltest du lieber denken. Um eine saftige Geldstrafe wird sie ohnedies nicht herumkommen. Ich nehme an, du wirst die Kosten für den Schaden, den sie im Maria-Theresien-Park angerichtet hat, übernehmen?"

„Selbstverständlich. Es geht nicht um Geld. Hauptsache Larissa wird wieder gesund."

„Wie viel haben dir ihre Bilder eigentlich eingebracht? Hast du mal eine Kosten-Nutzen-Rechnung angestellt? Angeblich hast du ja ihre letzten Werke sehr gut verkauft."

„Geld ist, wie gesagt, völlig egal, Heinrich. Tu alles, was in deiner Macht steht! Kümmere dich bitte um sie. Ich flehe dich an!"

Ihr Cousin lächelte.

Es sollte wohl ein beruhigendes Lächeln sein. Sie erinnerte es eher an das Zähnefletschen von scharfen Kötern.

16.

Die Dämmerung senkte sich über die Steinhofgründe. Ich war die Einzige, die zu so später Stunde dort unterwegs war.

Plötzlich hatte ich das Gefühl, nicht mehr allein zu sein. Ich warf einen Blick zurück. Sah niemanden. Trotzdem lief ich schneller.

Auch die Schritte hinter mir wurden schneller.

Lautes Keuchen.

War es mein eigener Atem?

Ich drehte mich um.

Und jetzt sah ich ihn. Ein mittelgroßer, dicklicher Mann, der schwer schnaufend unter einem Baum stand. Keine zwanzig Meter hinter mir. Sein Gesicht konnte ich nicht sehen. Die Kapuze seiner Joggingjacke verdeckte es zur Hälfte.

Ich musste an Frau Breiner denken. Der Mann, der sie überfallen hatte, war ebenfalls mit einer Kapuze getarnt und ihrer Beschreibung nach mittelgroß und kräftig gewesen.

Ich spürte, wie mein Herz raste. Sollte ich Richtung Wald laufen? Mich dort verstecken? Es würde bald dunkel werden.

Ich lauschte, konnte nichts anderes hören als das Blut, das in meinen Ohren pochte.

Womöglich hatte mein Verfolger eine Taschenlampe dabei?

Obwohl mir das Herz bis zum Hals schlug, lief ich schnell weiter.

Plötzlich spürte ich einen heftigen Schlag an der linken Stirnseite. Meine Haut platzte auf. Ich schrie so laut ich konnte. Fuchtelte zunächst wild mit meinen Armen herum, ehe ich sie schützend über meinen Kopf hielt.

Ein zweiter Schlag traf meine Nieren.

Ein stechender Schmerz schoss von meiner Mitte aus hoch bis in meine Brust. Ich bekam gerade noch mit, dass ich taumelte. Dann verlor ich das Bewusstsein.

Der Schmerz war das Erste, das ich wahrnahm, als ich wieder zu mir kam. Ein brennender, pochender Schmerz im Kopf, anders als normale Kopfschmerzen. Ich atmete stoßweise ein und aus, als hätte ich Angst, mein Kopf könnte bei jedem Atemzug explodieren.

Ich lag auf dem Bauch. Vorsichtig versuchte ich den Kopf zu heben. Eine größere Bewegung wagte ich nicht.

Jemand stöhnte. War es mein eigenes Stöhnen? Ich konnte nicht weiter darüber nachdenken, denn mir war übel. Ich musste mich übergeben. Der breiige Mageninhalt rann über meine Brust. Nur nicht den Kopf fallenlassen. Sonst würde ich an meinem Erbrochenen ersticken. Ich versuchte mich auf die Seite zu drehen. Mein Atem ging schneller. Vor Anstrengung begann ich zu keuchen.

Was war passiert? War ich gestürzt und mit dem Kopf unglücklich auf einem Stein gelandet? Nein. Jemand hatte mich zusammengeschlagen. Anscheinend hatte ich mich gewehrt, denn meine Hände schmerzten fürchterlich.

Nun hatte er mich doch erwischt! Ich verfluchte meinen Leichtsinn. Hatte ich nicht damit rechnen müssen, dass er es noch einmal versuchen würde, sobald er dahintergekommen war, dass er letztes Mal die falsche Läuferin niedergeschlagen hatte? Oder war im Wienerwald tatsächlich ein Psychopath unterwegs, der es auf Joggerinnen abgesehen hatte?

Erinnerungen tauchten wie grelle Blitze vor meinen Augen auf.

Adele und ich im Wohnzimmer. Das Badezimmer im zweiten Stock, wo ich mich umzog. Der Zerberus, der laut bellend hinter mir herlief. Adeles Schrei: „Zita, Platz!“ Und plötzlich fiel mir die traurige Geschichte, die mir Adele heute Nachmittag erzählt hatte, wieder ein.

Behutsam tastete ich meine Stirn ab.

Meine Finger fühlten sich klebrig an.

Ich hielt mir die Finger vor die Nase. Sie rochen nach Blut. Meinem Blut.

Das Handy an meinem Gürtel vibrierte. Langsam ließ ich meine zerschundene Hand den Rücken hinuntergleiten. Fischte das Handy aus der Halterung. Ehe ich sehen konnte, wer angerufen hatte, erlosch das Display.

Ich drückte auf die Rückruftaste. Zu mehr war ich nicht imstande.

„Michael!“

In meinen Ohren klang es wie ein Schrei.

„Magdalena, bist du es? Ich kann dich kaum hören.“

„Ich bin überfallen worden ..., ich blute.“

„Wo bist du?“

„Ich weiß nicht.“

Das Mondlicht hüllte Wiesen und Wald in ein einheitliches Grau.

„Oh mein Gott, sieh dich um, was siehst du?“

„Bäume. Es ist so dunkel.“

„Bitte, Magdalena, konzentriere dich. Wo warst du, bevor man dich überfallen hat?“

„Joggen ...“

„Gut. Und wo bist du gelaufen?“

„Vom Wilhelminenberg hinunter in die Stadt, glaube ich. – Nein, warte, ich bin auf den Steinhofgründen, wollte eine kleine Runde drehen ...“

„Ich komme.“

„Wie willst du mich finden?“ Es war mir bewusst, dass ich ziemlich kläglich klang.

„Ich finde dich schon. Keine Angst. Bist du auf den Wegen gelaufen oder quer durch die Wiesen?“

„Hauptweg.“

Seit meinem Achillessehnenriss lief ich nicht mehr querfeldein.

Er hatte aufgelegt.

Es war kühl geworden. Ich fröstelte. Zum Glück regnete es nicht.

Als ich es endlich geschafft hatte, mich aufzurappeln, hielt ich Ausschau nach meinem kleinen Rucksack.

Er lag nur ein paar Meter entfernt.

Auf allen Vieren kroch ich dorthin.

In meinem Kopf pochte es wie wild. Hatte ich eine Gehirnerschütterung? Schließlich war ich bewusstlos gewesen und hatte mich nachher übergeben müssen. Sollte man sich in so einem Fall lieber nicht bewegen?

Ich schaffte es, meine Regenjacke aus dem Rucksack zu holen, wischte mir damit das Erbrochene aus dem Gesicht. Legte mich dann mitten auf den Weg und deckte mich mit der Jacke zu.

Michael würde mich finden, davon war ich inzwischen überzeugt.

Trotz meiner Schmerzen und meiner Angst, dass mein Angreifer womöglich noch in der Nähe sein könnte, nickte ich ein.

Im Traum sah ich Michaels Gesicht. Er blickte mich liebevoll an.

Ich lächelte, seufzte leise und schlug die Augen auf.

Es war kein Traum. Michael hockte neben mir. Starrte entsetzt auf mein blutverschmiertes Gesicht und das Erbrochene auf meiner Regenjacke und dem Shirt.

Ich musste aussehen wie ein Zombie. Das Blut war mir von der Stirn über die Augen getropft. Selbst in meinem Mund spürte ich den Geschmack von Blut.

„Ich rufe die Rettung."

„Nein!"

Ich versuchte aufzustehen, was mir gründlich misslang.

„Keine Rettung. Ich hasse Spitäler. Bring mich bitte nach Hause."

„Du brauchst einen Arzt."

„Es sieht ärger aus als es ist. Ich bin okay. Mir ist nicht mehr schlecht. Und ich verspreche dir, ich gehe morgen zu meinem Arzt. Jetzt will ich nur nach Hause. – Wo steht dein Wagen?"

„Bei der Feuerwache."

„Bis dorthin schaffe ich es mit deiner Hilfe."

Ich streckte ihm meine zerschundenen Hände hin.

Anstatt mir aufzuhelfen, hob er mich hoch und schleppte mich auf seinen Armen die ein- oder zweihundert Meter bis zur Feuerwache. Zwischendurch setzte er mich auf den Bänken am Wegesrand ab und verschnaufte.

Ich war kein Fliegengewicht, wog immerhin fast fünfundsechzig Kilo.

Endlich bei seinem Wagen angekommen, bettete er mich auf den Rücksitz. Während der langen Fahrt zum Naschmarkt sprachen wir kaum miteinander. Er fragte mich nur manchmal, wie ich mich fühlte.

Zuhause versorgte er sofort meine Wunden. Zum Glück war meine Hausapotheke neuerdings gut gefüllt.

„Das Cut auf deiner Stirn sollte genäht werden."

„Quatsch. Ist nur eine Schramme. Hat anfangs geblutet wie wild. Das Blut ist aber schon verkrustet."

Vorsichtig half er mir beim Ausziehen. Streifte ein Nachthemd über meinen lädierten Kopf und brachte mich ins Bett.

Ich jammerte die meiste Zeit vor mich hin, während er am Rand des Bettes saß und mich zärtlich streichelte.

„Rede mit mir. Erzähl mir irgendetwas. Ich kann jetzt nicht schlafen."

Er sprach über die Liebe und die Unmöglichkeit einer langjährigen, glücklichen Ehe.

Ich hörte ihm nur mit halbem Ohr zu. Michael hatte eine sehr angenehme, melodische Stimme.

„Als ich jung war, habe ich an die ewige romantische Liebe geglaubt. Du hast mich gelehrt, dass es diese nicht gibt. Jede Liebe geht einmal zu Ende. Und danach kommen neue Lieben. Wenn man dazu bereit ist."

Davon wollte ich nichts hören. Ich begann zu stöhnen.

Er dachte, ich hätte Schmerzen. Ging ins Bad, holte die Schmerztabletten, die ich für Elvira besorgt hatte.

Dann setzte er sich wieder zu mir. Bettete meinen Kopf in seinen Schoß und schwieg.

Irgendwann schlief ich ein.

Er blieb bei mir. Die ganze Nacht.

17.

Am nächsten Tag regnete es. Michael war zur Arbeit gefahren.

Ich grübelte darüber nach, wer mich überfallen haben könnte. Außer Oliver Artner kam nur Johann in Frage. Beide hatten eine ähnliche Statur, waren mittelgroß und durchtrainiert. Olivers Muskeln stammten eher aus einem Fitnessstudio, während Johann seinen muskulösen Körper wohl schwerer körperlicher Arbeit zu verdanken hatte. War der Mann, der mich überfallen hatte, nicht dicker gewesen als die beiden? Plötzlich fiel mir der Fremde in der Kapuzenjacke ein. Aber warum sollte er mich niedergeschlagen haben?

Da die Kopfschmerzen bis Mittag nicht nachließen, suchte ich meinen Hausarzt auf. Er hatte seit kurzem seine Ordination in einer Gruppenpraxis. Eine seiner Sprechstundenhilfen war eine leidenschaftliche Läuferin. Beim letzten Wiener Frauenlauf waren wir fast nebeneinander durchs Ziel gerannt. Als ich ihr erzählte, dass ich beim Joggen gestürzt sei, kam ich sofort dran.

Der Doktor kaufte mir die Geschichte mit dem Sturz nicht ab. Nervte mich aber nicht mit Fragen, sondern schickte mich zum Röntgen nach nebenan. Als ich erwähnte, dass ich leichte Nierenschmerzen hätte, wurden meine Nieren ebenfalls durchleuchtet.

Zwei Stunden später verließ ich erleichtert die Gruppenpraxis. Meine Verletzungen waren weniger schlimm als ich befürchtet hatte.

Am späten Nachmittag kreuzte Sofia im Majolikahaus auf. Sie läutete bei mir an. Das machte sie in letzter Zeit immer, bevor sie in ihre eigene Wohnung ging. Sie wollte sich vergewissern, dass Werner nicht zuhause war.

Nach dem Besuch bei meinem Arzt hatte ich sie angerufen, jedoch nichts von dem Überfall erzählt. Hatte nur gesagt, dass ich unpässlich sei. Wahrscheinlich dachte sie, ich hätte die Regel.

Ich zweifelte, ob ich Sofia nach wie vor vertrauen konnte. Hatte sie nicht Oliver Artner brühwarm verraten, dass ich Privatdetektivin war? Keinesfalls konnte ich ihr gegenüber erwähnen, dass ich Oliver verdächtigte, mich gestern überfallen zu haben. Ähnliches galt für Elvira. Sie würde Johann garantiert wieder in Schutz nehmen, wenn ich andeutete, dass er mich überfallen haben könnte.

Als Sofia das riesige Pflaster auf meiner Stirn sah, musste ich mit der Sprache herausrücken.

Ich schilderte ihr den Überfall so undramatisch wie nur möglich.

„Hast du irgendeinen Verdacht, wer es gewesen sein könnte?"

„Keine Ahnung."

Ich hatte schon überzeugender gelogen. Sie sah mich misstrauisch an.

„Im Wienerwald gab es vor ein paar Tagen einen ähnlichen Überfall auf eine Läuferin. Werner meint, dass dort ein Irrer unterwegs ist. Du solltest nicht mehr allein laufen gehen."

„Momentan kann ich sowieso nicht laufen. Mir brummt der Schädel und mir tun alle Knochen weh."

Rasch kam ich dann auf Michael zu sprechen. Das Thema Liebe zählte von jeher zu Sofias Lieblingsthemen.

Sie schien sich ehrlich für mich zu freuen, dass ich meine erste Liebe wiedergefunden hatte. Bevor sie Heiratspläne zu schmieden begann, beteuerte ich schnell: „Ich will nicht die Geliebte eines verheirateten Mannes sein, selbst wenn er von seiner Frau getrennt lebt ..."

Startschuss für Thema Oliver.

Sie schien momentan nichts anderes als diesen Kerl im Kopf zu haben. Verliebte sind eben nicht zurechnungsfähig. Gelangweilt lauschte ich den Lobeshymnen auf ihren neuen Lover, der sie nach Strich und

Faden verwöhnte. Soviel ich vor kurzem mitgekriegt hatte, verwöhnte wohl eher sie ihn.

Es läutete an der Tür.

„Machst du bitte auf, Sofia."

Das war ein Fehler, wie sich bald herausstellte.

Werner Schanda stand mit einem Strauß Tulpen vor der Tür.

Ich konnte die Szene, die ihm Sofia im Stiegenhaus machte, laut und deutlich hören – so wie alle anderen Nachbarn im Haus.

„Ah, so ist das! Hast du nicht gerade gesagt, dass du nicht die Geliebte eines verheirateten Mannes sein möchtest?"

Sofia war in mein Wohnzimmer zurückkehrt und funkelte mich wütend an.

Werner, der seiner Frau gefolgt war, blickte verlegen zu Boden. Er hielt den Blumenstrauß verkehrt herum in der Hand. Zwei Tulpen landeten auf meinem Parkettboden.

Ich konnte mir das Lachen nicht länger verkneifen.

„Was führt ihr beiden denn nun wieder für ein Schmierentheater auf?"

„Hätte ich mir ja gleich denken können, dass ihr euch hinter meinem Rücken zusammengetan habt."

„Jetzt mach mal einen Punkt, Sofia. Du spinnst komplett."

Am eifersüchtigsten sind oft diejenigen, die selbst Grund zu Eifersucht geben, dachte ich.

„Ihr beide steckt unter einer Decke ..."

„Im wahrsten Sinne des Wortes?"

Mein Zynismus brachte sie erst recht in Rage.

„Ihr könnt mich mal!" Sie stürzte zur Tür.

Werner warf mir die etwas mitgenommen aussehenden Blumen zu.

„Die sind für dich. Hat ein Dr. Michael K..., den Nachnamen habe ich leider vergessen, bei mir abgegeben. Er hat mehrmals bei dir angeläutet, aber du hast nicht aufgemacht."

„Ich habe tief und fest geschlafen. – Was stehst du hier herum? Lauf ihr nach und klär sie auf, sonst ..."

Schon war er draußen.

Eine halbe Stunde später rief Sofia an und entschuldigte sich für ihren Auftritt.

„Dein Misstrauen hat mich schon gekränkt. Aber Schwamm drüber." Ich musste mich sehr beherrschen, nicht lauthals zu lachen. Hatte sie im Ernst geglaubt, dass ich ein Pantscherl mit ihrem Mann hatte?

Sie wollte weiterreden. Für heute hatte ich jedoch genug von Sofia.

„Michael wartet in der Leitung. Ich habe ihn weggedrückt, als ich deine Nummer gesehen habe."

Gelogen. Ich hatte vor, Michael später anzurufen und mich für die Blumen zu bedanken. Zuerst musste ich ein paar andere Anrufe erledigen.

Da ich wusste, dass Sofia bereits unterwegs war, weil ich bei unserem Telefonat vorhin eine U-Bahn-Durchsage im Hintergrund gehört hatte, rief ich Werner Schanda an. Er hatte offensichtlich heute einen freien Tag.

„Komm bitte einen Sprung rüber. Ich habe ein paar Fragen an dich."

Er zögerte.

„Keine Angst, deine Frau wird uns kein zweites Mal überraschen. Sie hat mich gerade angerufen. Sitzt bereits in der U3."

Mein Scherz ging völlig daneben.

„Können wir das nicht am Telefon besprechen?"

„Ach komm, Werner, ich muss ernsthaft mit dir reden. – Ich tu dir schon nichts."

Mittlerweile hatte ich ein Handtuch zu einem Turban umfunktioniert und um meinen Kopf gewickelt. Das Pflaster war Werner bei dem Tumult zum Glück nicht aufgefallen. Ich hatte keine Lust, ihm die Ursache für die Wunde auf meiner Stirn zu erklären.

Die kleine Szene von vorhin schien ihm sehr unangenehm zu sein. Er versuchte darüber zu reden, während ich eine Flasche Rotwein für ihn öffnete.

Seine Verlegenheit amüsierte mich, aber ich würgte ihn ab. Sagte, dass ich dringend Informationen über den Selbstmord einer russischen Emigrantin, namens Larissa Lepinska, im Jahre 1976 benötigen würde.

„Bitte finde für mich heraus, wer für diesen Fall zuständig war. Ob es Zweifel an dem Selbstmord gab, ob deine Kollegen wegen Mord ermittelt haben ..."

„Warte, nicht so schnell. Erzähl mir zuerst mehr über die Frau und deinen Verdacht."

„Nicht ich verdächtige jemanden, sondern meine neue Mandantin Frau Artner. Sie glaubt, dass ihr Cousin Dr. Heinrich Artner ihre Freundin Larissa vergewaltigt und umgebracht hat, als sie auf seiner Station im Psychiatrischen Krankenhaus am Steinhof lag."

„Sofia hat mir schon Einiges von dieser seltsamen alten Dame erzählt. Vielleicht ist sie nach dem Tod ihrer Freundin nicht ganz zurechnungsfähig gewesen? Ich habe öfter erlebt, dass Leute nach dem Verlust eines geliebten Menschen irrsinnig werden, jedem x-Beliebigen die Schuld geben ..."

„Ja, das habe ich anfangs auch gedacht. Ich würde dich trotzdem bitten, diesen alten Fall für mich auszugraben."

„Du weißt, dass das nicht so einfach sein wird."

Er schien mir meine Enttäuschung anzumerken.

„Ich habe eine bessere Idee. Mein Vorgänger Major Novacek wird sich bestimmt an den Selbstmord erinnern. Der alte Knabe hat ein Gedächtnis wie ein Elefant. Vor allem sein Langzeitgedächtnis funktioniert ausgezeichnet. Ich werde dir seine Nummer geben. Er wird sich sehr freuen, wenn du ihn kontaktierst. Seit dem Tod seiner Frau wohnt er in einem Pensionistenwohnhaus der Stadt Wien am Loquaiplatz. Er muss mittlerweile über achtzig sein. Novacek leidet unter Parkinson, aber sein Kopf ist sonst noch ganz in Ordnung."

Major Schanda schien die Telefonnummer seines ehemaligen Vorgesetzten in seinem Handy gespeichert zu haben. Er rief ihn sofort an.

„Du sollst morgen um halb zehn ins Heim kommen. Er wird im Foyer auf dich warten. Um halb zwölf wird das Mittagessen serviert, deshalb ..."

„Danke, Werner. Das ist total lieb von dir. Ich bin dir was schuldig."

„Pass gut auf Sofia auf. Das ist das Einzige, was du momentan für mich tun kannst."

„Wird gemacht, Herr Major."

Ich hatte es plötzlich eilig, Werner loszuwerden.

Kaum hatte er meine Wohnungstür von außen zugemacht, rief ich Michael an. Heute wollte ich nichts mehr von Selbstmord und Mordverdächtigen hören. Leider erreichte ich nur seine Mailbox. Wahrscheinlich war er gerade in einer therapeutischen Sitzung mit einem seiner privaten Patienten.

Ich versuchte es bei meiner Mutter. Und, oh Wunder, sie hob nach dem zweiten Klingeln ab.

„Wie geht's? Lange nichts von dir gehört."

„Danke, mein Schatz. Ganz wunderbar. Ich kann nur leider jetzt nicht reden, muss gleich weg. Stavros wartet draußen im Wagen. Wir sind bei Freunden von ihm zum Essen eingeladen."

„Guten Appetit!"

Frustriert legte ich auf.

Mir reichte es. Normalerweise telefonierte ich eher ungern. Wenn ich ausnahmsweise einmal Lust hatte, mit jemandem zu reden, war keiner erreichbar. Ich schaltete mein Handy ab, holte einen meiner Lieblingsromane, „Anna Karenina" von Leo Tolstoi, aus meinem Bücherregal. Machte es mir auf meinem roten Sofa bequem, verließ Wien Richtung St. Petersburg und Moskau, und tauchte ein in die russische Gesellschaft des späten 19. Jahrhunderts.

Dieses schönste und zugleich traurigste Liebesdrama der Welt passte wunderbar zu meiner melancholischen Stimmung.

Sie hatte nie gelernt zu Autoritäten Nein zu sagen. Und die Götter in Weiß waren nun einmal Autoritäten. Jetzt war es zu spät. Keiner der Ärzte wollte auf ihr Nein hören. Je energischer sie Nein sagte, desto brutaler wurden ihre Methoden, sie zum Schweigen zu bringen.

Sie hatte die Hölle der Elektroschocks, der Einzelhaft und der Netzbetten durchlebt. Mit Spritzen und Tabletten hatten sie die Ärzte und ihre Handlanger mundtot gemacht, sie um den letzten Rest ihres Verstandes gebracht, sie in den Wahnsinn getrieben.

All die Beruhigungsmittel – sie nannte diese Medikamente „Betäubungsmittel" –, die sie ihr verabreichten, bewirkten eine beängstigende Dumpfheit und Schwere, nicht nur in ihrem Kopf, sondern auch, was ihren Körper, vor allem ihre Gliedmaßen betraf. Manchmal hatte sie das Gefühl, sich kaum mehr bewegen zu können. Sie fühlte sich wie in sich selbst eingesperrt.

Tagelang konnte sie keine klaren Gedanken fassen. Sie fühlte nichts, spürte nichts, weder Schmerz noch Trauer noch Wut. Eine gähnende Leere breitete sich in ihr aus. Sie war nur mehr ein Gefäß ohne Inhalt. Keine Neugier, kein Interesse, keine Angst, kein Appetit, keine Lust, außer Lust auf eine Zigarette. Die Sucht war das Einzige, das ihr geblieben war.

Sie hatte aufgehört zu kommunizieren. Keiner verstand, was sie vor sich hin brabbelte. Denn angeblich sprach sie mit sich selbst, behauptete eine der Schwestern.

Seit sie von einer anderen Patientin erfahren hatte, dass die großen Lithium-Tabletten eine sehr negative Langzeitwirkung hatten, sich ganz furchtbar auf das Gedächtnis auswirkten, hatte sie sich vorgenommen, diese monströsen Pulver nicht mehr zu schlucken. Sie wunderte sich selbst, dass sie zu diesem Entschluss fähig gewesen war.

Die Tablette für die Nacht behielt sie unter ihrer Zunge. Sobald die Schwester das Krankenzimmer verlassen hatte, spuckte sie das Medikament aus, zerbröselte es und schob die Brösel unter die Matratze ihres Bettes.

Ab diesem Zeitpunkt ging es ihr zumindest psychisch besser. Manchmal hörte sie interessante Stimmen in ihrem Kopf. Einige waren unangenehm und sogar bedrohlich, andere wiederum munterten sie auf, ließen sie auf eine bessere Zukunft hoffen. Und sie sah auch wieder Bilder, die sie zu Papier bringen wollte. Leider hatte man ihr Papier und Bleistift längst weggenommen.

Eine Putzfrau musste die Spuren der Tabletten entdeckt und sie verraten haben, denn eines Tages verlangte die Schwester, die ihr die Morgenmedikamente brachte, dass sie ihr die Zunge zeigte, nachdem sie so getan hatte, als würde sie die Tablette mit einem Schluck Wasser hinunterspülen. Fast hätte sie die Schwester ausgelacht. Dann schob sie die Tablette geschickt in das riesige Loch, das einer ihrer Weisheitszähne letztens hinterlassen hatte und öffnete mit herausgestreckter Zunge brav ihren Mund. Die dumme Kuh sah nur unter der Zunge nach, ihren Zähnen schenkte sie zum Glück keinerlei Beachtung.

Die Pfleger waren gefährlicher, vor allem der junge, gutaussehende Rumäne, der sie in das Netzbett verfrachtet hatte. Der Bursche stammte aus Siebenbürgen und sprach perfekt Deutsch, sah aber aus wie ein Südländer. Er berührte mit seinen starken Händen immer ihre Brüste, wenn er sie zudeckte und starrte sie begehrlich an, wenn sie tobte und er ihr mit seiner sanften Stimme eine Beruhigungsspritze androhte.

Er jagte ihr mehr Angst ein als die Krankenschwestern, die eher arglos waren, auf jeden Fall weniger misstrauisch als dieser Pfleger.

Sie hatte ihrer Freundin von dem jungen Mann aus Siebenbürgen erzählt. Aber was konnte ihre Freundin schon gegen den Mann unternehmen?

Wenn sie nach all den Torturen wieder in ihrem Zimmer war, lag sie immer regungslos im Bett. Voll gepumpt mit den fürchterlichen Pulvern. Oder sie lag mit komplett verwirrten Gefühlen da und spürte nach einer Elektroschock-Behandlung ein Kribbeln am ganzen Körper.

Ihr Zimmer befand sich im Hochparterre, war eine Art Schlafsaal mit acht Betten sowie vergitterten Fenstern.

Heute war Vollmond. Er schien ihr direkt ins Gesicht. Blendete sie.

Plötzlich nahm sie eine Bewegung vor dem Fernster wahr.

Draußen stand eine große, hagere Gestalt. Bleiches Gesicht, schwarzer Umhang.

Sie keuchte vor Entsetzen.

Es bestand kein Zweifel, der Tod war gekommen, um sie zu holen.

Ihrem Mund entkam ein Schrei.

Ihr Schrei weckte die anderen Patientinnen. Wie auf Kommando begannen alle zu schreien und zu toben.

Die Nachtschwester stürzte, gefolgt von zwei Pflegern, ins Zimmer.

Der dunkle Schatten vor dem Fenster war verschwunden.

Wir haben ihn vertrieben, dachte sie mit Genugtuung.

Ich bin verrückt. Wir sind alle verrückt. Gebt uns eine Spritze. Am besten eine Todesspritze.

18.

Der Himmel über Wien war strahlend blau, als ich die Gumpendorfer Straße entlang bis zur Otto-Bauer-Gasse schlenderte und dort zum Seniorenheim am Loquaiplatz abbog.

Das Pensionistenwohnhaus machte wegen der hohen Bäume im Park von außen einen finsteren Eindruck. Vielleicht lag es auch daran, dass hier einst eine Synagoge stand, die von den Nazis beim Novemberprogrom, der sogenannten Reichkristallnacht, vom 9. zum 10. November 1938, völlig zerstört und abgebrannt worden war?

Als ich mich dem Eingang näherte, wurde ich von einigen älteren Damen, die die warme Frühlingssonne vor dem Haus genossen, freundlich zurückgegrüßt.

Sie musterten mich neugierig.

Zu wem will die? – Diese Frage war ihren Gesichtern deutlich abzulesen.

Das Foyer in hellen Farbtönen war einladender als das Äußere des Gebäudes.

Ein weißhaariger, sehr gepflegt wirkender alter Herr, groß, schlank, zartrosa Hemd, schwarze Hose, graublaues Sakko, stand in der Nähe des Eingangs.

„Herr Major Novacek?“

Lächelnd streckte ich ihm meine Hand hin: „Magdalena Musil.“

„Major a.D.“

Erst jetzt bemerkte ich, dass er stark zitterte.

Hatte Werner nicht gesagt, dass sein ehemaliger Vorgesetzter unter Parkinson litt?

Ich ergriff seine Hand. Schüttelte sie.

„Danke, dass Sie sich Zeit für mich nehmen.“

„Zeit ist das Einzige, das ich in Überfülle zu bieten habe.“

Darauf fiel mir keine passende Antwort ein.

„Schauen Sie nicht so erschrocken drein, junge Frau. Die Freude ist ganz meinerseits. Lassen Sie uns in den Park gehen. Ich habe den Schlüssel für das Tor. Dort können wir ungestört miteinander reden."

Ein Teil des Loquaiparks war eingezäunt. Dieser Platz war den Bewohnern des Seniorenheims vorbehalten.

„Hier gibt es zu viele große Ohren." Er deutete auf die alten Damen vor dem Eingang.

„Na, Leopold, hast dir heute mal eine hübsche Junge geangelt?" – „Ist das deine Tochter? Ich hab gedacht, du hast keine Kinder." Und so ging es dahin, bis wir hinter dem Zaun waren.

„Verstehen Sie jetzt, was ich meine?"

„Und ob!"

Ich konnte mir gut vorstellen, dass der fesche Herr Major a.D. nach wie vor recht gut beim weiblichen Geschlecht ankam. Er war eine elegante Erscheinung und schien Humor zu besitzen.

Durch einen öffentlichen Gehweg getrennt, befand sich in dem kleinen Park ein ebenfalls eingezäunter Kinderspielplatz. Anscheinend ein sehr beliebter. Fröhliches Gekreische drang zu uns herauf. Belebte die ruhige Gegend.

„Setzen wir uns auf eine Bank, wenn es Ihnen recht ist. Ich kann nicht mehr lange gehen."

Er wählte eine Bank, weit entfernt vom Eingang, nahe dem Zaun zur Straße.

Zu viele Zäune. Bald wird ganz Österreich eingezäunt sein, dachte ich.

„Bitte nehmen Sie zu meiner Rechten Platz. Denn auf dem linken Ohr bin ich fast taub. Mit mir ist nicht mehr viel los. Nach dem Tod meiner Frau vor drei Jahren bin ich freiwillig ins Heim gegangen. Ich konnte mir nicht einmal ein Spiegelei machen. Meine Trude hat mich zu sehr verwöhnt. Es gefällt mir hier besser als erwartet. Wir machen viele Ausflüge und das Beschäftigungsprogramm ist okay. Zum Beispiel lerne ich auf meine alten Tage ordentlich Englisch. Verzeihen Sie, ich schwatze und schwatze, dabei sind Sie wegen eines sogenannten Cold Case zu mir gekommen. Ich muss Ihnen leider gleich sagen, dass es sich nicht wie im Fernsehen um einen unaufgeklärten Mord handelte. Es war eindeutig Selbstmord."

Erstaunlicherweise erinnerte sich Major Novacek tatsächlich noch an diesen schrecklichen Todesfall vor über vierzig Jahren.

„Ich habe den aufsehenerregenden Selbstmord damals höchstpersönlich untersucht. Einige Wiener Zeitungen haben über den Freitod der Künstlerin berichtet. Was sehr ungewöhnlich war. Deshalb wurde er auch zur Chefsache ernannt. Leider kann ich mich nicht mehr an den Namen der Frau erinnern ..., es war ein ausländischer Name."

„Larissa Lepinska."

„Ja, richtig. Sie war eine russische Malerin. Eine auffallend schöne Frau. Ihr Gesicht war bei dem Sturz aus dem dritten Stock fast unversehrt geblieben. Sie war nicht sofort tot, ist im Rettungswagen auf der Fahrt ins Wilhelminenspital ihren inneren Verletzungen erlegen."

„Sie sagten ‚Sturz'. Es könnte also auch ein Unfall gewesen sein?"

„Sie nehmen es sehr genau, Frau Detektivin. Gut so!"

Er blinzelte mir zu.

„Entschuldigen Sie, ich habe mich falsch ausgedrückt. Unfall war es sicher keiner. Die Künstlerin war eher klein, hatte aufs Fensterbrett klettern müssen, um zu springen. Wir haben ihre Fingerabdrücke überall auf dem Fenster gefunden, an der Klinke, am Brett, ja sogar an den Glasscheiben."

„Sie könnte verzweifelt versucht haben, sich am Fenster festzuhalten, als jemand sie hochgehoben und hinuntergestoßen hat?"

„Wir haben diese Möglichkeit nicht ausgeschlossen. Aber es gab keinerlei Hinweise auf Fremdverschulden. Außerdem hatte sie einen Abschiedsbrief hinterlassen. Einen Brief an ihre Tochter, die erst ein paar Monate alt war."

Das war mir neu. Adele hatte mir gegenüber nie einen Abschiedsbrief von Larissa erwähnt.

Dem Major a.D. schien meine Verwunderung nicht entgangen zu sein.

„Er war auf einer Schreibmaschine aus dem Sekretariat der Station getippt worden. Deshalb hat die Freundin der Malerin auch den leitenden Primarius verdächtigt, am Tod von Frau Lepinska schuld zu sein. Sie unterstellte ihm, diesen Brief selbst geschrieben zu haben."

„Was stand in dem Brief?"

Er runzelte die Stirn, schien angestrengt nachzudenken.

„Es waren nur ein paar Zeilen, denen ein gewisser Lebensüberdruss zu entnehmen war. – Das war schon eine verrückte Geschichte! Soweit ich mich erinnere, war die Freundin der Malerin mit dem Primarius verwandt.

„Ja, er war der Cousin von Frau Artner."

„Ach ja, Artner, so hießen die Leute. Bessere Wiener Gesellschaft. Deswegen hat der Fall auch so großes Aufsehen erregt."

Er holte ein Zigarettenpäckchen aus seiner Sakkotasche. Seine Hände zitterten so stark, dass er die Zigarette nicht aus dem Päckchen bekam.

„Darf ich Ihnen helfen?“

Er nickte. Es sah eher so aus, als schüttle er den Kopf.

Ich zögerte.

Als er sich weiter vergeblich bemühte, eine Zigarette anzustecken, kam ich ihm zu Hilfe. Zündete sie ihm mit seinem Feuerzeug an.

„Danke.“

Er rauchte genüsslich, blickte dem Rauch, der sich in meine Richtung bewegte, versonnen nach.

„Stört es Sie eh nicht?“

„Einmal Raucher, immer Raucher, so sagt man doch. Schenken Sie mir eine? Ich habe zwar vor einem Jahr aufgehört ...“

„Bedienen Sie sich. – Diese Frau Artner war übrigens vollkommen besessen von dem Gedanken, dass ihr Cousin ihre Freundin umgebracht haben könnte. Sie hat nicht nur die Beamten des Kommissariats im vierzehnten Bezirk zur Verzweiflung gebracht, sondern sogar einen langen Brief an den Wiener Polizeipräsidenten geschrieben. Ihn um seine Hilfe gebeten. Als sie keine Antwort von ihm erhielt, hat sie sich an die Medien gewandt. Deshalb haben einige Zeitungen auch über diesen Selbstmord berichtet. Im Grunde hat sie nichts damit erreicht, außer dass sie ebenfalls in den Ruf geraten ist, nicht ganz normal zu sein. Leute, die Briefe an Politiker, Beamte und Journalisten schreiben, werden ja prinzipiell für verrückt gehalten.“

Sein Zittern wurde wieder schlimmer. Verlegen wandte ich meinen Blick von seinen bebenden Wangen und seinem verzerrten Mund ab.

Wir dämpften beide unsere Zigaretten unter der Bank auf dem weichen Boden aus, versenkten sie mit unseren Füßen in der Erde und sahen uns verschwörerisch an.

„Rauchen verboten?“

„Strengstens! Wir könnten ja die hohen Bäume hier abfackeln. Wäre übrigens keine schlechte Idee. Nehmen uns sowieso nur das Licht weg.“ Sein Lächeln war sehr charmant, trotz seines verzogenen Mundes.

„Natürlich haben wir die Vorwürfe dieser Dame ernst genommen und den Primar ordentlich überprüft. Er war unschuldig, hatte ein Alibi für die Tatzeit. Es stammte zwar von seiner Frau ...“

„Ich nehme an, sie hat ausgesagt, dass er zuhause war.“

„Genau. Eine Nachbarin bestätigte, dass sie den Doktor um achtzehn Uhr heimkommen gesehen hatte. Nachher hätte er das Haus nicht mehr verlassen, behauptete sie. Das war eine von der Sorte, der nichts entgeht. Ihr Haus grenzte an das Grundstück der Familie Artner. Auf der Station hat ihn abends auch keiner gesehen. Primarärzte pflegen keine Nachtdienste zu machen. Es wäre bestimmt jemandem aufgefallen, wenn er sich um Mitternacht im Spital aufgehalten hätte. Zumindest der Portier am Eingang hätte ihn sehen müssen.“

Nicht, wenn er von oben, über die Steinhofgründe, das Spitalsareal betreten hätte, dachte ich. Wollte aber nicht besserwisserisch erscheinen.

„Vielleicht haben alle geschlafen?“ sagte ich stattdessen.

„Irgendwer ist gerade in so einem Krankenhaus immer wach, glauben Sie mir. – Übrigens ist er zwei Jahre nach dem tragischen Selbstmord der jungen Frau auf der Höhenstraße tödlich verunglückt. Er wurde von einem rücksichtslosen Autofahrer niedergefahren und einfach liegengelassen. Dieser brutale Fall von Fahrerflucht ist meines Wissens nach nie aufgeklärt worden."

„Schlimme Geschichte."

„Sie sagen es!"

Meine zaghafte Reaktion hatte ihn wohl nicht überzeugt. Oder bildete ich mir nur ein, dass er mich bei diesen Worten misstrauisch anblickte?

„Ich habe Sie nicht davon überzeugen können, dass der Tod der Malerin eindeutig Selbstmord war?"

„Doch ..."

„Sprechen Sie ganz offen mit mir. Sie könnten mir keine größere Freude bereiten, als mich dazu zu zwingen, meine kleinen grauen Zellen auf Trab zu bringen, wie Agatha Christie sagen würde. Was haben Sie für Beweise oder Indizien, die für Mord sprechen?"

„Keine. Ich kenne allerdings Frau Adele Artner mittlerweile ganz gut und halte sie keineswegs für verrückt. Sie ist überzeugt, dass ihr Cousin Larissa Lepinska auf dem Gewissen hat."

„Er mag sie in den Tod getrieben haben. Die Behandlungsmethoden in der Psychiatrie waren damals grauenhaft, soviel ich gehört habe."

„Ich weiß. Aber es ging auch um das Kind, das Larissa Lepinska auf die Welt gebracht hatte. Frau Artner behauptet, dass ihr Cousin seine Patientin mehrfach vergewaltigt hatte. Das Kind also von ihm war. Und damit dieser Skandal nicht an die Öffentlichkeit dringt, könnte er die Frau, der er dies angetan und die gegen ihn aussagen hätte können, beseitigt haben. Mir erscheint der Gedanke nicht total abwegig zu sein."

„Wie soll man das heute beweisen? Opfer und potentieller Täter sind tot. Zeugen, weder für die Vergewaltigungen noch für den Sturz aus dem Fenster, gab es keine. Seiner Frau wird er wohl nichts von den Vergewaltigungen erzählt haben. Ich erinnere mich an sie. War eine hübsche Blondine und viel jünger als er."

„Ja, ich habe sie bereits kennengelernt. Diese alte Betschwester ist eine große Lügnerin vor dem Herrn. Angeblich rennt sie ständig in die Kirche."

„Gut für sie. Im Alter gibt es nichts Besseres als Vertrauen in den Herrgott. Leider bin ich ein unbekehrbarer Atheist."

Der alte Major gefiel mir immer besser. Ich hätte mich gerne länger mit ihm unterhalten, obwohl er mir nicht weiterhelfen konnte. Der Abschiedsbrief von Larissa war allerdings eine wichtige Information. Ich würde Adele bei unserem nächsten Treffen fragen, warum sie mir diesen Brief bisher verschwiegen hatte.

Ich begleitete Major Novacek zurück ins Pensionistenheim. Bedankte mich sehr herzlich für seine Hilfe. Versprach, mich wieder an ihn zu wenden, wenn ich noch weitere Fragen hätte. Zum Abschied küsste ich ihn vor den Augen der alten Ladys auf beide Wangen.

Der alte Herr errötete.

Begleitet vom Gekicher der Damen machte ich mich sehr nachdenklich auf den Heimweg.

19.

In der frühen Nachmittagssonne lief ich den Kiesweg entlang bis zur Abzweigung, die zur Villa Artner führte.

Ich läutete kurz an der Eingangstür, trat aber gleich ein. Tagsüber war die Haustür so gut wie nie zugesperrt.

Im Vorraum wurde ich von Pauline empfangen.

Sie wollte mich nicht zu Adele lassen.

„Die gnädige Frau ist nicht gut beisammen."

„Was ist los?"

„Sie hat sich erkältet. Ein Besuch pro Tag muss reichen, hat der Arzt gemeint. Es war gerade jemand bei ihr. Das viele Reden hat sie sehr angestrengt ..."

„Wer war da?"

„Die Erbschleicherin."

„Daniela Artner?", fragte ich scheinheilig, obwohl ich mir sicher war, dass die alte Giftspritze Tanja Seefeld gemeint hatte.

Ich wunderte mich über Tanjas Beuch. Hatte sie nicht erst am kommenden Wochenende bei Adele vorbeischauen wollen?

Meine Neugier war geweckt. Worüber mögen die beiden wohl gesprochen haben?

Ich schob Pauline beiseite, lief die Treppe hinauf und klopfte an Adeles Schlafzimmertür. Obwohl ich kein „Herein" hörte, trat ich auf Zehenspitzen ein. Falls sie eingeschlafen war, wollte ich mich gleich wieder aus dem Staub machen. Adele saß mit zwei dicken Polstern im Rücken im Bett und deutete mir, näherzukommen.

„Ich werde Sie nicht lange belästigen. Pauline hat gesagt, dass es Ihnen nicht gut geht ..."

„Papperlapapp. Setzen Sie sich zu mir."

Zögernd nahm ich mir einen Stuhl und rückte ihn nahe an Adeles Bett.

„Ich habe gestern Tanja angerufen und sie gebeten, heute in ihrer Mittagspause kurz bei mir vorbeizuschauen."

„Und sie ist tatsächlich gekommen?"

Ich war überrascht. Hätte Adele in ihrem momentanen Zustand nicht so viel Überzeugungskraft zugetraut.

„Tja, da staunen Sie. Ich habe ihr das Messer angesetzt, wie man so schön sagt. Es bleibt mir nicht mehr viel Zeit, meine Angelegenheiten zu regeln. Zumindest sollte alles notariell oder durch einen Anwalt festgehalten werden. Ich möchte, dass sich Tanja um meine Beerdigung kümmert. Habe sie ersucht, alles so zu arrangieren, wie ich es mir vorstelle ..."

„Warum soll ausgerechnet Tanja Ihr Begräbnis, das hoffentlich erst in ferner Zukunft stattfinden wird, organisieren?"

„Weil sie meine Haupterbin sein wird und weil ich neben Larissa liegen möchte. Ihre Urne ist am Ottakringer Friedhof in unserer Familiengruft beigesetzt worden. Mein Vater hätte sicher nichts dagegen gehabt und meine Mutter bei all ihrer christlichen Nächstenliebe ebenfalls nicht. Für meine Urne ist dort noch ein Plätzchen frei. Wir werden also alle bald wieder miteinander vereint sein."

Etwas makaber, dachte ich. Hoffte, meine Mutter würde im hohen Alter nicht auch so seltsame Anwandlungen bekommen.

„Die Beisetzung von Larissas Asche war schrecklich, glauben Sie mir. Nicht einmal ein Pfarrer hat ihr den letzten Segen erteilt. Im Grunde hat das keine Rolle für mich gespielt. Ich habe den Glauben an Gott 1945 verloren. Aber Larissa war russisch-orthodox und hatte während ihrer psychotischen Phasen religiöse Phantasien, hat stundenlang zu irgendwelchen russischen Heiligen gebetet ..."

Über Adeles Augen legte sich ein feuchter Schimmer. Ich fürchtete, sie würde gleich zu weinen beginnen.

„Wieso wurde sie nicht in der russisch-orthodoxen Abteilung am Zentralfriedhof beigesetzt?"

„Ich war nicht fähig, mich um ihr Begräbnis zu kümmern. Mein Cousin Heinrich hat alle Formalitäten erledigt. Und ich Idiotin war ihm sogar dankbar dafür."

Wir schwiegen beide eine Weile.

„Larissa hat Hunde geliebt. Nur wegen ihr habe ich mir Hunde angeschafft. Ich hatte früher Angst vor diesen Tieren, so wie Sie, Frau Musil. Heute teile ich Larissas Liebe zu Hunden. Tanja fürchtet sich übrigens auch vor ihnen. Sie wollte heute nicht einmal hereinkommen, als sie Charlie neben meinem Bett liegen sah. Dabei ist er so ein Lieber. Nicht einmal Sie haben Angst vor ihm. Trotzdem habe ich Pauline gebeten, ihn hinauszuschaffen. Bordeaux-Doggen sind übrigens hochintelligente Tiere und besitzen einen ausgesprochenen Gerechtigkeitssinn. Diese Rasse stammt aus der Antike, war schon in Babylon und im antiken Rom bekannt. Es waren richtige Kriegshunde. Mein Charlie scheint jedoch etwas degeneriert zu sein, was bei reinrassigen Hunden ja öfter vorkommt."

Adele schloss die Augen.

Ich wollte mich leise aus dem Zimmer schleichen, als sie wieder zu reden begann.

„Tanja kann mich nicht leiden. Das tut mir weh, wie Sie sich denken können. Sie hat mir klar und deutlich zu verstehen gegeben, dass meine Familie für mein Begräbnis zuständig sei. Im Grunde will sie nichts mit mir zu tun haben. Selbst die Aussicht, bald alle meine Kunstwerke und die Villa zu erben, scheint sie nicht sehr zu begeistern. Ich darf es ihr nicht verübeln. Sie hat es nicht leicht gehabt. Ihre leibliche Mutter hat sie nicht haben wollen. Ihr Vater war ein Vergewaltiger. Der Adoptivvater dürfte sich mehr schlecht als recht um sie gekümmert haben und diese Amerikanerin, die um jeden Preis ein Kind wollte, muss eine Schreckschraube gewesen sein. Tanja hat sie jedenfalls gehasst ..."

Adele hatte die letzten Sätze im Flüsterton von sich gegeben.

„Reden wir ein anderes Mal weiter. Ruhen Sie sich aus. Ich werde mit Tanja sprechen."

In diesem Augenblick klingelte es an der Eingangstür. Ein paar Minuten später erschien Pauline im Zimmer. Im Schlepptau hatte sie meinen Ex-Mann.

Ich spürte, wie mir vor Zorn die Röte ins Gesicht schoss.

Adele hatte mich gebeten, mich bei Gernot nach einem Notar zu erkundigen. Mein Ex hatte offensichtlich ein Geschäft gewittert. Für gute Geschäfte hatte er seit jeher einen ausgezeichneten Spürsinn gehabt. Ansonsten war er meiner Meinung nach völlig unsensibel. Er würde der alten Dame viel Geld für ein neues Testament abknöpfen, das sie bei jedem beliebigen Notar billiger hätte haben können.

Gernot umarmte mich.

Ich erstarrte in seinen Armen zur Salzsäule.

„Du hier, mein Liebling, wie schön, dich zu sehen."

Ich hasste es, wenn mich mein geschiedener Mann „Liebling" nannte.

Er hielt mich einen halben Meter von sich weg und musterte mich mit unverfrorenem Blick.

„Gut siehst du aus. Zum Verlieben."

Idiot, dachte ich. Das Pflaster auf meiner Stirn schien dieser Egoist genauso wenig bemerkt zu haben wie Adele.

„Dieses Kompliment kann ich leider nicht zurückgeben. Hast ziemlich zugelegt. Kocht deine Neue zu fett? Pass auf, dass du nicht Diabetes bekommst."

„Deinen Humor habe ich immer geliebt."

Er grinste mich dermaßen frech an, dass ich am liebsten die Abdrücke meiner Finger auf seinen feisten Wangen hinterlassen hätte.

Adele räusperte sich. Gerade rechtzeitig, bevor ich mich vergaß.

„Danke, dass Sie so rasch gekommen sind, Herr Doktor."

Der böse Blick, mit dem ich sie bedachte, zeigte keinerlei Wirkung. Sie lächelte meinen Ex-Mann freundlich an.

Gernot erwiderte ihr Lächeln, sah dabei mir tief in die Augen.

„Du kannst uns gleich behilflich sein, Liebling, und das neue Testament von Frau Artner als Zeugin unterzeichnen."

„Du kannst mich mal!"

Ich verließ Adeles Schlafzimmer, ohne mich von ihr und meinem Ex zu verabschieden.

Als ich den Gallitzinberg hinunterlief, hatte ich nichts als feindselige Gedanken im Kopf. Adele würde es nur recht geschehen, wenn sie dieser Gauner um einen Teil ihres Vermögens brachte. Wie hatte sie nur so dumm sein können? Hatte ich ihr nicht gleich am Anfang unserer Bekanntschaft erzählt, was für ein Halsabschneider mein Ex war?

Ich war stinksauer auf sie, weil sie nicht auf meinen Rat gehört und sich hinter meinem Rücken mit Gernot in Verbindung gesetzt hatte. Außerdem hatte ich wegen Gernot darauf vergessen, sie nach Larissas Abschiedsbrief zu fragen.

An den nächsten drei Tagen ließ ich mich nicht bei ihr blicken, erkundigte mich nur öfter bei Elvira oder Sofia, wie es ihr gesundheitlich ging. Von Tag zu Tag besser, behaupteten sie.

Ein paar Tage später hatte sich Larissas Beziehung zu dem Pfleger aus Siebenbürgen gebessert.

„Stell dir vor, dieser junge Mann, über den ich mich letztens bei dir beschwert habe, erweist mir neuerdings manchmal Gefälligkeiten. Gestern haben wir uns sogar richtig nett miteinander unterhalten. Seine Eltern sind Ende der 1960er Jahre aus Rumänien nach Wien geflüchtet. Er spricht übrigens hervorragend Deutsch, hat in Wien die Ausbildung als Pfleger gemacht. Trotzdem ist er mir nach wie vor nicht geheuer. Manchmal betritt er mitten in der Nacht mein Zimmer, beugt sich über mein Bett und streicht mir übers Haar oder berührt mein Gesicht. Ich stelle mich immer schlafend. Was will er von mir? Er ist einige Jahre jünger als ich, höchstens Mitte zwanzig."

„Erinnerst du dich, wie du einst zu mir gesagt hast, dass du schnelle Autos und junge Männer lieben würdest?"

Adeles Worte brachten Larissa zum Lachen.

„Das habe ich nur gesagt, um dich zu ärgern. Du weißt, dass ich nur dich liebe. Ich mag keine Männer, mir ekelt richtiggehend vor ihnen."

„Ja, ich weiß, Liebes. Ich habe deine Worte damals nicht ernst genommen. – Was ist also mit diesem Pfleger?"

Adele behielt für sich, dass sie den jungen Mann, nachdem sich Larissa über ihn beklagt hatte, bestochen hatte. Sie hatte ihm einen Tausender zugesteckt und ihn gebeten, sich gut um Larissa zu kümmern.

„Er versorgt mich mit Zigaretten, hat letztens sogar ein bisschen Hasch für mich aufgetrieben."

„Hoffe, das Zeug verträgt sich mit deinen Tabletten."

„Keine Angst. Es wirkt besser als jedes Beruhigungsmittel. Um all diese Prozeduren hier zu überstehen, muss ich mich hin und wieder einrauchen, sonst drehe ich wirklich durch. Du hast keine Ahnung, was die mit mir aufführen. Am liebsten würden sie mich von morgens bis abends ruhigstellen, damit sie keine Arbeit mit mir haben. Ich habe einige Tricks entwickelt oder mir, besser gesagt, von den anderen Patienten abgeschaut, um diesen Neuroleptika zu entkommen. Das bleibt unter uns – okay? Wehe, du erzählst das deinem Cousin!"

„Ich rede mit Heinrich nur das Nötigste. Das weißt du."

„Er ist übrigens sehr unbeliebt auf unserer Station. Seit kurzem ist er ja Primar. Alle hassen ihn. Manche nennen ihn sogar ‚das Monster'. In der Psychiatrie beginnt ein neuer Wind zu wehen. Offenbar weltweit. Hast du von dem berühmten Psychiater Franco Basaglia in Italien gehört? In Triest hat es angeblich vor kurzem große Demonstrationen gegeben. Die alten Pavillons der psychiatrischen Klinik dort sollen bald geschlossen und die Patienten nur mehr in Ambulatorien behandelt werden."

„Ja, ich habe in der Zeitung davon gelesen. Die Italiener waren uns immer voraus, was Menschlichkeit und Toleranz betrifft."

„Vergiss nicht die alten Römer", kicherte Larissa.

Adele freute sich über die gute Laune ihrer Freundin. Sie schien viel besser beisammen zu sein als in den letzten Tagen. Aufmerksam hörte sie ihr zu, als sie weitersprach.

„Auch in der Wiener Psychiatrie rumort es. Junge Psychiater proben den Aufstand gegen die menschenverachtenden Behandlungsmethoden der alten Psychiater-Garde. Der sozialdemokratische Gesundheitsminister ist auf ihrer Seite. Dein Cousin Heinrich will von alledem

nichts wissen. Er gehört zu den Reaktionären. Hast du mir nicht erzählt, dass er einst bei der SS war?“

„Sein Vater war bei der SS. Heinrich war beim Volkssturm. Aber er hat sich geändert. Zumindest wählt er heute die christlich-konservative Partei. Das ist immerhin ein Fortschritt für einen Ex-Nazi.“

„Von diesem Fortschritt merkt man auf seiner Station nichts. Niederspritzen und Vollstopfen mit Neuroleptika sind in unserem Pavillon die vorherrschenden Behandlungsmethoden. Außerdem verpassen sie manchen Patienten nach wie vor eiskalte Bäder, wenn sie randalieren. Ich habe es bisher geschafft, dieser Tortur zu entgehen. Vielleicht Dank meines rumänischen Pflegers? Mit ihm darf ich es mir nicht verscherzen. Die Schwestern mögen mich nicht. Und dein Cousin ist auch nicht gerade mein Freund.“

„Vor ihm musst du keine Angst haben, den habe ich im Griff.“

„Hoffentlich!“

Adeles Worte hatten sehr selbstsicher geklungen. Larissa bezweifelte jedoch, dass ihre Freundin über die schlimmen Machenschaften ihres Cousins am Steinhof Bescheid wusste.

20.

Die Warterei hatte endlich ein Ende. Michael rief an. Sogleich ging es mir besser.

Er lud mich zum Essen ein. Jeder Abend war ihm recht.

Da ich es kaum erwarten konnte, schlug ich vor, dass wir uns gleich heute Abend am Naschmarkt treffen sollten. Gab vor, an den anderen Abenden bereits Termine zu haben.

Wir entschieden uns für asiatische Küche. Auf Wiens berühmtesten Markt war wie immer viel los. Eigentlich war es in all den Lokalen viel zu voll und viel zu laut für ein intimes Date. Obwohl manche Standl noch offen hatten – Michael und ich trafen uns um achtzehn Uhr –, waren fast alle Tische im Freien, dank Heizschwammerl, besetzt. Da mich die nette Chefin des asiatischen Lokals persönlich kannte, ergatterten wir den letzten freien Tisch.

„Wo kommen wir denn hin, wenn man hier selbst als Anrainerin keinen Platz mehr kriegt?"

„Bestell mir bitte ein Bier, du Anrainerin." Michael ging auf die Toilette.

Ich mochte diese frühabendliche Stimmung am Naschmarkt sehr gerne, mochte das Licht, das die Häuser und Dächer bei Sonnenuntergang in einen orangefarbenen Glanz tauchte. Ich zückte meine Kamera und schoss ein paar Fotos. Diese kleine Digitalkamera mit dem tollen Zeiss-Objektiv hatte ich meistens dabei, wenn ich das Haus verließ. Man konnte ja nie wissen, welches interessante Fotomotiv einem unterkam. Ich sah mich also um.

Und wen entdeckte ich im gegenüberliegenden Gastgarten? Daniela Artner und einen Glatzkopf, mittelgroß, bullig, schwarze Sonnenbrille, zu enger schwarzer Anzug. Er sah aus wie ein Gangster aus einem alten Hollywoodfilm. Der Typ passte nicht hierher. Kam mir jedoch bekannt vor. Ich musste ihm schon einmal begegnet sein.

Als er die schwarze Brille kurz abnahm, fiel mir wieder ein, wo ich diesen Mann zuletzt gesehen hatte.

Dichte dunkle Brauen über unruhigen, blassblauen Augen, die unablässig hin und her wanderten. Ja, das war die Glatze mit dem Bauch, der ich beim Joggen auf den Steinhofgründen begegnet war. War er der Kapuzenmann, der mich überfallen hatte?

Ich nickte Daniela betont freundlich lächelnd zu.

Sie errötete. Drehte ihren Kopf sofort weg. Es war ihr sichtlich unangenehm, dass ich sie in solch unpassender Gesellschaft antraf.

Als sie beide nicht hersahen, machte ich ein paar Fotos von ihnen. Hatte vor allem ihn im Visier.

Was für ein angenehm warmer Frühlingsabend.

Nach den köstlichen Dim Sum und einer knusprigen Peking-Ente, die wir uns miteinander teilten, blieben Michael und ich noch eine Weile im Freien sitzen. Eingewickelt in Fleecedecken und eng zusammengerückt unter einem Heizschwammerl.

Irgendwann kam ich wieder auf das Thema Beziehung zu sprechen.

„Eine lebenslange Zweierbeziehung kann unmöglich funktionieren. Kennst du jemanden, der nicht geschieden oder getrennt ist?“

Michael lachte. „Mir fällt niemand ein.“

„Mir auch nicht. Meine Nachbarn, die Schandas, waren bis vor kurzem das einzige Paar, das über zwanzig

Jahre zusammen war. Jetzt reden sie von Scheidung. Zumindest Sofia."

„Tja, die Scheidungsrate wird immer höher, vor allem in Europa und in den USA."

„Die Ehe ist wichtig für das Funktionieren von Politik und Gesellschaft." Ich meinte es spöttisch, sagte es aber mit ernster Miene. Es machte mir Spaß, Michael zu provozieren. Wir hatten früher oft nächtelang miteinander heiß diskutiert.

Michael stieg sofort darauf ein. „Das ist ein Trugschluss. Würde eine Gesellschaft weniger gut funktionieren, wenn sie aus lauter Individuen zusammengesetzt wäre, die wechselnde Partnerschaften eingehen, aus denen dann ebenfalls Kinder resultieren?"

„Kinder brauchen stabile Verhältnisse."

„Wird behauptet. Und zwar von denen, die die Kleinfamilie als gesellschaftliches Ideal propagieren. Dabei finden die entsetzlichsten Dramen und Gewalttaten meist in den sogenannten heilen Familien statt."

„Apropos Familiendramen. Ich glaube, ich bin so einem Drama gerade auf der Spur."

Ich erzählte ihm von dieser merkwürdigen Dreiecksbeziehung zwischen Adele, Larissa und Heinrich.

„Larissa bekam eine Tochter. Drei Monate nach der Geburt hat sie sich umgebracht", sagte ich zum Schluss.

„Postnatale Depression?"

„Möglich. Adele vermutet, dass Heinrich ihre Freundin vergewaltigt hat. Tanja würde demnach seine Tochter sein. Als ledige Frau hat Adele damals keine Chance gehabt, die Kleine zu adoptieren. Außerdem hatte sie dem Kind gegenüber ambivalente Gefühle. Für sie war Tanja ja die Tochter eines Vergewaltigers. Schuldgefühle plagen sie nun bis heute. Sie hat mich beauftragt, die Tochter ihrer Freundin zu finden. Und ich habe sie gefunden. Adele möchte ihre Schuld begleichen, indem sie Tanja nicht nur die Bilder ihrer Mutter, sondern auch ihre Villa und ihr restliches Vermögen hinterlässt. Mich macht dieser Fall, ehrlich gesagt, ziemlich fertig."

Er ergriff meine Hand. Streichelte sie.

„Es kommt noch schlimmer. Adele ist überzeugt davon, dass sich ihre psychisch kranke Freundin nicht selbst das Leben genommen hat, sondern von dem Psychiater, also von Adeles Cousin Heinrich, umgebracht worden ist. Und sie könnte mit ihrem Verdacht recht haben. Als Primararzt durfte er es keinesfalls riskieren, dass seine Patientin ihn als Vater ihres Kindes angab."

Michael starrte mich entsetzt an.

„Ich habe in meiner Arbeit schon viele üble Geschichten zu hören bekommen, aber das übertrifft alles. Da glaubt man, die Tiefen der menschlichen Seele kennengelernt zu haben, doch es existiert immer ein noch dunklerer, gefährlicherer Abgrund. Ich habe Einsame, Ängstliche, Zornige, Depressive und Aggressive behandelt, am schlimmsten oder besser gesagt am schwierigsten waren die Narzissten. Sie sind absolut unfähig zu Empathie und Introspektion. Dieser Heinrich scheint so ein narzisstisches Ungeheuer gewesen zu sein."

„Auf jeden Fall. Egal ob er diese arme Frau eigenhändig aus dem Fenster gestoßen hat oder nicht. Er hat sie auf jeden Fall in den Tod getrieben und vorher monatelang mit seinen faschistoiden Behandlungsmethoden gequält."

Wir schwiegen beide. Es gab nichts mehr zu sagen. Jeder hing seinen eigenen Gedanken nach.

Als es uns draußen zu kalt wurde, schlug Michael vor, in irgendein Café auf der Linken Wienzeile zu gehen.

Ich willigte ein.

Wir gingen ins Savoy, weil es das nächstgelegene war.

Michael schien zum ersten Mal in diesem Lokal zu sein. Verblüfft angesichts der plüschigen und barocken Atmosphäre, sah er sich eine Weile um. Äußerte sich dann begeistert über die schönen Lüster, die goldenen Schalen und alten Kerzenleuchter, bewunderte vor allem den größten Kaffeehausspiegel der Welt.

Wir stellten uns an die Theke und bestellten zwei Achterl Weiß.

Er küsste mich. Ich erwiderte seinen Kuss. Wir konnten nicht aufhören uns zu küssen. Was für zärtliche und gleichzeitig aufregende Küsse!

Ich fühlte mich plötzlich sehr jung. Hatte aber das Gefühl, dass uns alle anderen Gäste anstarrten. Wahrscheinlich bildete ich mir das nur ein. Denn auch andere Paare küssten sich. Wir waren jedoch das einzige heterosexuelle Paar im Café Savoy.

Ich schob Michael ein Stück weg, nahm einen Schluck von meinem Wein und klärte ihn darüber auf, dass wir in einem stadtbekannten Schwulen-Lokal gelandet waren. Ihm schien das bisher nicht aufgefallen zu sein. Er hatte nur Augen für mich.

„Lass uns gehen – nein, nicht wegen der Schwulen –, ich habe nur beim Küssen nicht gerne Zuseher."

„Scheust du den Vergleich?"

Lachend rief er: „Zahlen, bitte!"

Wir ließen unsere fast vollen Weingläser stehen. Schlenderten Arm in Arm die paar Meter bis zu meinem Haus. Als ich in der Handtasche meinen Schlüssel suchte, fasste er mich an den Schultern. Zog mich sanft an sich. Ich drängte meinen Körper an seinen. Wir küssten uns wieder. Lang und innig. Blieben eine

Weile eng umschlungen auf dem Trottoir vor meiner Haustür stehen.

“Magst du auf einen Absacker mit hinaufkommen?“

Er schien überrascht und gleichzeitig hocherfreut zu sein. Rührte mich aber nicht mehr an, bis wir oben waren. Erst, als wir meine Wohnung betraten, drückte er mir ein Busserl auf die Wange.

Ich lachte albern.

Wir setzten uns auf meinen kleinen Klopfbalkon, tranken Wasser statt Wein und rauchten eine Zigarette zusammen.

Ich starrte auf den nächtlichen Himmel über Wien.

„Hältst du nach Sternschnuppen Ausschau? Die sieht man erst Mitte August.“

Er wirkte ziemlich verlegen.

„Seit wann bist du so unromantisch? Ich bin doch deiner Meinung nach die Unromantische.“

Kaum hatte ich das gesagt, stand er auf, nahm meine Hände in seine und zog mich zu sich heran. Zwang mich praktisch, auch aufzustehen.

Dann legte er den Arm um meine Taille und führte mich in mein Wohnzimmer.

Ineinander verschlungen ließen wir uns auf meine breite schwarze Couch fallen. Hastig entledigte er sich seiner Kleidung und versuchte gleichzeitig mich auszuziehen. Ich kam ihm zu Hilfe. Schlüpfte aus meinen engen Jeans und öffnete meinen BH.

Seine Bewegungen wurden langsamer. Zärtlich streichelte er mein Gesicht, meinen Hals, meine Brüste, liebkoste meine Arme und meine Schenkel.

Ich nahm sein Gesicht in beide Hände. Meine Lippen berührten seine Augen, seine Stirn, seine Wangen. Ich küsste ihn so leidenschaftlich, wie ich schon lange keinen Mann mehr geküsst hatte.

Überrascht, wie schnell ich nach so vielen Jahren wieder vertraut mit ihm war, verschmolzen unsere Körper und verfielen augenblicklich in den Rhythmus, den keiner von uns je vergessen hatte.

Für einen Mann Mitte vierzig war er großartig in Form. Erst als der Morgen kam, fanden wir ein wenig Schlaf. Er hatte seinen Bauch an meinen Rücken gepresst und seine linke Hand auf meiner Brust. So waren wir auch vor über zwanzig Jahren oft miteinander eingeschlafen.

21.

Vogelgezwitscher und Verkehrslärm weckten mich um sieben Uhr früh.

Ein Fenster in meinem Wohnzimmer war wegen des Zigarettenrauchs gekippt. Michael war Raucher. Ich war letzte Nacht rückfällig geworden. Hatte mindestens vier von seinen Zigaretten geraucht.

Michael schnarchte. Ich presste meinen Mund auf seinen. Sogleich war er hellwach. Auch sein bestes Stück war wieder sehr lebendig.

Wir liebten uns erneut. Dieses Mal viel sanfter und gemächlicher als zuvor. Danach nickten wir beide ein.

Gegen neun Uhr früh hörte ich vertraute Stimmen in meiner Küche. Plötzlich riss jemand die Wohnzimmertür auf.

„Raus aus dem Bett, du faules Stück! Es gibt Ham and Eggs“, rief Elvira.

Michael und ich lagen nackt auf der Couch, hatten nicht einmal eine Decke als Schutz.

„Oh, verzeih, ich wusste nicht ... Entschuldigt!“

Elviras Gekicher weckte Michael.

„Mach die Tür zu!“, schrie ich.

Brav schloss sie die Tür, nicht ohne vorher Michaels Körper ausgiebig gemustert zu haben.

Auch Sofia, die neben ihr stand, taxierte Michael ungeniert.

Verdammt, ich hatte vergessen, dass Elvira noch einen Wohnungsschlüssel besaß. Außerdem hatte ich nicht damit gerechnet, dass sie und Sofia am frühen Morgen bei mir aufkreuzen würden.

Rasch schlüpfte ich in meinen seidenen japanischen Kimono, bedeutete Michael liegen zu bleiben, breitete eine Decke über sein bestes Stück und ging in die Küche.

„Wer ist dieser Goldjunge?“, fragte Elvira.

„Ein Freund.“

Grinsend verschwand ich im Bad.

Sofia würde sie bestimmt aufklären.

Ich drehte die Dusche auf, wollte lieber nicht wissen, was meine Freundinnen hinter meinem Rücken tratschen würden.

Michael war ein attraktiver Mann. Sein kleiner Schwimmreifen um die Mitte störte mich nicht. Sofia in ihrem Schlankheitswahn würde diesen aber garantiert abfällig kommentieren. Ich hingegen mochte Männer mit ein bisschen Bauch und breiten Schultern. Vor allem gefielen mir jedoch Michaels schlanke, sehnige Hände, seine muskulösen Beine, seine braunen Augen und sein dichtes dunkelbraunes Haar, das sich nur an den leicht ergrauten Schläfen etwas lichtete.

Michael verabschiedete sich erst gegen Mittag.

Wir hatten zu viert gefrühstückt. Ich fand, dass er sich hervorragend geschlagen hatte. Er war sehr charmant zu meinen Freundinnen gewesen. Beide äußerten sich, nachdem er gegangen war, positiv über ihn.

„Ein kluger Mann und auch witzig. Passt gut zu dir", sagte Sofia, während Elvira den Umfang seines Glieds kommentierte.

„Und er ist unten nicht rasiert. Das gefällt mir. Ich mag stark behaarte Männer"

„Lass es gut sein, Elvira!"

Sofia ging dann hinüber in ihre Wohnung. Wollte dort auf ihre Tochter warten. Sie hatte sich endlich dazu entschlossen, mit Natalie über die bevorstehende Matura und ihren momentanen Lebenswandel zu reden. Ich befürchtete jedoch, dass Natalie nicht auf ihre Mutter hören würde.

Elvira und ich fuhren mit einem Taxi auf den Wilhelminenberg, sie hatte darauf bestanden, gemeint, ich könne es ruhig Adele als Spesen verrechnen. Ich ließ mir tatsächlich von dem unfreundlichen Fahrer eine Rechnung ausstellen und bestrafte ihn für seine ausländerfeindlichen Tiraden, indem ich ihm kein Trinkgeld gab.

Pauline ließ Elvira und mich nicht zu Adele.

„Sie schläft endlich, nachdem sie die ganze Nacht lang fürchterlich gehustet hat. Ich habe kein Auge zugetan, habe jede Stunde frischen Tee gekocht."

Charlie kam angelaufen und schleckte mich ab.

„Hau ab, du Ungetüm." Ich streichelte seinen dicken Kopf zur Wiedergutmachung.

„Er steht genauso auf dich wie Michael", kicherte Elvira und machte sich über die Liebesbeziehung zwischen Charlie und mir lustig: „Du bist die Einzige, der er gehorcht, weil du immer so sanft mit ihm sprichst. Harsche Befehle befolgt dieser schlabbernde Höllenhund prinzipiell nicht. Ja, du hast es ihm angetan. Er liebt dich ..."

„Hunde können nicht lieben. Sie haben keine Gefühle."

„Blödsinn, natürlich lieben Hunde ihre Herrchen oder Frauchen."

Mit Elvira ließ ich mich prinzipiell nicht auf Diskussionen ein. Ich mochte sie unheimlich gern, sie war ein warmherziger, hilfsbereiter und lieber Mensch, doch nicht unbedingt die Intelligenteste. Obwohl, eine gewisse Bauernschläue konnte man ihr nicht absprechen.

Zita kam nun ebenfalls daher und beschnupperte mich.

Mit ihr hatte ich leider nach wie vor Probleme. Ich mochte sie nicht in meiner Nähe haben. Traute ihr nicht über den Weg. Allerdings musste ich zugeben, dass sie der bessere Wachhund war. Sie schlug immer an, wenn sich jemand dem Gartentor näherte, während Charlie faul im Wintergarten lag und kein Ohrwaschel rührte. Eventuelle Einbrecher hätten ein leichtes Spiel mit ihm.

Adele schien unsere Stimmen gehört zu haben, denn nach einer Weile erlaubte Pauline uns, sie zu besuchen.

Die alte Dame freute sich sehr, mich zu sehen.

Ich bekam ein schlechtes Gewissen, weil ich sie wegen der blöden Geschichte mit Gernot drei Tage lang nicht besucht hatte.

Meine Frage nach ihrem Befinden tat sie mit einer abwehrenden Handbewegung ab.

„Würden Sie bitte gleich Tanja anrufen und sie ersuchen, heute noch vorbeizuschauen. Auf Sie wird dieses Mädel hören."

„Mädel ist gut." Ich grinste. „Tanja Seefeld ist zweiundvierzig, fast so alt wie ich. Und sie kann mich nicht ausstehen."

„Das bilden Sie sich nur ein. Tanja hat sich letztens sehr positiv über Ihre detektivischen Fähigkeiten geäußert. Ich habe den Verdacht, dass sie ein bisschen auf Sie steht. Sich dessen vielleicht nicht bewusst ist, diese Gefühle abwehren muss ..."

„Adele, jetzt geht aber die Phantasie mit Ihnen durch! Gleichgeschlechtliche sexuelle Vorlieben sind nicht vererbbar."

Selbst Elvira fiel in mein Lachen mit ein. Prompt informierte sie dann Adele über meinen neuen Liebhaber.

Ich verließ das Zimmer. Mein Handy hatte dort nur einen Balken.

Im Wintergarten war der Empfang hingegen hervorragend.

„Was wollen Sie schon wieder?", herrschte Tanja mich an.

„Adele möchte noch einmal mit Ihnen reden ..."

„Aber ich nicht mit ihr. Ich habe keine Zeit. Bin bis obenhin mit Arbeit eingedeckt."

„... wie wäre es zum Beispiel morgen? Es ist wirklich wichtig."

„Ich kann nichts versprechen. Wir haben momentan mit der Vorbereitung der neuen Ausstellung über Gustav Klimt und die Liebenden sehr viel zu tun."

Tanja legte auf.

Ich ging wieder hinauf in Adeles Schlafzimmer. Sie war allein. Elvira war gegangen.

„Tanja wird sich melden." Mehr sagte ich nicht, sondern wechselte gleich das Thema.

„Larissa hat angeblich einen Abschiedsbrief hinterlassen. Warum haben Sie diesen Brief nie erwähnt?"

„Ach, dieser blöde Brief! Ich habe ihn vergessen. Er stammt nicht von Larissa. Sie hätte sich niemals so schwülstig ausgedrückt. Außerdem war ihre deutsche Rechtschreibung mehr als gewöhnungsbedürftig. Sie sprach zwar perfekt Deutsch, doch schriftlich machte sie viele Fehler. Er liegt irgendwo, ich glaube in der ersten Schublade meines Schreibtisches. Sie können ihn gerne lesen."

Ich fand einen mit Schreibmaschine getippten Zettel zwischen einigen uralten Briefkuverts.

„Lesen Sie ihn mir bitte vor. Obwohl, ich kenne ihn sowieso auswendig. Er stammt nicht von Larissa, glauben Sie mir."

Halblaut las ich:

„Mein Kind, du wirst mich nicht kennenlernen. Ich werde immer eine Fremde für dich sein. Glaub mir, es ist besser für dich, mich nie kennengelernt zu haben. Ich wäre keine gute Mutter für dich gewesen. Ich bin eine kranke Frau und mag das Leben nicht. Obwohl das Leben schön sein kann. Ich hoffe, du wirst ein schönes Leben haben, ohne mich, die ich nur Ballast für dich sein würde.

Ich halte dich in Gedanken ein letztes Mal in meinen Armen. Deine Mutter"

Ich musste Adele recht geben. Diesen Brief konnte jeder geschrieben haben. Nicht einmal die Unterschrift war handschriftlich. Außerdem deutete nichts als der eine Satz „... mag das Leben nicht" auf Selbstmordabsichten hin.

„Es gibt einen ganz anderen Hinweis darauf, dass Larissa den Freitod gewählt hat. Davon habe ich noch niemandem erzählt. Schon gar nicht der Polizei. Aber selbst dieses letzte Gespräch mit Larissa hat mich nicht davon überzeugt, dass sie freiwillig aus dem Fenster gesprungen ist. Es war bestimmt nur eine Vorahnung. Larissa hat sich eingebildet, über den sechsten Sinn zu verfügen. Sie war abergläubisch. Heute würde man sagen, esoterisch. Sie, Magdalena, sind eine vernünftige Person. Ich denke, Sie werden deshalb diese Worte richtig zu deuten wissen. An dem Nachmittag, bevor sie gestorben ist, hat sie vom Engel des Todes, der in ihr Zimmer geschwebt war und ihr Gesicht mit den Spitzen seiner Flügel liebkost hatte, geredet. Sie beteuerte, keine Angst vor dem Todesengel zu haben. Er war so sanft, so lieb, so kalt, hat sie gesagt. Das waren ihre letzten Worte. Am nächsten Tag war sie tot."

1975

Sie konnte nicht einschlafen, obwohl ihr die Nachtschwester eine Schlaftablette gegeben hatte. Geschickt verbarg sie die Pille am oberen Gaumen und spuckte sie aus, nachdem die Schwester gegangen war. Inzwischen war es ihr egal, wenn die Putzfrau die Tablette morgen unter ihrem Bett fand.

Er würde sie heute Abend wieder besuchen. Sie hatte Angst, wollte halbwegs bei Sinnen sein, wenn er kam. Vor zwei Tagen war sie in ein Einzelzimmer verlegt worden, weil sie angeblich gefährlich für ihre Mit-Patientinnen war. Gestern, als er sich zum ersten Mal über sie hermachte, konnte sie sich erfolgreich gegen seine Zudringlichkeiten wehren. Sie hatte ihm angedroht, laut zu schreien. Mit eingezogenem Schwanz war er abgezogen.

Er würde es wieder versuchen, dessen war sie sich sicher.

Heute hatte man sie in eine Zwangsjacke gesteckt. Angeblich hatte sie sich den ganzen Tag lang höchst aggressiv verhalten. Dabei hatte sie mittags nur einer Hilfsschwester die grausliche Tomatensuppe ins Gesicht geschüttet. Diesen Fraß hier konnte man nicht als Essen bezeichnen.

Im Speisesaal war ein kleiner Tumult ausgebrochen. Sie und fast alle anderen Patientinnen hatten hysterisch zu lachen begonnen beim Anblick des roten Saftes, der nicht nur das runde Gesicht der blöden Ziege rot verfärbt hatte, sondern sich auch auf dem weißen Kittel der vollbusigen Schwester ausgebreitet hatte. Sie hatte ausgesehen, als wäre sie niedergemetzelt worden. Mittlerweile bereute Larissa ihre Tat. Die Hilfsschwester war zwar nicht gerade nett, aber keinesfalls schuld an diesem scheußlichen Fraß.

Die Zwangsjacke beraubte sie ihrer Bewegungsfreiheit. Sie konnte sich im Bett nicht mehr umdrehen. Er würde ein leichtes Spiel mit ihr haben.

Ihr ekelte vor seinen Lippen, die sich auf ihren Mund pressen würden. Vor allem grauste es ihr vor seiner Zunge, die sich gestern zwischen ihre Zähne gedrängt hatte. Sollte er ihr heute Nacht wieder seine Zunge in den Mund schieben, würde sie zubeißen.

Sie schlief ohne Schlaftablette ein.

Nach Mitternacht riss sie grässliches Geschrei aus dem Schlaf.

Schreiende Babys?

Am Steinhof gab es keine Babys. Aber es klang wie das Weinen kleiner Kinder.

Sie musste lachen.

Jämmerliches Miauen, gefolgt von erneutem Gekreische, draußen vor dem gekippten Fenster.

Einige Kater kämpften anscheinend erbittert darum, wer von ihnen als erster bei einer rolligen Katze zum Zug käme.

Bilder von zerbissenen Tierkörpern und blutgetränkten samtigen Fellen tauchten vor ihrem inneren Auge auf. Das Lachen verging ihr.

Zitternd lauschte sie den Schreien bis sie verstummten und nur mehr das Pfeifen des Windes hörbar war.

Sie wollte aufstehen, das Fenster schließen. Für einen Augenblick hatte sie vergessen, dass sie, gefangen in einer Zwangsjacke, in einem Netzbett lag.

Plötzlich vernahm sie einen Luftzug. Hatte jemand die Tür geöffnet?

Ein leises Geräusch drang an ihre Ohren. Ihr Gehör war trotz der vielen Medikamente relativ intakt. Sie konnte nicht ausnehmen, ob es sich um leise Schritte handelte oder um das Tapsen der halbtoten Tiere, draußen vor dem Pavillon.

In ihrem Krankenzimmer war es stockfinster.

Jemand packte ihr Handgelenk. Eine zweite Hand legte sich auf ihren Mund.

Der nächtliche Besucher hatte das Netz des Bettes seitlich heruntergeschoben, ohne dass sie es mitbekommen hatte.

Ein lautloser Schrei entkam ihren verschlossenen Lippen.

Ein weicher Mund presste sich auf ihren.

In ihrer Verzweiflung biss sie zu. Biss in warmes Fleisch.

Er heulte auf.

Im nächsten Moment spürte sie einen Stich seitlich in ihrem Becken.

Sie trat mit ihren Beinen wild um sich und versuchte, ihren Oberkörper von ihm weg zu winden. Bald schwanden ihr die Sinne.

Als sie wieder zu sich kam, war sie allein im Zimmer.

Es war geschehen. Der Schmerz in ihrem Unterleib war erträglich. Aber ihre Seele war schwer verletzt.

Sie war zu erschöpft und zu dumpf im Kopf, um einen klaren Gedanken fassen zu können.

Am nächsten Morgen erst überlegte sie, ob es Sinn machen würde, einem der Psychiater von der Vergewaltigung zu erzählen.

Leider gab es keinen Arzt, dem sie vertraute. Die behandelnden Ärzte wechselten ständig. Außerdem würden sowieso alle ihre Geschichte für eine Halluzination halten. Sie war eben eine Verrückte.

Er verschonte sie auch in den nächsten Nächten nicht. Sie leistete keinen Widerstand mehr, ließ sich sogar auf den wunderschönen Jugendstilkacheln am Boden des

Krankenzimmers von ihm vergewaltigen. Egal, welche Stellung er verlangte, sie ließ alles über sich ergehen. Sie hatte aufgegeben. Rührte sich nicht mehr, starrte auf die weiße Zimmerdecke und träumte von den unendlichen Birkenwäldern ihrer Heimat, von dem großen Fluss, an dessen Ufern sie als Kind so gerne gespielt hatte. Und im Geiste konzipierte sie die Bilder, die sie, wenn sie wieder in Freiheit wäre, von dem großen Fluss, den Birkenhainen und dem wolkenverhangenen Himmel malen würde.

22.

Tod, nichts als Tod. In Larissas Spätwerk drehte sich alles um das Thema Sterben. Sogar die alten Leinwände rochen nach Tod.

Adele hatte anscheinend relativ viele Bilder ihrer Freundin vor dem Feuer retten können. Ich nahm an, dass sie diese Gemälde irgendwo versteckt hatte, nachdem ihr Larissa von ihrem Plan, alle Werke zu vernichten, erzählt hatte.

Mit angewidertem Gesichtsausdruck schleppte Johann die Bilder aus dem Lagerraum hinauf in den Salon. Die nächsten Stunden des Tages verbrachte ich damit, diese Kunstwerke zu fotografieren. Schließlich hatte mich Adele ja bereits dafür bezahlt.

Nach dem Essen kam Sofia zurück. Sie wirkte erschöpft, als sie sich zu uns in den Wintergarten gesellte. Ich vermutete, dass sie gerade von einem tête-à-tête mit Oliver gekommen war. Muttersöhnchen waren immer anstrengend im Bett, ließen sich gerne stundenlang bedienen.

Die Terrassentür stand sperrangelweit offen. Es war ein sternenklarer Abend. Die Luft war angenehm warm. Adele hatten wir trotzdem in eine Wolldecke gehüllt. Eine zweite Decke wickelten wir ihr um die Beine. Ihr schien es viel besser zu gehen als vor ein paar Stunden. Sie wirkte fast vergnügt.

„Ich bin auf meine alten Tage eine richtige Nachteule geworden."

Sie lächelte schelmisch wie ein junges Mädchen.

Mir lagen Paulines wunderbare Marillenknödel schwer im Magen.

Sofia, Elvira und ich hatten unsere Beine ausgestreckt und Mühe, die Augen offenzuhalten. Hin und wieder sprach jemand, meistens Elvira. Auch aus ihrem Mund kamen die Worte träge, ja beinahe schwerfällig.

Auf dem Tisch standen eine Kanne Tee und eine Flasche Cognac. Wir tranken alle Tee, ohne Cognac.

Auf einmal begann Adele mit klarer Stimme zu erzählen.

„Mit vierzehn war ich zum ersten Mal verliebt. Der Bursche hieß Georg und war zwei Jahre älter als ich. Er wohnte in der Leopoldstadt. Wir hatten uns bei einem Sportwettkampf der Höheren Wiener Schulen kennengelernt. Ja, liebe Frau Musil, Sie werden es nicht glauben, auch ich war einst eine gute Läuferin. Und Georg war sowieso der beste Weitspringer seines Jahrgangs. Er hat alle Weitsprung-Wettbewerbe gewonnen. Außerdem sah er sehr gut aus, hatte ein schönes, ebenmäßiges Gesicht, dunkles Haar und wenn er mich ansah, wurden meine Knie immer ganz weich."

Für einen Augenblick flammte das Feuer in ihren alten, müden Augen wieder auf.

Sie muss damals ein sehr hübsches Mädchen gewesen sein, dachte ich.

„Georg besuchte das Akademische Gymnasium am Beethovenplatz im ersten Bezirk, ich das erste Wiener Mädchengymnasium in der Rahlgasse in Mariahilf. Beide Schulen wurden in den letzten Kriegsjahren für Wehrmachtszwecke beschlagnahmt. Die Gymnasiasten vom Beethovenplatz und die Schülerinnen von der Rahlgasse wurden in den letzten Kriegsjahren dann gemeinsam an einer Schule in der Mollardgasse unterrichtet. So haben Georg und ich uns fast täglich sehen können. Wir haben Bücher ausgetauscht. Verbotene Bücher. Georg und seine Familie hörten manchmal heimlich den britischen Sender BBC. Er erzählte mir, dass die Alliierten bald Wien erreichen würden und das grausame Dritte Reich demnächst der Vergangenheit angehören würde. Wir malten uns unsere gemeinsame Zukunft aus. Er wollte Geschichte und Philosophie studieren, Lehrer werden.

Ich wusste nicht, was Frieden war. Ich kannte nur Krieg. Als ich drei war, herrschte Bürgerkrieg in Österreich. Als ich sieben war, marschierten die Deutschen, und an ihrer Spitze der österreichische Möchtegern-Kunstmaler Adolf Hitler, in Wien ein. Um Georg zu gefallen, sagte ich, dass ich ebenfalls Lehrerin werden möchte, für Kunst und Religion. Mein Vater sammelte ja Kunst und meine Mutter war sehr religiös. Die Religiosität trieb Georg mir bald aus. Er erzählte mir von Karl Marx, der geschrieben hatte, dass Religion Opium für das Volk sei. Daraufhin entschied ich mich, irgendetwas mit Kunst zu machen. Mein Gott, wie naiv war ich bloß, obwohl mir die Schrecken des Krieges und die Gräueltaten der Nazis nicht verborgen geblieben waren. Ich wusste, dass Juden und alle politischen Gegner des Regimes eingesperrt, gequält und ermordet wurden. Ich hatte zwei jüdische Mitschülerinnen in der Volksschule, die beide von einem Tag auf den anderen verschwunden waren. Meine Eltern erklärten mir zwar nicht, warum und wieso, doch in der Schule, vor allem im Gymnasium, hörte ich so manch grauenhafte Geschichte. Georg klärte mich dann endgültig auf. Ab diesem Zeitpunkt beschloss ich, mich dem Widerstand anzuschließen. Das war nicht so einfach für eine Vierzehnjährige. Ich war keine Anne Frank oder Sophie Scholl. Als Georg desertierte ..., ja, so könnte man sagen, wurde auch ich ein bisschen mutiger.

„Wie, wurde er mit sechzehn Jahren schon eingezogen?", fragte ich entrüstet.

„Viele Wiener Burschen, sogar noch jüngere, wurden damals als Wehrmachtshelfer verpflichtet, und wenn sie sich weigerten, so wie Georg, wurden sie von einem Feldgericht kurzerhand wegen Zersetzung der Wehrkraft zu hohen Gefängnisstrafen verurteilt. Mein Freund wurde hingerichtet. Erschossen auf der Flucht, hieß es. Lynchjustiz nennt man das heute."

Ich war fassungslos.

Ihr Gesicht war vor Wut verzerrt.

„Ich habe seinen Tod gerächt!"

Ich zuckte zusammen. Wagte aber nicht zu fragen, wie sie ihn gerächt hatte.

„Im Februar 1945 musste Georg also zum Volkssturm. Nach kurzer Schulung wurde er als Luftwaffenhelfer in Mariahilf eingesetzt. Ja, auf dem scheußlichen FLAK-Turm in der Gumpendorfer Straße, in dem sich heute das Haus des Meeres befindet. Er machte genau eine Woche Dienst. Kam jede Nacht dort oben fast um vor Angst. Er war ein junger Mann, der sich seine Angst eingestehen konnte. In meinen Augen war er allein deswegen ein Held! Als ich ihn nach sieben Nächten, die er schlaflos neben den Geschützen auf den Rampen des Turms verbracht hatte, wiedersah, war er um Jahre gealtert. Seine schönen dunklen Augen hatten das Grauen gesehen. Die Bomber über Wien, die einstürzenden Häuser, die schreienden Menschen, das Flammenmeer und die brennenden Flugzeuge unserer Befreier, die, von den Flugabwehrkanonen der Nazis getroffen, brennend vom Himmel stürzten."

Sie seufzte, schloss kurz die Augen, bevor sie fortfuhr.

„Ich erinnere mich noch an diesen Tag, als wäre es gestern gewesen. Georg weinte und zitterte am ganzen Körper. Ich nahm ihn in die Arme, versuchte ihn zu trösten. Es gab jedoch keinen Trost für ihn. Schließlich schlug ich ihm vor, sich in unserer ehemaligen Jagdhütte im Wienerwald zu verstecken. Was war ich bloß für eine naive Idiotin!“

Sie wischte sich die Tränen aus den Augen.

„Ohne lange nachzudenken, nahm der arme, verzweifelte Georg mein Angebot an. Wir brachen sofort auf. Er hatte nicht einmal seinen Eltern Adieu gesagt. Am nächsten Tag brachte ich ihm alles Nötige in die Hütte. Mittlerweile hörte auch ich den sogenannten „Feind-Sender“ und wusste, dass die Rote Armee knapp vor Wien stand. Die allgemeine Hysterie der Wiener, was die Russen betraf, teilte ich nicht. Ich liebte die russische Literatur und Musik, fürchtete mich daher nicht vor den sowjetischen Soldaten. Und mir ist auch nichts Schlimmes passiert, als die Rote Armee Wien befreite. Heute weiß ich über die entsetzlichen Vergewaltigungen Bescheid. Damals waren die sowjetischen Soldaten meine einzige Hoffnung. Die Westmächte hatten sich einfach zu viel Zeit gelassen. – Pardon, ich schweife ab. Eigentlich wollte ich Ihnen nur von Georg erzählen. Ich habe ihn, so oft ich konnte, in der Hütte besucht, war sehr darauf bedacht, dass mich keiner sehen, keiner verfolgen konnte. Leider war ich nicht vorsichtig genug. Als ich mich an einem Sonntag, nach dem unvermeidbaren Besuch der Heiligen Messe in der Pfarrkirche Strachant, in den Wald schlich, hatte ich ein ungutes Gefühl. Ich sah Spuren auf dem feuchten Waldboden, die nicht von Tieren stammten, und einige geknickte Zweige im Dickicht. Es führte kein richtiger Weg zu dieser Hütte, man musste sich durch dichtes Gebüsch schlagen, um sie zu erreichen. Deshalb hatte ich sie ja als geeignetes Versteck für Georg betrachtet.“

Sie hielt inne.

„Sie frieren, Magdalena? Nehmen Sie eine von meinen Decken. Mir ist heiß, ich schwitze beinahe.“ Adele reichte mir die Fleecedecke, die wir um ihre Beine gelegt hatten.

Ich breitete sie über meinen Schoß.

„Auch ich fröstelte damals, als die kaputten Dachschindeln zwischen den Bäumen in Sicht kamen, obwohl es ein ungewöhnlich warmer Tag Ende März war. In meinem Rucksack hatte ich ein paar gekochte Erdäpfel, ein Tigerl Schmalz und einen halben Laib Brot. Ich hatte unsere Speisekammer geplündert. Zum Glück gab es eine kleine Quelle in der Nähe der Hütte. Zu trinken hatte Georg also genug. Vogelgezwitscher und das Rascheln von kleinen Tieren in den Büschen begleiteten mich auf dem Weg zu seinem Versteck. Die halboffene Tür erschien mir verdächtig. Ich rief „Hallo, ist hier jemand?“, bekam aber keine Antwort. Zitternd stieß ich die Tür auf. Und da lag er ausgestreckt auf dem Rücken. Ein Loch zwischen seinen schönen Augen. Verkrustetes Blut auf der Stirn. Auch sein Hemd war blutbefleckt. Ein zweiter Schuss, der wahrscheinlich zuerst abgefeuert worden war, hatte seine Schulter durchlöchert. Mein Schrei muss meilenwert hörbar gewesen sein. Ich bin auf die Knie gefallen und lange so verharrt. Habe meinen Blick nicht von der Leiche abwenden können.“

Die alte Dame schluchzte laut.

Elvira ergriff ihre Hand.

Adele entzog sie ihr, sprach weiter: „Ich bettete seinen Kopf in meinen Schoß, streichelte sein bleiches Gesicht ein letztes Mal und küsste seine trockenen Lippen. Sein Körper war noch nicht ganz steif. Er musste erst vor kurzem erschossen worden sein.“

Keine von uns sagte ein Wort. Wir starrten die alte Dame nur bestürzt an.

„Bis heute fühle ich mich schuldig an Georgs Tod. Ich hatte ihm dieses Versteck nahegelegt, ohne zu bedenken, dass mein Cousin Heinrich die halbverfallene Hütte, in der wir als Kinder oft miteinander Cowboy und Indianer gespielt hatten, ebenfalls kannte. Mein Cousin war nicht mit uns bei der Messe gewesen, obwohl er, trotz seiner nationalsozialistischen Gesinnung, fast jeden Sonntag ebenfalls mit seiner Mutter in die Kirche ging. Er war eben ein Scheinheiliger. Heinrich war vier Jahre älter als ich und ein überzeugter Nazi. Er hatte eine höhere Position beim Volkssturm, war einer der Ausbildner für die neuen Rekruten, und er wusste von meiner unschuldigen Liebe zu Georg. Er hasste Georg, denn er war selbst in mich verliebt. Ich habe Heinrich nie leiden können, obwohl wir zusammen aufgewachsen sind. Er war ein Sadist. Als wir klein waren, hat er mich sekkiert. Als er in die Pubertät kam, entdeckte er seine Liebe zu mir. Vor seinen Küssen hat mir gegraust. Ich habe ihm sogar gedroht, meinem Vater von seinen Avancen zu erzählen. Selbst wenn die Liebe zwischen Cousins nicht verboten war, für mich war es Inzest. Außerdem ekelte mir, wie gesagt, vor ihm."

„Olivers Vater hat Ihren Freund Georg umgebracht?" Sofias Wangen hatten sich gerötet.

„Mein Verdacht, dass Heinrich meinen Freund umgebracht hatte, verstärkte sich, als ich sein Taschenmesser neben der Türschwelle fand. Nur Heinrich besaß ein Schweizer Messer. Kein anderer Bursche in seinem Alter konnte sich damals so ein teures Messer leisten. Er hat immer damit angegeben. Das Messer muss ihm aus der Hosentasche gefallen sein, als er Georg angegriffen hat. Er hat ihn nicht mit diesem Messer getötet, sondern mit einem Revolver."

„Aber wie hat er ihn gefunden?", warf Elvira, die offensichtlich nicht aufmerksam zugehört hatte, ein.

„Ich blöde Kuh habe ihn zu Georgs Versteck geführt. Er muss mir an einem der Abende, als ich Georg besucht habe, nachgeschlichen sein."

„Das vermuten Sie. Oder haben Sie noch andere Beweise, dass Ihr Cousin Ihren Jugendfreund ermordet hat?", mischte ich mich nun ein.

„Ich hatte von Anfang an keine Zweifel an seiner Schuld. Dreißig Jahre später hat sich Heinrich dann selbst verraten. Bei einem Familienfest hat er vor feuchtfröhlicher Runde mit seinen Heldentaten im Krieg angegeben. Eine dieser Heldentaten war die Liquidierung eines Deserteurs. An diesem Abend traf ich eine wichtige Entscheidung."

Ich blickte sie fragend an.

Sie sprach jedoch weiter über das letzte Kriegsjahr.

„Ich gestand meinen Eltern, dass ich Georg in unserer Hütte versteckt hatte. Von meinem Verdacht, dass Heinrich meinen Freund ermordet hatte, wagte ich ihnen nicht zu erzählen. Mein Vater, dieser Feigling, hätte am liebsten alles vertuscht. Meine Mutter bestand auf ein christliches Begräbnis für Georg. Sie war viel couragierter als mein Herr Papa, verständigte die Gendarmerie, sagte, um mich zu beschützen, dass sie einen Toten in unserer Hütte gefunden habe. Da Georg als Deserteur galt, wurde kein großes Aufsehen um ihn gemacht. Seine Eltern durften ihn am Zentralfriedhof begraben. Meine Mutter begleitete mich sogar zum Begräbnis. Bald nach Georgs Tod bemühte sich Heinrich weiter um meine Gunst. Ich ließ ihn meinen Hass nicht spüren, hatte Angst vor ihm, befürchtete, er könnte meine tapfere Mutter bei der SS anschwärzen. Der enge Kontakt zwischen unseren Familien blieb aufrecht, solange mein Vater lebte. Er war praktischer Arzt und ein typischer Mitläufer. Als Sanitätsarzt bei der deutschen Wehrmacht hatte er viel Schlimmes gesehen. Nach dem Krieg ist er sehr schweigsam geworden. Aus heutiger Sicht würde ich sagen, er war depressiv und litt unter einem typischen Kriegstrauma. Sein einziges Interesse galt der bildenden Kunst. Meine Mutter war, wie gesagt, streng katholisch und lehnte das NS-Regime ab. Sie trug immer ein goldenes Kreuzchen an ihrer Kette und besuchte regelmäßig den Sonntagsgottesdienst – das war ihre Art von Protest. Mein Onkel, der um zwei Jahre jüngere Bruder meines Vaters, war ein fanatischer Anhänger des Nationalsozialismus und bei der SS. Er hatte sein Jus-Studium abgebrochen, um die schwarze Uniform anzuziehen. Sein Sohn Heinrich hat zu ihm aufgesehen und ihn an Fanatismus überboten. Im Krieg wohnten wir alle zusammen in dieser Villa, obwohl sie eigentlich meinem Vater gehörte. Er schaffte es nicht, seinen jüngeren Bruder und dessen Familie auf die Straße zu setzen. Sie hatten ihre Wohnung im Erdgeschoss. Meine Eltern und ich lebten im ersten Stock. Heinrich und ich liefen uns somit täglich über den Weg. Das war eine einzige Qual für mich, wie Sie sich vorstellen können."

Adele griff nach dem Cognac. Stärkte sich mit einem Schluck aus der Flasche.

„Erst sieben Jahre nach Kriegsende schaffte es meine Mutter, ihren SS-Schwager und seine Familie loszuwerden. Sie schenkte der Bagage einen Baugrund in der Wilhelminenstraße, den sie mit in die Ehe gebracht hatte. Die Nazis, denn als solche bezeichnete meine Frau Mama die Familie ihres Schwagers bis zu ihrem

Tode, errichteten darauf in Windeseile einen hässlichen Neubau und wir waren sie los. Mein Onkel hatte nach dem Krieg sein Jusstudium beendet, seinen Doktor nachgeschmissen bekommen und war mittlerweile Richter am Handelsgericht in Wien in der Riemergasse. Sein Sohn Heinrich hatte ungefähr zur selben Zeit sein Medizinstudium beendet. Der Rest ist schnell erzählt. Heinrich heiratete erst Ende der 1960er Jahre eine seiner Stationsschwestern, die fast zwanzig Jahre jünger war als er. Sie bekamen zwei Kinder, einen Sohn und eine Tochter. Die beiden kennen Sie ja inzwischen."

Bildete ich mir nur ein, dass sie bei ihren letzten Worten meine Freundin Sofia böse ansah?

„Mein Cousin Heinrich wurde ein wichtiges und höchst angesehenes Mitglied der Wiener Gesellschaft. Damals hatten viele Ex-Nazis hohe Positionen in Politik und Wirtschaft inne. Auch Heinrich war bis zu seinem Tode nichts anderes als ein gottverdammter Heuchler, Rassist und nationalsozialistischer Spießer. Mit Händen und Füßen wehrte er sich zum Beispiel gegen die Psychiatriereform, obwohl diese in vielen anderen europäischen Ländern längst erfolgreich über die Bühne gegangen war. Er hielt die dringend nötigen Reformen für Hirngespinste verrückter sozialdemokratischer Ärzte und Politiker."

„Und was haben Sie nach dem Krieg gemacht?", unterbrach ich sie.

„Die Matura. Danach studierte ich ein paar Semester mehr oder weniger lustlos Kunstgeschichte. Mein Vater hatte gleich nach dem Zweiten Weltkrieg österreichische Kunst der Zwischenkriegszeit zu sammeln begonnen. Er erstand einige Kokoschka-Gemälde, Bilder von Richard Gerstl, Max Oppenheimer und Arnold Schönberg. Auch ein Egger Lienz befand sich darunter und sogar einige inzwischen immens wertvoll gewordene Zeichnungen von Gustav Klimt und Egon Schiele. Die meisten dieser Werke hatten in der Nazizeit als entartete Kunst gegolten und waren auf Dachböden oder in feuchten Kellern von ihren Besitzern versteckt worden. Einige Bilder bedurften einer Restaurierung. Arbeitslose Restauratoren und hungernde Maler gab es nach dem Krieg genügend ..."

Sie verschnaufte kurz.

„Ich arbeitete in seiner Kunsthandlung mit, da ich ja keinen anständigen Beruf erlernt hatte. – Entschuldigen Sie bitte, ich kann nicht mehr. Ich muss mich jetzt leider verabschieden ..."

Das viele Reden schien die alte Frau völlig erschöpft zu haben.

Sofia und Elvira brachten sie hinauf in ihr Schlafzimmer.

Ich blieb noch eine Weile im Wintergarten sitzen, starrte auf den fast schwarzen Himmel und dachte über diese ungeheuerliche Geschichte nach.

Die Nacht war klar. Wenige Sterne leuchteten im Westen, am finsteren Teil des Himmels. Im Osten sah man die Lichter der Stadt. Die Lichtverschmutzung sorgte dafür, dass es dort nie richtig dunkel wurde.

23.

Am nächsten Morgen besuchte ich noch vor dem Frühstück Herrn Alfons.

Am Naschmarkt besorgte ich zwei Croissants für meinen Trafikanten und mich sowie zehn Deka Schinkenwurst für Bulle.

Der dicke Kater schaute kurz vorbei, um mich zu beschnuppern. Oder, weil er die Schinkenwurst gerochen hatte? Er verspeiste sie in Windeseile und legte sich wieder auf den kleinen Teppich vor der Tür zum Lagerraum.

Obwohl ich versuchte, mich kurz zu fassen, redete ich mindestens eine halbe Stunde lang auf Herrn Alfons ein. Erzählte ihm von Adele, Georg und Heinrich und von den restlichen Familienmitgliedern der Artners.

„Der Fall ist interessant. Ein Deserteur. Eine wohlhabende alte Dame, die in ihrer Jugend Grauenhaftes erlebt hat. Zwei unreife Vierzigjährige, die an Mamas Rockzipfel hängen. Eine großartige Malerin. Eine verschwundene Tochter. Eine verhärmte Haushälterin und dazu noch Iwan der Schreckliche ..."

„Meinen Sie Heinrich oder Johann?"

Obwohl mir nicht nach Lachen zumute war, musste ich doch grinsen.

Endlich fasste ich mir ein Herz und erzählte ihm von meinem Verdacht, dass entweder Johann oder Heinrichs Sohn Oliver Artner nicht nur mich beim Joggen überfallen hatte, sondern auch irrtümlich Beate Breiner, die mir ähnlich sah.

„Diese Frau wurde mit mir verwechselt. Davon bin ich inzwischen hundertprozentig überzeugt."

Herrn Alfons war nach meinen Worten die Lust auf Scherze vergangen. Er sah mich besorgt an.

In diesem Augenblich erklang „Bye, Bye, Baby, Baby Goodbye" von den Bay City Rollers auf meinem Handy.

Mein Ex-Mann.

Ich drückte ihn weg.

Gernot war hartnäckig.

Ich entschuldigte mich bei Herrn Alfons, als ich bei Gernots drittem Versuch abhob.

Mein Ex war scheißfreundlich, wollte mir nur sagen, dass er Adeles neues Testament bei einem Notar hinterlegt hatte.

Als würde er spüren, dass es einen anderen Mann in meinem Leben gab, bemühte er sich, mich zu überreden, demnächst mit ihm essen zu gehen. Eine von Gernots Lieblingssportarten war, anderen Männern die Frau auszuspannen.

„Ich habe momentan irrsinnig viel zu tun. Melde mich bei dir, wenn es ruhiger wird."

Ein paar Sekunden später klingelte wieder mein Handy.

„Verdammt!"

Ich hob ab, als ich Elviras Nummer erkannte.

„Du musst sofort kommen. Adele geht es furchtbar schlecht. Ich fürchte, sie hat eine Lungenentzündung."

„Habt ihr den Arzt verständigt?"

„Ja, er kann erst mittags vorbeischauen. Hat die Ordi voll mit Patienten ... – Nimm dir ein Taxi. Mach schnell!"

„Ich kann nicht ständig mit dem Taxi fahren."

„Setze es auf deine Spesenrechnung."

Herr Alfons bot sich an, mich mit seinem Motorrad zur Villa zu bringen.

„Kommt nicht in Frage. Sie können nicht einfach Ihre Trafik zusperren."

Ich leistete mir ein Taxi. Schließlich handelte es sich, laut Elvira, um einen Notfall.

Adele sah verheerend aus. Schnupfte und hustete erbärmlich. War es gestern Abend doch zu frisch gewesen?

Ihr Zustand gefiel mir gar nicht. Sie atmete schwer, bekam kaum Luft. Womöglich hatte sie eine schwere Bronchitis oder wirklich eine Lungenentzündung.

Elvira teilte mir flüsternd mit, dass sie vorhin Fieber gemessen hatten. Das Thermometer hatte neununddreißig Grad angezeigt.

Adele hatte beide Decken weggestrampelt.

Ich wunderte mich nicht. In ihrem Schlafzimmer war es sehr heiß und stickig.

Pauline hatte den Kamin angeheizt. Das Holz war bereits heruntergebrannt, die Luft nicht gerade die beste.

Am liebsten hätte ich gelüftet. Doch wenn Adele so hohes Fieber hatte, war es wohl nicht ratsam, das Fenster zu öffnen.

Pauline schlug vor, ihr Essigpatscherl zu machen, um das Fieber zu senken.

Ich hielt dies für keine gute Idee. Fürchtete, ihr schwaches Herz würde so eine Radikalkur nicht verkraften.

Während wir miteinander debattierten, verlangte Adele nach einem Beichtvater.

„Sie möchten beichten?"

Meines Wissens war sie Atheistin.

„Meine Mutter hätte gewollt, dass ich ohne Sünde vor den Herrn trete ..."

„Wir werden den Arzt holen."

„Der kann mir nicht mehr helfen."

„Pauline, bitte rufen Sie den Doktor an", sagte ich.

Als Adele weiter auf einem Pfarrer beharrte, versprach Elvira, einen aufzutreiben.

„Warten Sie, ich komme mit. Ich weiß, wo der Neger wohnt."

Hatte ich richtig gehört? Hatte dieser Hausdrachen tatsächlich „Neger" gesagt? Bevor ich Pauline zurechtweisen konnte, waren Elvira und sie aus dem Zimmer verschwunden.

Ich blieb allein bei Adele zurück.

Die Stille lastete schwer auf mir. Minuten verstrichen. Ich formulierte eine Frage im Kopf. Stellte sie nicht, angesichts des schmalen, eingefallenen Gesichtes mit den geschlossenen Augen. Ich durfte die Kranke nicht noch mehr anstrengen. Trotzdem hätte ich zu gerne gewusst, was in den letzten Stunden passiert war. Warum war sie auf einmal so schwach und lebensmüde?

Zwanzig Minuten später brachte Pauline einen jungen Afrikaner in schwarzer Soutane in Adeles Schlafzimmer.

Ich wollte mich sofort verabschieden.

Adele sah mich flehend an. Stammelte, ich solle nebenan warten, sie müsse mir noch etwas Wichtiges mitteilen.

Nervös lief ich in ihrem Wohnzimmer hin und her. Betrachtete lange die wundervolle Landschaft um Pöchlarn, die Oskar Kokoschka in kräftigen Farben festgehalten hatte, und die beiden Aktzeichnungen von Egon Schiele. Die drei Bilder waren vorher unten im Salon gehangen. Nachdem ich sie fotografiert hatte, wollte Adele sie in ihrem Wohnzimmer, das gleichzeitig die Bibliothek war, hängen haben.

Auf einmal vernahm ich eine tiefe Stimme. Die Stimme des jungen Geistlichen. Er sprach fließend Deutsch.

Kurz danach hörte ich Adele flüstern.

Durch den offenen Kamin drang zwar nicht jedes Wort zu mir nach nebenan, aber nur, weil Adeles Stimme sehr schwach war. Den Pfarrer konnte ich gut verstehen.

Es war mir peinlich, unfreiwillig eine Beichte mitanzuhören. Sollte ich mir die Ohren zuhalten?

Ich hätte gehen können. Meine verdammte Neugier siegte.

Vielleicht wollte Adele ja, dass ich ihr Gespräch mit dem Pfarrer belauschte? Vielleicht wollte sie mir auf diese Art etwas mitteilen, was sie mir nicht direkt sagen konnte? Sie wusste am besten, dass man in ihrem Wohnzimmer alles mitanhören konnte, was im Schlafzimmer geredet wurde. Und umgekehrt. Die beiden Kamine im Wohnzimmer und Schlafzimmer funktionierten wie ein Sprachrohr. Wir hatten sogar vor kurzem darüber gesprochen.

Adele hatte in den letzten Jahren nicht mehr oft Gelegenheit gehabt, zu sündigen, dachte ich, als ich ein paar ihrer lässlichen Sünden mitbekam.

Ich nahm einen dicken Kunstband über Gustav Klimt aus dem Bücherschrank und blätterte ihn gelangweilt durch.

Flüsternd gestand Adele weitere harmlose Sünden. Beinahe musste ich lachen, als sie ihre zahlreichen Verstöße gegen das achte Gebot aufzählte.

Dann hörte ich nicht mehr zu. Vertiefte mich in einen Artikel über Gustav Klimt und sein Verhältnis zu den Frauen, die er nicht nur gemalt hatte. Als ich über seine angeblich platonische Beziehung mit Emilie Flöge las, fragte ich mich jedoch, ob der gute Mann womöglich impotent gewesen war.

Plötzlich vernahm ich Adeles Stimme ganz laut und deutlich.

Vor Schreck rutschte mir das schwere Buch aus der Hand, polterte auf den Holzboden.

„Ich habe den Tod von Georg und Larissa gerächt, habe den Mörder der beiden umgebracht. Ja, ich bin eine Mörderin. Falls es einen Gott geben sollte, möge er mir verzeihen.“

1978

Adele war seit Larissas Tod nicht mehr dieselbe. Sie kam morgens kaum aus dem Bett und brachte auch in den restlichen Stunden des Tages nicht viel weiter.

Ihre Kunsthandlung im ersten Bezirk überließ sie ihrer Angestellten. Seit sie sich nicht mehr persönlich um ihre Kunden kümmerte, ging das Geschäft den Bach hinunter.

Zwei Jahre nach dem Tod ihrer Freundin verkaufte sie alle Holzschnitte und großformatigen Farblithographien von Carl Moll. Die Arbeiten dieses überzeugten Nationalsozialisten und Stiefvaters von Alma Mahler hatten sie nie besonders begeistert, hatten jedoch zu den Lieblingswerken ihres verstorbenen Vaters gezählt. Pietät hin oder her, sie verscherbelte alle Werke von Moll an einen Gesinnungsgenossen und Kollegen ihres Cousins Heinrich und kaufte sich von dem Erlös einen neuen Wagen.

Ihr einziges Vergnügen bestand fortan darin, mit diesem Range Rover auf der Höhenstraße herumzurasen, so wie Larissa einst mit dem Mercedes Cabrio. Es war ihr bewusst, dass sie durch die ständige Herumfahrerei ihrer toten Freundin näherkommen wollte, versuchen wollte, zu verstehen, was ihr diese Raserei gegeben hatte.

Tagsüber war meistens wenig Verkehr. Sie holte alles aus dem Range Rover heraus. Manchmal kam sie sich wie eine Rallyefahrerin vor, nahm die engen, uneinsichtigen Kurven mit siebzig Sachen, gefährdete nicht nur einmal mit ihrem wilden Fahrstil einsame Wanderer.

Wochenlang, während sie fast täglich die Höhenstraße im Wienerwald vom Wilhelminenberg bis zum Leopoldsberg hin und zurück fuhr, hatte sie auf ihn gewartet.

Sie wusste, dass er drei- bis viermal in der Woche laufen ging. Angeblich trainierte er für den Frühlingsmarathon in Paris. Er war, obwohl er auf die Fünfzig zuging, zerfressen von Ehrgeiz, so wie viele Männer in der Midlife-Crisis.

Es war ein warmer Frühlingstag. Das Gezwitscher der Vögel, die blühenden Bäume und saftigen grünen Wiesen nahm sie nicht wahr. Sie raste vorbei an ein paar Sonntagsausflüglern, die im romantischen Gastgarten eines Heurigen den Frühling mit ein paar Viertel begrüßten.

Die Gegend wurde einsamer. Außerdem begann es zu nieseln.

Als sie ihn in unvorteilhaften kurzen Hosen und einem völlig verschwitzten Leibchen vor sich erblickte, überlegte sie nicht lange, nahm ihn ins Visier.

Sie dachte an Larissa, an all die Torturen, die sie über sich ergehen lassen musste wegen diesem Schwein. Und sie dachte an ihre Jugendliebe Georg. Die Gesichter der beiden einzigen Menschen, die sie je geliebt hatte, erschienen vor ihrem inneren Auge. Verschmolzen miteinander. Ihr wurde schwindlig.

Sie verlangsamte das Tempo. Wartete, bis es wieder mal bergab ging, dann trat sie aufs Gaspedal.

Sie erwischte den Läufer von hinten.

Er wurde in die Luft geschleudert. Landete auf ihrer Kühlerhaube.

Seine blauen Augen starrten sie vorwurfsvoll an. Von seiner Stirn tropfte Blut auf ihre Windschutzscheibe.

Sie bremste abrupt.

Er rutschte vom Kühler auf die Straße, fiel direkt vor die Reifen ihres Wagens.

Sie legte den Retourgang ein, setzte etwa fünfzig Meter zurück. Trat noch einmal heftig aufs Gaspedal, überfuhr ihn wie einen räudigen Hund – was er in ihren Augen auch war.

Der grüne Range Rover kam ins Ruckeln, fast wäre sie von der Straße abgekommen und in der Wiese gelandet. Gerade rechtzeitig riss sie das Steuer herum.

Ein Blick in den Seitenspiegel.

Sie bildete sich ein, dass seine Gliedmaßen zuckten. Anscheinend war er noch am Leben.

Daraufhin machte sie kehrt, fuhr auf der anderen Straßenseite bergauf, drehte um, nahm erneut Anlauf, überrollte ihn ein zweites Mal.

Als sie dann in normalem Tempo nach Hause fuhr, malte sie sich aus, dass er, bevor er starb, mitbekommen hatte, wer ihn überfahren hatte. Allein dieser Gedanke trug dazu bei, dass sich ihre Schwermut allmählich verabschiedete.

Georg und Larissa waren gerächt!

Keiner hatte sie gesehen, keiner hatte sie in Verdacht.

Mit einer Lauge aus Kernseife beseitigte sie alle Blutspuren an ihrem Auto, lackierte danach den Wagen eigenhändig schwarz. Die Dellen, die dieser Schweinehund verursacht hatte, beulte sie ebenfalls selbst aus. Handwerklich war sie von jeher begabt gewesen.

Sie parkte ihren reparierten Range Rover in der Garage, montierte das Kennzeichen ab, gab es zurück und benützte ihn nicht mehr.

Zehn Jahre später verkaufte sie den schweren Geländewagen an einen Polen.

Kurz nach dem tödlichen Unfall des Herrn Primarius begann Adele wieder zu arbeiten. In den 1980er und 1990er Jahren war sie eine der erfolgreichsten Kunsthändlerinnen Wiens.

24.

Am frühen Abend bestellte ich Elvira und Sofia zu einer Krisensitzung in meine Wohnung.

Elvira zögerte, wollte Adele in ihrem Zustand nicht über Nacht allein lassen. Zumindest wollte sie warten, bis Adele eingeschlafen war.

Sofia versprach, sich gleich auf den Weg zur Linken Wienzeile zu machen.

Wir beide warteten dann vergeblich auf Elvira. Merkwürdigerweise war ihr Handy abgeschaltet.

Bei einer Flasche Wein erzählte ich Sofia von Adeles Geständnis.

Sie wirkte weniger erschüttert als ich. Billigte sie etwa gar Adeles Rache?

„Du behauptest doch oft, dass du nicht an das Märchen von Gerechtigkeit glaubst. Adele hat offensichtlich keinen anderen Ausweg gesehen, als die Sache selbst in die Hand zu nehmen."

„Die Sache? Wir sprechen von einem kaltblütig geplanten Mord, Sofia."

„Es war Selbstjustiz, ja! Aber kein Gericht Österreichs hätte dieses Ungeheuer zur Rechenschaft gezogen. Ihr ist nichts anderes übriggeblieben, als ..."

„Das sagt die Frau eines Polizeimajors?"

„Lass uns nicht streiten. Adele hat getan, was sie glaubte tun zu müssen. Du verurteilst sie deswegen, während ich ihre Tat billige. Können wir das nicht einfach so stehen lassen?"

Ich war schockiert. Sah jedoch keinen Sinn darin, weiter mit Sofia über dieses Thema zu diskutieren. Die Weinflasche war fast leer. Ich hatte höchstens ein Achterl getrunken.

Sofia öffnete eine zweite Flasche, nachdem sie beschlossen hatte, bei mir zu übernachten. Ihrem Mann wollte sie keinesfalls mit einer Alkoholfahne gegenübertreten. Obwohl er selbst kein schwacher Trinker war, machte er ihr andauernd Vorwürfe wegen ihres Alkoholkonsums.

Um Mitternacht läutete jemand an.

„Bestimmt irgendein besuff... besoffener Nachtschwärmer“, stammelte Sofia nicht mehr ganz nüchtern.

Als das Läuten stürmischer wurde, ging ich zur Gegensprechanlage, fragte, wer da sei.

„Ich bin’s, Natalie. Hab meinen Schlüssel vergessen. Kann ich bei dir schlafen?“

„Ich habe Besuch. Meine Nachbarin ist bei mir.“

„Oh Scheiße! Ich bin schon wieder weg.“

Ich betätigte trotzdem den Türöffner. Sie konnte ja ihren Vater aufwecken oder zur Not im Stiegenhaus schlafen.

„Wer war das?“

„Mein Ex. Er war am Naschmarkt essen und wollte auf einen Absacker raufkommen.“

Meine Lügen werden immer glaubhafter, fand ich.

Dann zeigte ich Sofia die Fotos von Daniela und dem Schlägertypen, die ich am Naschmarkt aufgenommen hatte. Ich ersuchte sie, Oliver Artner zu fragen, ob er diesen Kerl kannte. Die zweiten Abzüge wollte ich Major Schanda geben. Ihn bitten, in der Verbrecherkartei nachzusehen.

Sofia runzelte die Stirn.

„Ich glaube, dem bin ich schon mal irgendwo begegnet. – Ah ja, ich weiß, wo das war. Diese Glatze ist vor einigen Tagen am Steuer von Danielas Geländewagen gesessen. Er hat direkt vor der Einfahrt zur Villa geparkt. Offensichtlich hat er auf sie gewartet. Daniela hat mit Adele reden wollen. Elvira hat sie weggeschickt. Ihr Gezeter hättest du hören sollen. Unsere liebe Elvira hat aber mindestens so laut gebrüllt wie diese grässliche Person."

In den frühen Morgenstunden läutete wieder jemand unten an.

Sofia und ich waren nicht zu Bett gegangen, sondern auf den Sofas im Wohnzimmer eingeschlafen.

Ich dachte es wäre Natalie und taumelte zur Tür.

„Kann ich raufkommen?" Fast hätte ich Elviras Stimme nicht erkannt. Sie klang als hätte sie eine Flasche Whisky und vierzig Zigaretten intus.

Ich drückte auf den Knopf der Gegensprechanlage, öffnete die Wohnungstür und legte mich wieder hin.

An Schlaf war nicht mehr zu denken. Elvira stolperte über den Berg von Schuhen in meinem Vorzimmer und fluchte so laut, dass auch Sofia aufwachte.

Unsere Freundin wirkte ziemlich mitgenommen. Ihr Haar war zerzaust. Ihre Wimperntusche verschmiert. Ihr Make-up zerstört. All die geplatzten Äderchen um ihre Nase und auf den Wangen waren deutlich sichtbar. Außerdem hatte sie eine Schramme auf der linken Wange.

Sie wollte uns nicht erzählen, was passiert war. Tat unsere Kommentare über ihr fürchterliches Aussehen mit Bemerkungen ab, wie: „Ich bin eben nicht mehr die Jüngste" oder „Ich habe die ganze Nacht kein Auge zugetan."

„Wegen Adele? Hat sie die Nacht gut überstanden?"

Meine Frage schien sie zu irritieren.

„Glaube schon. – Entschuldigt, ich muss mich unbedingt hinlegen."

Als wir ein paar Stunden später zu dritt bei einem späten Frühstück auf meinem Balkon saßen, erzählte ich auch Elvira von Adeles Beichte.

„Und du hast sie echt belauscht? – Du bist wirklich ein total ungläubiger Mensch. Das darf nicht wahr sein! Nie was von Beichtgeheimnis gehört?"

Die Verletzung des Beichtgeheimnisses schien meine Freundin mehr zu beschäftigen als Adeles Tat.

„Sie hat ihren Cousin brutal ermordet, Elvira. Hast du das verstanden?"

„Na und? Dieses Schwein hat nichts anderes verdient."

Ich war der Verzweiflung nahe.

Bevor ich Elvira vehement widersprechen konnte, klingelte mein Handy.

Ich wollte zuerst nicht abheben. Erst als ich Adeles Nummer erkannte, meldete ich mich.

Es war Pauline. Mit zitternder Stimme teilte sie mir mit, dass Adele letzte Nacht gestorben sei.

„Als ich heute früh in die Villa gekommen bin, habe ich sofort bemerkt, dass etwas nicht stimmt. Die Verandatür ist halb offen gestanden und das Glas war zerschlagen. Die Hunde waren nirgends zu sehen. Sie haben mich sonst jeden Morgen begrüßt. Zuerst habe ich nicht gewusst, was ich tun soll. Ich hab Angst gehabt, dass die Einbrecher noch da sind. Als ich Charlie drinnen jaulen gehört habe, bin ich reingegangen. Vor der Treppe ist Zita gelegen. Sie hat sich nicht mehr gerührt."

Heftiges Schluchzen.

„Was ist los?" Elvira starrte mich neugierig an.

„Gleich, Elvira. – Reden Sie weiter, Pauline. Ich höre Ihnen zu."

„Und ..., und dann hab ich auch Frau Adele gesehen. Auf den unteren Stufen ... Ihr Kopf war so komisch verdreht ... auf den Stiegen war Blut ..."

Ich konnte Pauline kaum verstehen, da ihre Sätze immer wieder durch lautes Schluchzen unterbrochen wurden.

„Charlie ist um die beiden herum... gelaufen und hat her... her... herzergreifend gejault ..."

„Haben Sie die Polizei verständigt?"

„Ja, habe ich. Sie ... sie sind schon da. Brin...gen alles dur... durcheinander im Haus."

Ich bemühte mich nicht weiter, Pauline zu beruhigen.

„Wir kommen gleich."

Rasch legte ich auf.

„Adele ist die Treppe hinuntergefallen und hat sich wahrscheinlich das Genick gebrochen."

Elvira starrte mich fassungslos an. Dann bekreuzigte sie sich.

„Gott sei Dank hat sie gebeichtet ..."

„Spinnst du? Seit wann bist du so religiös?"

„Bin ich nicht. Aber sicherheitshalber sollte man ohne Sünde vor den Herrgott treten."

Genau das Gleiche hatte Adele gestern zu mir gesagt. Ich gab es auf. Elvira war eben ein hoffnungsloser Fall.

Sofia begann zu weinen.

Auch ich war den Tränen nahe.

„Glaubt ihr tatsächlich, dass sie die Treppe hinuntergestürzt ist? Nach allem, was in letzter Zeit geschehen ist, könnte ich mir vorstellen, dass es kein Unfall war, sondern dass sie ermordet worden ist. – Wie lange warst du gestern bei ihr, Elvira? Ist jemand von ihrer vermaledeiten Verwandtschaft abends aufgekreuzt?"

„Hör auf, den armen Oliver zu verdächtigen. Er könnte keiner Fliege etwas zuleide tun." Sofia wischte sich die Tränen aus den Augen, sah mich böse an.

„Ich habe Oliver mit keinem Wort erwähnt. Wie kommst du darauf, dass er für den Tod seiner Tante verantwortlich sein könnte?“

Daraufhin hielt sie den Mund.

„Auge um Auge, Zahn um Zahn ...“, murmelte Elvira.

„Was hast du gesagt?“

„Warum schreist du mich so an?“

Ich hatte nicht bemerkt, dass ich laut geworden war.

„Weil du Blödsinn redest.“

„Wieso? Ich wollte damit nur sagen, dass vielleicht jemand von der Familie Heinrichs Tod gerächt hat. Spät, aber doch ...“

„Was war gestern Abend los, Elvira? Könnte ich bitte ein bisschen mehr erfahren?“

Es dauerte eine Weile, bis sie antwortete.

„Nichts Besonderes. Ich war bis circa einundzwanzig Uhr im Haus. Dann habe ich mich von Johann überreden lassen, mit ihm zu einem Heurigen zu fahren. Soweit ist es nicht gekommen. Johann ist bereits im Auto über mich hergefallen. Und schließlich sind wir in seiner Wohnung in Ottakring gelandet.“

Was für eine merkwürdige Geschichte! Angesichts von Adeles kritischem Zustand wollten die beiden sich bei einem Heurigen ein paar Viertel geben? Ich konnte das nicht glauben. Außerdem war Johann überhaupt nicht Elviras Typ. Sie hatte früher mal behauptet, er wäre der letzte Mann, mit dem sie sich einlassen würde. Elvira bevorzugte jüngere Männer wie Milan, den sie in die Wüste geschickt hatte.

Ehe ich diese unglaubwürdige Story hinterfragen konnte, läutete Sofias Handy.

Ihr Ehemann.

Ausnahmsweise hob sie ab. Berichtete ihm von Adeles tödlichem Unfall und meinem Verdacht, dass es kein Unfall gewesen sein könnte. Sie bat ihren Mann, sich höchstpersönlich um diesen mysteriösen Todesfall zu kümmern.

Dann hörte sie ihm eine Weile zu. Beendete aber schließlich das Gespräch ziemlich abrupt.

„Ich halte seine Besserwisserei einfach nicht mehr aus. – Er hat mir gerade erklärt, dass ein Sturz über die Treppe bei Menschen in Adeles Alter häufig vorkomme und somit durchaus plausibel erscheine."

„Wo er recht hat, hat er recht. Das Badezimmer befindet sich im Halbstock unter Adeles Schlafzimmer. Vielleicht hat sie mitten in der Nacht auf die Toilette gehen müssen ..."

„Hör auf, solchen Unsinn zu reden, Elvira! Adele hatte Fieber. Pauline ist sicher bei ihr geblieben. Und sie hätte Adele niemals allein auf die Toilette gehen lassen ..."

Elvira ließ mich nicht ausreden. „Dann hat Pauline sie auf dem Gewissen. – Der Fall ist geklärt!"

Genervt verdrehte ich die Augen.

25.

Ich bekam die tote Adele nicht mehr zu Gesicht. Die Leiche wurde noch am selben Tag in das Departement für Gerichtsmedizin in der Sensengasse gebracht.

In den darauffolgenden Tagen fühlte ich mich wie gelähmt.

Elvira zog wieder bei mir ein. Sofia kehrte in ihre eigene Wohnung zurück.

Beide hatten einen Großteil ihrer Sachen in der Villa zurücklassen müssen. Die Polizei hatte rundum das Haus alles abgesperrt.

Ich sah meine Freundinnen nur selten. Elvira war ständig unterwegs. Und wenn wir einmal in der Wohnung zusammentrafen, verhielt sie sich erstaunlich zurückhaltend. Hielt sich meistens in ihrem Zimmer auf.

Irgendwann rief ich Tanja an. Ich fühlte mich verpflichtet, ihr Bescheid zu sagen.

„Was wollen Sie schon wieder?"

„Mit Ihnen reden."

„Worüber?"

„Adele Artner ist tot."

Schweigen.

„Sie ist die steile Treppe in ihrem Haus hinuntergestürzt. Genickbruch ..."

„Ach so."

Angesichts dieser gefühllosen Reaktion war ich sprachlos.

Am liebsten wäre ich durchs Telefon gesprungen, hätte diese kalte, unnahbare Person an den Schultern gepackt und geschüttelt.

Vielleicht war ich ungerecht. Schließlich hatte Tanja Seefeld in den paar Tagen ihrer Bekanntschaft ja keine echte Beziehung zu Adele aufbauen können. Am liebsten hätte ich Michael angerufen und ihn um eine psychologische Erklärung für Tanjas Verhalten gebeten.

Doch ich hatte keine Zeit für ein längeres Gespräch mit meinem Psychologen, war mit Major Werner Schanda im Grillhaus am Naschmarkt, gleich gegenüber von unserem Haus, verabredet.

Es war ein milder Frühlingsabend. Wir setzten uns an einen Heurigentisch im Gastgarten.

Weder Werner noch ich hatten heute einen Blick für den romantischen Sonnenuntergang, der die beiden

Otto-Wagner-Häuser auf der Linken Wienzeile golden schimmern ließ.

Er bat mich, ihm alles zu erzählen, was ich über Adele Artner und ihre Familie wusste.

Bereitwillig berichtete ich ihm von den komplizierten Beziehungen und der großen Erbschaft. Nur Adeles Geständnis verschwieg ich ihm.

Der Herr Major hielt sich bedeckt. Meinte, die Untersuchungen wären noch im Gange und er könne mir leider nichts Genaueres sagen. Was die Todesursache betraf, nahm man vorläufig an, dass Adele sich bei dem Sturz das Genick gebrochen hatte.

„Geht ihr davon aus, dass es ein Unfall war oder ermittelt ihr wegen Mord?"

„Alles ist möglich."

Seine Geheimniskrämerei ärgerte mich. Beinahe vergaß ich darauf, ihm die Fotos von Daniela und dem Glatzkopf zu geben. Erst als wir uns voneinander verabschiedeten, dachte ich daran.

Ich bat ihn, nachzusehen, ob dieser Typ vorbestraft war.

Von dem Überfall auf mich wollte ich ihm nach wie vor nichts erzählen. Es war mir einfach unangenehm. Er hatte mich schon öfters ermahnt, bei meinen Ermittlungen vorsichtiger zu sein und würde mir bestimmt wieder eine Strafpredigt halten. Daher schwindelte ich ihn ein bisschen an. Erzählte ihm, dass ich mich von diesem Kerl verfolgt fühlen würde. Es war wenigstens die halbe Wahrheit.

Michael hatte inzwischen mehrmals versucht, mich zu erreichen und mir Liebesgeflüster auf meiner Mailbox hinterlassen.

Anscheinend hatte er Sehnsucht nach mir. Zumindest erzählte er meiner Mailbox, dass er jede Nacht von mir träumen würde.

Obwohl ich mich über seine Worte freute, hatte ich momentan keinen Kopf für Zärtlichkeiten und Liebesbeteuerungen. Trotzdem rief ich ihn nach dem Treffen mit Werner zurück.

Erreichte leider ebenfalls nur seine Mailbox.

In aller Kürze teilte ich ihm mit, was sich in den letzten Tagen ereignet hatte. Versprach, mich später wieder zu melden.

Drei Tage nach Adeles Tod berichtete Werner uns von den ersten Ergebnissen der gerichtsmedizinischen Untersuchung.

Wir saßen abends zu viert in meinem Wohnzimmer. Sofia hatte eine Flasche Wein geöffnet. Elvira und ich tranken Tee, überließen den Rotwein den Schandas.

„Der Todeszeitpunkt ist, laut Gerichtsmedizinerin, zwischen zweiundzwanzig Uhr und Mitternacht eingetreten. Wie es aussieht, war es kein Unfall. Es gab einen Einbruch. Einige Bilder und Wertsachen fehlen."

„Hast du Einbruch gesagt? Von einem Einbruch war bisher nie die Rede." Elvira schaute mich vorwurfsvoll an.

Hatte ich vergessen, den Einbruch ihr gegenüber zu erwähnen? Die Frage war, wer von uns beiden momentan mehr durch den Wind war?

„Frau Artner scheint sich jedenfalls gegen ihren Angreifer gewehrt zu haben. Es gab Abwehrspuren an ihren Händen und verwertbare Hautpartikel unter den Fingernägeln."

Bei der Vorstellung, wie sich Adele verzweifelt gegen ihren Mörder verteidigt hatte, wurde mir übel. Gleichzeitig fragte ich mich, wie sie das in ihrem Zustand bloß geschafft hatte? Sie war wirklich eine erstaunlich mutige Frau gewesen.

„Auf ihren Oberarmen befanden sich Hämatome und an ihrem Hals rote Flecken und eine kleine Abschürfung.“

„Würgemale?“, fragte ich.

„Das wissen wir, wie gesagt, nicht mit Bestimmtheit. Aber es wäre durchaus möglich, dass jemand versucht hat, ihr die Luftröhre zuzudrücken.“

Trotz Major Schandas vorsichtiger Ausdrucksweise hatte ich den Eindruck, die Polizei nahm an, dass es zwischen Adele und dem Einbrecher zu einem wüsten Handgemenge gekommen war.

Werner bestätigte dies mit seinen nächsten Worten. „Der Eindringling hat Frau Artner höchstwahrscheinlich zu erwürgen versucht und dann einfach die Treppe hinuntergestoßen.“

„Hat sie auch geblutet? Pauline hat was von Blut auf den Stufen erwähnt.“

„Ja, sie hatte eine Platzwunde seitlich am Hinterkopf. Die könnte vom Sturz stammen. Das Treppengeländer ist aus Gusseisen ...“

„Oder sie wurde niedergeschlagen, bevor man sie die Stiege hinunterstieß.“ Ich hielt es für eher unwahrscheinlich, dass sie sich die Kopfverletzung beim Sturz zugezogen hatte.

„Die Todesursache war eindeutig Genickbruch.“

Plötzlich tauchte das Treppengeländer vor meinem inneren Auge auf. Und ich glaubte zu wissen, was sich abgespielt hatte.

„Auf welcher Seite befand sich die Platzwunde?“

„Rechts.“

Adele musste mit dem Rücken zur Treppe gestanden sein, als sie gestoßen wurde. Bestimmt war sie mit dem Kopf auf den spitzen Knauf des Geländers gefallen, hatte sich vielleicht gerade noch festhalten können, war aber sicher benommen und nicht mehr fähig gewesen, den zweiten Stoß abzuwehren. Der Täter musste also nicht besonders kräftig gewesen sein.

„Der oder die Einbrecher – wir wissen nicht, ob es sich um ein oder zwei Personen handelte – sind sehr dilettantisch vorgegangen. Profis vermeiden es üblicherweise, durch Glastüren einzudringen. Nicht nur wegen des Lärms, sondern auch wegen der Verletzungsgefahr. Die Glastür des Wintergartens war stark beschädigt. Es ist anzunehmen, dass sie mit einem schweren Gegenstand eingeschlagen worden ist. Die Eingangstür hingegen war unversehrt. Laut Aussage der Haushälterin war sie versperrt gewesen, als sie in der Früh in die Villa kam. Die Alarmanlage war außer Betrieb. Anscheinend hatte derjenige, der abgeschlossen hatte, vergessen, sie einzuschalten."

Elvira beteuerte, dass sie das Haustor nicht zugesperrt hatte, als sie Adele gegen einundzwanzig Uhr verlassen hatte. „Und Johann war nicht im Haus. Er hat vor der Garage im Wagen auf mich gewartet."

„Die Haushälterin hat ausgesagt, dass sie gegen zwanzig Uhr gegangen ist, weil sie Besuch von einer Nichte aus Polen erwartete. Sie wollte ihre Nichte vom Hauptbahnhof abholen und anschließend noch einmal nach der alten Dame schauen. Angeblich hast du ihr versprochen, die Nacht über bei Frau Artner zu bleiben. Stimmt das, Elvira?"

Meine Freundin antwortete nicht gleich auf Werners Frage. Obwohl sie sonst meistens redete, ohne vorher nachzudenken.

„Ich weiß nicht mehr so genau, was an jenem Abend los war. Hab nachher zu viel getrunken. Irgendwie hab ich einen Filmriss ..., ich meine ein, wie heißt das ...?"

„Blackout?", kam ich ihr zu Hilfe.

„Ja, genau, ein Blackout. Johann und ich haben nur auf ein schnelles Glaserl zum Heurigen gehen wollen. Es war ein verdammt anstrengender Tag. Ich wäre normalerweise bald wieder zurück gewesen. Adele ist es schon viel besser gegangen ... Wenn Johann mich nicht ...“

Sie redete sich in ein heilloses Wirrwarr.

Ich bemerkte die skeptischen Blicke, die ihr Major Schanda zuwarf.

Sofia hörte sich das Gestammel unserer Freundin mit hochgezogenen Brauen an. Sie hatte bisher kaum den Mund aufgemacht, war eindeutig nicht bei der Sache.

„Weißt du, wo wir diesen Johann finden können? Wir haben ihn weder in seiner Wohnung noch in seinem Zimmer über der Garage angetroffen. Er muss mit dem Wagen abgehauen sein. Die Garage ist leer.“

Werner Schanda sah Elvira in die Augen.

„Ich kann dir seine Telefonnummer geben.“

Elvira klang ziemlich kleinlaut.

„Die haben wir. Sein Handy ist ausgeschaltet.“

„Könnt ihr es nicht trotzdem orten?“, meldete sich Sofia auf einmal zu Wort.

„Lass das unsere Sorge sein, mein Schatz.“

„Ich hab ihn seit ..., seit vorgestern ... nein, seit vor... vorvorgestern nicht mehr gesehen, und nicht mit ihm telefoniert. Bestimmt hat er Angst, dass ihr ihn verdächtigt.“

„Warum denn, du warst doch zur fraglichen Zeit mit ihm zusammen? Ein besseres Alibi könnte er gar nicht haben.“

„Ja ..., du hast recht. Ich weiß nicht ...“

Elvira log, das stand für mich fest. Und sie log entsetzlich schlecht. Was verschwieg sie uns?

Ich wollte sie nicht vor Major Schanda zur Rede stellen. Nahm mir vor, sie später unter vier Augen zu befragen.

Paulines Alibi würde die Polizei hoffentlich überprüft haben. Denn ihre Geschichte von der Nichte aus Polen kam mir ebenfalls etwas fadenscheinig vor. Die Haushälterin hatte früher meistens in der Villa geschlafen. Adele hatte ihr ein Kabinett im Erdgeschoss, hinter der Küche, überlassen. Ihre kleine Mietwohnung in der Hütteldorfer Straße hatte Pauline tage- oder wochenweise an Polen vermietet, die ihre Angehörigen in Wien besuchten. Seit Elvira bei Adele eingezogen war, übernachtete die Haushälterin allerdings öfter in ihrer eigenen Wohnung.

Mir fiel noch etwas ein. Eine Nebensache, die aber wichtig sein konnte.

Ich fragte Werner, ob die Fressnäpfe der Hunde sauber waren oder ob man darin Essensreste gefunden habe.

„Soviel ich weiß, waren sie blitzblank. Warum fragst du?"

„Ihr solltet auch Zita, die tote Boxerhündin, obduzieren. Ich glaube, dass sie vergiftet worden ist. Normalerweise haben die Hunde zweimal am Tag zu fressen bekommen. Morgens und abends. Pauline hat die Näpfe immer am Morgen gesäubert, bevor sie das frische Zeug hineingetan hat. Vielleicht sollte man sie fragen, ob sie die Schüsseln abgewaschen hat, bevor sie an jenem Abend heimgegangen ist. Wenn sie es nicht getan hat, wurden sie von dem Mörder gereinigt. Verstehst du, was ich meine? Seht euch mal die Fingerabdrücke auf diesen Blechnäpfen an."

„Ich werde die Kollegen von der Spurensicherung morgen Früh anrufen." Bildete ich mir nur ein, dass Werner mir einen anerkennenden Blick zuwarf?

„Übrigens habe ich wegen des Fotos, das du mir gegeben hast, bereits in der Kartei nachsehen lassen. Der Muskelprotz, den du mit Daniela Artner am Naschmarkt fotografiert hast, heißt Willi Dschuga. Er hat früher als Rausschmeißer in einem Erotikschuppen gearbeitet. Ein kleiner Gauner, der wegen Körperverletzung gesessen hat ... Ich werde ihn vorladen. Sofia hat mir erzählt, dass du beim Joggen überfallen worden bist. Wenn er es war, der dich auf den Steinhofgründen niedergeschlagen hat, krieg ich ihn wegen Körperverletzung dran. Und womöglich hast du sogar recht, und er hat auch den Überfall auf diese andere Frau verübt, weil er sie mit dir verwechselt hat."

Ich nahm an, dass Daniela Artner den ehemaligen Rausschmeißer beauftragt hatte, mir Angst einzujagen und mich von meiner Suche nach Larissas Tochter abzuhalten. Sie konnte ja nicht wissen, dass ich Tanja damals bereits ausfindig gemacht hatte.

Momentan erschien es mir jedoch wichtiger, mit Elvira zu reden. Und zwar allein.

Als Werner und Sofia Anstalten machten, hinüber in ihre Wohnung zu gehen, bot ich ihnen nicht an, eine zweite Flasche Rotwein aufzumachen. Es war an der Zeit von Elvira endlich die Wahrheit zu erfahren.

Doch sie hatte es plötzlich sehr eilig, verabschiedete sich noch vor den Schandas.

„Wo willst du hin? Schläfst du nicht hier?", fragte ich.

„Ich habe ein Date. Es kann spät werden. Wir sehen uns morgen früh. Baba, ihr Lieben."

Und schon war sie weg.

Was war bloß in Elvira gefahren? Mit wem traf sie sich zu so später Stunde? Hoffentlich nicht mit Johann.

Ich hatte sowohl Sofia als auch Elvira seit längerem in Verdacht, nach wie vor in den Partnerschaftsbörsen, bei denen wir uns anlässlich unseres letzten Falles angemeldet hatten, aktiv zu sein. Einige der Verträge liefen erst in einem Monat aus.

Ich war beileibe kein Moralapostel. Sollten sich meine Freundinnen ruhig mit liebeshungrigen Männern vergnügen. Ich gönnte es ihnen. Mir war allerdings nicht nach solch schnellen Nummern zumute. Ich hatte momentan nichts anderes im Kopf als Adeles Mörder zu finden.

Die Frage war, ob es ein geplanter Mord war oder Totschlag.

Sofia war an jenem Abend um zwanzig Uhr zu mir gekommen und hatte anschließend bei mir übernachtet. Sie hatte ich ohnehin nie in Verdacht gehabt, etwas mit Adeles Tod zu tun zu haben. Außerdem hatte sie ein Alibi. Im Gegensatz zu Elvira, deren neuer Lover nicht auffindbar war.

Johann zählte für mich nach wie vor zu den Hauptverdächtigen. Hat er Adele umgebracht, weil sie herausgefunden hatte, dass er Larissa einst vergewaltigt hatte? Tanjas Ähnlichkeit mit ihm war vielleicht nicht nur mir aufgefallen.

Meine Freundinnen hatten nicht alle Geschichten Adeles über Johann mitangehört. Selbst wenn ich ihnen meinen Verdacht angedeutet hatte, so standen sie nach wie vor unter dem Eindruck von Adeles Schilderung der Ermordung ihrer ersten Liebe Georg durch Heinrich. Adeles Cousin war in den Augen meiner Freundinnen das Ungeheuer. Auch ich glaubte, dass er Georg damals ermordet hatte. Aber ich hatte gewisse Zweifel, dass er der Vergewaltiger Larissas und somit der Vater von Tanja war. Weder Tanja noch Heinrichs Kinder würden bereit sein, einen Gentest zu machen. Man würde also nie mit Sicherheit wissen, wer Larissa vergewaltigt hatte. Im Prinzip war es egal. Der Mann, der ihr das angetan hatte, konnte nicht mehr zur Rechenschaft gezogen werden, solange das Gesetz nicht geändert wurde. Bei Sexualstraftaten liegt die Verjährungsfrist in Österreich zwischen drei und zwanzig Jahren. Larissa wurde 1975 Opfer einer Vergewaltigung.

Ich war stinkwütend. Ging ins Internet, las, dass nur jede zehnte Vergewaltigung in Österreich zur Anzeige gebracht wird und nur dreizehn Prozent der Täter gerichtlich verurteilt werden.

War es so verwunderlich, dass ich nicht an das Märchen von Gerechtigkeit glaubte?

26.

Adele hatte sich bereits vor einigen Jahren für eine Feuerbestattung entschieden. Kurz vor ihrem Tod hatte sie ja mit Hilfe meines Ex-Mannes ein neues Testament aufgesetzt und dieses von einem Notar bekräftigen lassen. In ihrem letzten Willen hatte sie verfügt, dass ihre Urne neben Larissas in der Familiengruft bestattet werden sollte.

Die Beisetzung der Urne würde erst in drei Wochen am Ottakringer Friedhof stattfinden.

Die Eröffnung des Testaments bei einem Notar in der Innenstadt war für den kommenden Freitag angesetzt worden. Auch Elvira, Sofia und ich waren geladen.

Die Kanzlei befand sich in einem frisch renovierten neo-klassizistischen Palais. Vor allem Elvira war beeindruckt von dem Entree mit Säulen aus hellem Marmor und einer breiten marmornen Stiege.

Wir waren überpünktlich, aber trotzdem nicht die ersten.

Eine junge Frau führte uns ins Besprechungszimmer, das im Gegensatz zum prunkvollen Stiegenhaus recht spartanisch wirkte.

Ein langer Tisch, umgeben von zehn Stühlen. An den weißen Wänden billige Reproduktionen von impressionistischen Gemälden.

Wir setzten uns neben Pauline, die gegenüber der Familie Artner Platz genommen hatte.

Als Tanja Seefeld von der jungen Assistentin in den Sitzungsraum geleitet wurde, starrten die Artners sie an, als käme sie von einem anderen Stern.

Tanja war, wie immer, geschmackvoll gekleidet. Heute trug sie einen schwarzen Hosenanzug und dazu wieder High Heels.

Oliver begrüßte sie als einziger sehr freundlich.

Sie nahm neben ihm Platz.

Als letzter erschien Johann.

Kaum gab es etwas zu erben, tauchte er aus der Versenkung auf. Leider konnte ich ihn vor dieser Runde nicht fragen, wo er sich in den letzten Tagen herumgetrieben hatte.

Er stammelte eine Entschuldigung. Sagte, er habe keinen Parkplatz gefunden. Dann setzte er sich auf den freien Stuhl neben Tanja. Schaute sie aber nicht an.

Betretenes Schweigen.

Auch Elvira schien überrascht, ihn zu sehen. Aufgeregt begann sie mit Sofia zu tuscheln. Hannelore und ihre Tochter unterhielten sich ebenfalls halblaut.

Ich musterte die illustre Gesellschaft, vor allem Tanja, die zwischen Oliver und Johann saß.

Bildete ich mir nur ein, dass sich Oliver und Tanja ähnlich sahen? Beide waren dunkelhaarig, hatten aber helle blaue Augen. Sie sah ihm jedenfalls ähnlicher als seine leibliche Schwester. Daniela war blond und hatte die braunen Augen ihrer Mutter geerbt.

Dass zwischen Johann und Tanja eine gewisse Ähnlichkeit bestand, war mir ja bereits früher aufgefallen. Nicht nur wegen seiner ebenfalls hellen Augen. Tanja konnte auch die etwas zu lange Nase und das energische Kinn von ihm haben.

Als der Notar, asketischer Typ, grauhaarig, maßgeschneiderter Anzug, moderne runde Brille, eintrat, beendete ich meine Beobachtungen und konzentrierte mich auf ihn.

Das Getratsche verstummte augenblicklich.

Nach den üblichen juristischen Erklärungen wurde es spannend.

Der Herr Doktor sprach extrem leise, zwang dadurch alle Anwesenden ruhig zu bleiben, sonst hätte ihn keiner verstanden.

Wieder beobachtete ich die Gesichter neben mir und vor allem die Gesichter mir gegenüber.

Elvira strahlte von einem Ohr zum anderen, als der Notar verkündete, dass Adele ihr das Erdgeschosslokal im ersten Bezirk, in der Tuchlauben, in dem sich früher ihre Kunsthandlung befunden hatte, hinterlassen hatte.

Ich freute mich mit ihr. Endlich würde sie sich den größten Traum ihres Lebens, ein schickes Kosmetikstudio aufzumachen, erfüllen können.

„Das darf nicht wahr sein! Sie war eindeutig nicht mehr zurechnungsfähig. Vermacht diesen Schatz einer dahergelaufenen Ausländerin."

Daniela war aufgesprungen, stierte Elvira fuchsteufelswild an.

„Bitte beruhige dich, mein Kind." Hannelore versuchte ihre Tochter auf den Stuhl zurückzuziehen.

„Ist dir überhaupt klar, wie viel diese mindestens fünfzig Quadratmeter in der City heutzutage wert sind, Mama?“

Der Notar maßregelte Daniela mit einem strengen Blick. Fuhr dann noch leiser mit der Verlesung des Testamentes fort.

Sofia bekam Adeles Bibliothek zugesprochen. Sie zeigte ihre Freude ebenso unverhohlen wie vorhin Elvira.

„Jetzt mache ich halt ein Antiquariat anstatt einer Krimibuchhandlung auf. Vielleicht miete ich mich bei dir ein? Was meinst du, Elvira?“

Fast hätte ich wegen des Getuschels der beiden überhört, dass auch ich in Adeles Testament berücksichtigt worden war.

Ich erbte eine kleine, sehr feine Sammlung von Fotografien berühmter österreichischer Fotografinnen und – ich konnte es kaum fassen – ich erbte Charlie, die Bordeaux-Dogge. Was sollte ich bloß mit diesem bulligen Ungetüm anfangen? Das Tier war über sechzig Zentimeter groß und mindestens sechzig Kilo schwer.

„Jetzt bist du auf den Hund gekommen“, kicherte Elvira.

Tanja unterdrückte ein Gähnen.

Hannelore und Daniela hüllten sich in eisiges Schweigen.

Oliver lächelte Sofia an. Hoffte er, sie würde ihm demnächst seine Spielsucht mit ihrem Antiquariat finanzieren?

Als nächster wurde Johann bedacht. Ihm hinterließ Adele den neuen Mercedes, ein paar Aktien im Wert von circa zehntausend Euro und die Boxer-Hündin Zita, die ja leider vergiftet worden war. Johann war, neben Adele, der einzige gewesen, auf den Zita gehört hatte.

Er schien zufrieden zu sein. Oder ließ sich zumindest nichts anmerken, falls er sich mehr erwartet hatte.

Adele hatte ihn also nicht in Verdacht gehabt, Larissa vergewaltigt zu haben. Wenn sie sich bloß nicht geirrt hatte!

Pauline freute sich sehr über ein Sparbuch mit zwanzigtausend Euro und ein paar Schmuckstücke. Ihre Wangen röteten sich, als der Notar den ungefähren Wert des Schmucks erwähnte.

Tanja, die dem ganzen Procedere mit gelangweiltem Gesichtsausdruck gefolgt war, verzog leicht abfällig die Mundwinkel.

Die Spannung im Raum war deutlich spürbar. Es herrschte Totenstille, als sich der Notar räusperte und auf die Liegenschaft am Wilhelminenberg zu sprechen kam.

Plötzlich klopfte jemand an die Tür.

Verärgert hielt er inne.

Seine Assistentin kam auf Zehenspitzen herein. Dennoch knarrte das Eichenparkett unter ihren Schritten.

„Verzeihen Sie bitte die Störung, Herr Doktor, es ist sehr dringend ..."

„Wir sind gleich fertig." Er sagte es in einem Ton, der keinen Widerspruch duldete.

Mit gesenktem Kopf trippelte sie zurück ins Vorzimmer.

Ich sah Tanja an.

Sie war bleich, wirkte aber relativ gefasst. Nur ihr gespannter Rücken und ihre krampfhaft ineinander verknoteten Finger verrieten, dass sie nicht völlig gleichgültig war.

Der Notar fasste sich kurz. Seine Stimme wurde noch einmal um eine Nuance leiser.

Adele Artner hatte Tanja sowohl die Villa, das Grundstück, die komplette Bildersammlung als auch den Rest ihres Vermögens vermacht.

Ich sah Tanja in die Augen.

Keine Gemütsbewegung.

Für mich stand fest, sie hatte gewusst, dass sie die Haupterbin sein würde.

Die Testamentseröffnung war zu Ende.

Adeles Verwandten gingen völlig leer aus.

Es dauerte ein paar Sekunden, bis das Gekreische losging.

„Unmöglich!“, „Das ist Betrug!“, „Ein abgekartetes Spiel!“, „Wir werden das Testament anfechten“, „So sag endlich was, Oliver. Du bist schließlich Anwalt“, „So kann man mit uns nicht umspringen!“.

„Sie müssen mich entschuldigen.“ Der Notar erhob sich und verließ den Raum.

Auch Elvira erhob sich.

„Bleib sitzen. Ich will mir das Spektakel nicht entgehen lassen.“ Ich sprach sehr leise, so wie vorhin der Notar.

Tanja, die ebenfalls wie angewurzelt auf ihrem Sessel saß, dürfte meine Worte gehört haben. Sie schenkte mir einen verächtlichen Blick.

In diesem Moment begann Daniela auf Tanja Seefeld loszugehen. Beschuldigte sie der Erbschleicherei und wäre fast handgreiflich geworden, wenn sie ihr Bruder nicht an den Armen festgehalten hätte.

Sobald er Daniela wieder losließ, trommelte sie mit ihren Fäusten auf seinen Brustkorb ein.

„Du Feigling, du elender, du ...“

Vergeblich versuchte ich ein Grinsen zu unterdrücken.

In diesem Moment sprang Tanja auf. Funkelte mich mit ihren eisblauen Augen wütend an.

„Sie haben mich in diese unangenehme Geschichte mithineingezogen. Und nun sitzen Sie einfach da und amüsieren sich über uns. Ich will Sie, nein, ich will keinen von Ihnen jemals wieder in meinem Haus sehen!“

Mit arrogantem Gesichtsausdruck verließ sie das Besprechungszimmer.

Pauline und Johann liefen ihr nach. Wahrscheinlich hofften beide, dass die neue Besitzerin der Villa weiterhin ihre Dienste in Anspruch nehmen würde. Womöglich hatte Johann noch andere Hintergedanken. Tanja würde sich in Zukunft vor ihm in Acht nehmen müssen. Falls er tatsächlich ihr Erzeuger sein sollte, wäre er im Falle ihres Todes ihr Erbe.

Nach Tanjas Abgang herrschte wieder eisiges Schweigen.

Auf einmal ließ jedoch Hannelore Artner ebenfalls ihren Frust an mir aus.

„Ja, Sie sind an allem schuld. Sie haben von Anfang an einen schlechten Einfluss auf Adele gehabt. Sie haben diese angebliche Tochter der verrückten Larissa aus dem Hut gezaubert. Und uns mit Hilfe Ihres Ex-Mannes um unser Erbe gebracht. Sie ..., Sie ... selbsternannte Detektivin ... Ihnen werde ich das Handwerk legen! Das lasse ich mir nicht gefallen. Sie werden im Gefängnis landen, das schwöre ich Ihnen ...“

„Und dort werden Sie Frau Musil bald Gesellschaft leisten. Mein Mann ist Major bei der Wiener Kriminalpolizei. Er wird sich selbst um diesen mysteriösen Todesfall kümmern. Und dann Gnade Ihnen Gott!“

So melodramatisch hatte ich meine Freundin Sofia noch nie erlebt. Am liebsten wäre ich ihr um den Hals gefallen.

Hannelore Artner fand sekundenlang keine Worte mehr.

Ihre Tochter sprang für sie ein. „Sie bilden sich ein, Sie können uns Angst einjagen, Sie Angelina Jolie-Verschnitt? Glauben Sie, ich weiß nicht, dass Sie sich von meinem Bruder bumsen lassen. Was wird der Herr Major wohl dazu sagen?"

Daraufhin verschlug es Sofia die Sprache.

Keiner von uns rechnete mit Elvira. Ehe wir mitbekamen, was sie vorhatte, eilte sie auf die andere Seite des Tisches, holte weit aus und verpasste Daniela eine schallende Ohrfeige.

„Haltet endlich euer Schandmaul, ihr Mörderbande! – Kommt, wir gehen, Mädels. Hier stinkt's!" Hoch erhobenen Hauptes stolzierte Elvira zur Tür. Sofia und ich folgten ihr.

Während wir bei der schüchternen Assistentin im Vorzimmer einige Formalitäten erledigten, ging das Geschrei drinnen weiter. Ihrer Gegner beraubt, schrien sich Mutter und Tochter nun gegenseitig an. Dann gingen sie gemeinsam auf Oliver los.

Lachend eilten wir die herrschaftliche Treppe hinunter.

„Du hast recht, Magdalena, dieser Oliver ist wirklich ein Weichei, aber eben leider ein ganz süßes Weichei."

Kichernd hängte sich Sofia bei mir ein.

Auf der Straße nahm auch Elvira meinen Arm und wir spazierten vergnügt zum nächsten Beisl. Nach diesem Eklat brauchten wir dringend einen Drink. Wir hatten in der Gastwirtschaft „Zu den Drei Hacken" noch nicht einmal Platz genommen, da bestellte Elvira bereits eine Flasche Prosecco. Sofia und ich sahen uns stirnrunzelnd an. Uns hing der Prosecco zum Hals heraus. Sofia bevorzugte sowieso Rotwein und ich hatte Lust auf ein Bier. Doch wir wollten die gute Stimmung zwischen uns nicht trüben, begnügten uns daher mit Prosecco.

Elvira malte sich aus, was für einen todschicken Salon sie demnächst in der Tuchlauben eröffnen würde. „Nur mehr stinkreiche Kunden. Denkt an all die Russinnen und Araberinnen im Ersten. Ich werde in Kürze ein Riesenvermögen machen."

„Und was ist mit meinem Antiquariat? Vorhin hast du gesagt, dass du einverstanden bist ..."

„Ja, von mir aus. Die Frage ist nur, ob die sechstausend Bücher von Adele in den zweiten Raum hineinpassen werden. Er ist viel kleiner als der andere Raum, in dem ich den Salon eröffnen möchte."

„Wieso weißt du das so genau? Hast du dir diese Räumlichkeiten mal angesehen?"

„Schau mich nicht so misstrauisch an, Frau Detektivin. Klar war ich schon mal in der Parfümerie. Aber ich habe nicht geahnt, dass ich dieses Lokal eines Tages erben würde. Ich habe Adele deswegen nicht umgebracht – okay?"

„Das habe ich nicht behauptet."

„Ich kann Gedanken lesen, meine Liebe."

„Ist dort jetzt eine Parfümerie drinnen?" Sofia schien nicht gewusst zu haben, dass Adele ihre ehemalige Kunsthandlung an eine Parfümerie vermietet hatte."

„Ja, aber die werden nicht mehr lange drinnen sein. Werde ihnen gleich kündigen."

„Kennst du denn den Vertrag, den sie mit Adele gemacht haben?"

„Sei nicht immer so negativ, Magdalena. Ich krieg die schon raus."

Elvira war unverbesserlich. Vor nicht allzu langer Zeit hatte sie ein Hausbesitzer aus ihrer Mietwohnung im fünfzehnten Bezirk hinausgeekelt, danach hatte sie ihr kleines Geschäft in der Gumpendorfer

Straße verloren. Kaum war sie Eigentümerin eines Geschäftslokals, wollte sie das Gleiche mit ihren Mietern machen.

Ich rief nach dem Kellner, brauchte jetzt ein Seidel Bier. Hatte genug von dem süßen, prickelnden Zeug.

Während meine Freundinnen weiter darüber debattierten, wie sie sich die Lokalität in der Tuchlauben teilen könnten, dachte ich an Charlie. Fragte mich, wie ich mit diesem imposanten Molosser in meiner Wohnung zurechtkommen würde. Überraschenderweise gefiel mir der Gedanke, einen Hund zu haben, gar nicht mal so schlecht. Bulle würde allerdings nicht amused sein, obwohl sich die beiden Tiere, zumindest charakterlich, ziemlich ähnlich waren. Einstweilen wurde Charlie von Pauline versorgt. Nachdem die Polizei die Villa freigegeben hatte, war sie mit ihm dorthin zurückgekehrt. Ich hatte nicht den Eindruck gehabt, dass Tanja vorhatte, die Haushälterin zu behalten. Sie hatte ausdrücklich betont, dass sie keine von uns je wiedersehen möchte. Ich würde Charlie also bald abholen müssen.

Sofia und Elvira wollten weiter um die Häuser ziehen und Zukunftspläne schmieden. Ich verabschiedete mich, nachdem ich mein kleines Bierchen ausgetrunken hatte. Machte mich zu Fuß auf den Heimweg.

Kaum war ich allein, rief ich meine Mutter an. Hatte Lust, ihr von der turbulenten Testamentseröffnung zu berichten.

Agnes hörte mir nicht richtig zu. Ich spürte ihre Ungeduld. Sie hatte mir offensichtlich etwas Wichtiges mitzuteilen.

Als sie mir erzählte, dass sie sich mit dem griechischen Kapitän a.D. verlobt hatte, bekam ich einen Lachkrampf und legte auf.

Wie alt war der Herr Kapitän? Siebzig? Meine Mutter war sechsundsechzig. Mit sechsundsechzig Jahren fängt das Leben erst an oder wie lautete dieser Schlager von Udo Jürgens? Ich würde sicher nicht die Brautjungfer oder gar die Trauzeugin bei ihrer Hochzeit spielen.

Da ich das dringende Bedürfnis hatte, mit jemandem zu reden, der nicht in meinen neuen Fall involviert war, versuchte ich es bei Michael.

Er hob nicht ab.

Verdammt, er war nie erreichbar, wenn ich ihn brauchte. Ich wusste, dass ich ungerecht war. Als man mich beim Joggen auf den Steinhofgründen niedergeschlagen hatte, war er sofort zur Stelle gewesen. Entweder war er jetzt joggen oder er hatte einen Patienten. Für die hatte er immer Zeit.

War ich etwa gar eifersüchtig auf seine Patienten? So wie seine Frau? Das fing ja gut an!

Frustriert schlenderte ich in meinem schicken schwarzen Kleid, das ich für den Besuch beim Notar gewählt hatte, über den Naschmarkt. Registrierte ausnahmsweise einige bewundernde Blicke. Daraufhin beschloss ich, Herrn Alfons zu besuchen. Ich wollte unbedingt sein Gesicht sehen, wenn ich ihm sagte, dass sich meine Mutter gerade verlobt hatte.

Bevor ich ihn mit dieser Hiobsbotschaft konfrontierte, genehmigte ich mir eine fette Käsekrainer an einem Würstelstand am Naschmarkt. Ich schaffte nur die Hälfte. Packte den Rest der klein geschnittenen Käsekrainer in eine Serviette, um sie Bulle mitzubringen. Dieser Feinspitz zog ja, wie ich seit kurzem wusste, gegrillte Würstchen grauen Mäusen vor.

27.

Herr Alfons blickte mich bewundernd an, als ich auf meinen mindestens sechs Zentimeter hohen Pumps in seine Trafik stolzierte.

„Wow! Sie sehen toll aus."

Ich grinste blöde. Nahm auf dem Hocker hinter der Verkaufstheke Platz, schlug meine langen Beine übereinander und ließ mir von ihm einen Kaffee servieren.

Er reagierte sehr gelassen auf meine sensationelle Mitteilung. Die Verlobung meiner Mutter schien ihn nicht besonders zu interessieren. Im Gegensatz zu meinem neuen Fall. Er hatte in der Zeitung von Adele Artners Tod gelesen.

Bulle freute sich sehr über die Käsekrainer. Verzehrte sie zu meinen Füßen und schleckte dann meine Schuhspitzen mit seiner fettigen Zunge ab.

„Hau ab, du Speichellecker!"

Er hörte nicht auf mich, sprang auf meinen Schoß und schnurrte liebevoll.

„Ist gut, mein Schatz! Du weißt, ich habe eine Katzenhaarallergie, verschwinde lieber."

Herr Alfons packte den dicken Kater und setzte ihn auf den Boden.

„Schießen Sie los", sagte er ungeduldig.

„Es war Mord. Aber es gibt zu viele Verdächtige. Ich weiß gar nicht, mit wem ich anfangen soll. Lassen Sie mich mit Adeles Verwandtschaft beginnen. Oliver, dieser Rechtsanwalt, ist hoch verschuldet, geschieden und obendrein spielsüchtig. Er hat am meisten zu verlieren. Und er vermutete schon länger, dass Adele plante, ein neues Testament zu machen. Übrigens hat dieses Testament mein Ex-Mann aufgesetzt. Habe ich Ihnen das schon erzählt?"

Herr Alfons schüttelte den Kopf.

„Egal. Gernot ist und bleibt eben ein richtiger Leichenfledderer."

„Weil er ein Testament aufgesetzt hat?"

„Unterbrechen Sie mich nicht, sonst vergesse ich, was ich sagen wollte. – Genauso verdächtig ist in meinen Augen Olivers ältere Schwester. Daniela ist Immobilienmaklerin. Sie hat Adeles Villa bereits vor ihrem Tod einem ukrainischen Oligarchensohn zu verscherbeln versucht. Der ist der Sohn eines Schokoladenfabrikanten – stellen Sie sich das mal vor: So ein Bürschchen hätte diese Jugendstilvilla mitsamt der wertvollen Bilder um eine Million erstanden, wenn die Artners alles geerbt hätten."

„Und wer ist nun der Haupterbe?"

„Ach so, das können Sie ja nicht wissen. Tanja Seefeld, die Tochter von Adeles Freundin Larissa, die in den 1970er Jahren in der Psychiatrie am Steinhof ums Leben gekommen ist. Bis heute weiß man nicht, ob es Selbstmord oder Mord war. Tanja zählt für mich ebenfalls zu den Verdächtigen. Wenn auch nur am Rande. Sie ist eine Frau voller Hass, hasst Gott und die Welt. Aber sie hat kein Motiv."

„Hat sie gewusst, dass sie ein Vermögen erben wird?"

„Ja, ich denke schon. Doch warum hätte sie die alte Lady umbringen sollen? Adele war todkrank. Hatte ein sehr schwaches Herz. Sie wäre ohnehin bald gestorben."

„Vielleicht weil sie dringend Geld gebraucht hat? Womöglich hat sie den Tod der alten Dame nicht mehr abwarten können?"

„Das glaube ich nicht. Ihr scheint es finanziell sehr gut zu gehen. Sie war an dem Erbe nicht besonders interessiert. Wollte nicht einmal die Bilder ihrer leiblichen Mutter."

„Und wer kommt noch als Täter in Frage?"

„Die Haushälterin Pauline. An dem Abend, als Adele starb, hat sie angeblich ihre Nichte vom Hauptbahnhof abgeholt. Der Zug aus Warschau hatte jedoch zwei Stunden Verspätung. Sie ist nachher nicht mehr in die Villa zurückgekehrt, obwohl sie zu Elvira gesagt hatte, dass sie am späteren Abend noch einmal bei Frau Artner nach dem Rechten sehen würde. Pauline hat also die Villa, nach eigener Aussage, um zwanzig Uhr verlassen und für die Zeit danach kein Alibi."

„Ist das der einzige Grund, warum Sie die Polin verdächtigen?"

„Nein, ich verdächtige sie nicht ernsthaft. Adele war, laut Paulines Aussage, keine Todeskandidatin mehr. Das Fieber war gesunken. Der Arzt war bei ihr gewesen, hatte ihr ein Stärkungsmittel verpasst. – Das weiß ich alles von Sofia. Ihr Mann, der Herr Major, hat die Angestellten, auf ihre Bitte hin, höchstpersönlich befragt. Pauline war also zum Hauptbahnhof gefahren, da sich ja Elvira um zwanzig Uhr noch in der Villa aufgehalten hatte. Und nicht zu vergessen, auch Johann. Er und Elvira wollten gegen einundzwanzig Uhr zu einem Heurigen fahren. Haben dann die ganze Nacht miteinander verbracht. Sie haben demnach beide ein Alibi. Johann ist trotzdem momentan mein Hauptverdächtiger. Er könnte spätabends, während Elvira längst geschlafen hat, in die Villa zurückgekehrt sein. Elvira hat einen tiefen Schlaf. Vielleicht hat sie seine Abwesenheit nicht bemerkt?"

„Warum sollte er die alte Dame beseitigt haben? Hätte er durch ihren Tod so viel gewonnen?"

„Den neuen Mercedes und circa zehntausend Euro in Form von Aktien."

„Wer tötet schon wegen eines Mercedes und zehntausend Euro?"

„Ich denke, viele Menschen wären bereit deswegen zu töten. Trotzdem haben Sie wahrscheinlich recht. Dem Mörder ging es um die wertvollen Bilder, die zwei Schiele-Zeichnungen und eine Landschaft von Kokoschka, die in Adeles Wohnzimmer gehangen waren. Es fehlten auch ein paar kostbare Nippesfiguren aus Meißner Porzellan und einige Schmuckstücke, das Goldkettchen mit dem Kreuz, das Adeles Mutter immer getragen hatte, ein goldenes Collier und zwei Brillantringe. Das Collier und die Ringe sind ein kleines Vermögen wert. Adele hat, laut Elvira, nicht mehr allzu viel Schmuck besessen. Die meisten Klunker hatte sie längst im Dorotheum versetzt, um vom Erlös neue Bilder kaufen zu können."

„Und wer hat den restlichen Schmuck geerbt?"

„Pauline. Aber das ist alles nur Plunder. Nein, stimmt nicht. Adele hinterließ ihrer Haushälterin ein paar schöne Stücke. Eine Granat-Brosche und ein dazu passendes Armband sowie eine Bernsteinkette und eine goldene Armbanduhr."

„Halten Sie diese Schmuckstücke für ein ausreichendes Mordmotiv?"

„Nicht wirklich. – Ach, Herr Alfons, es ist alles so absurd. Adele wäre ohnehin bald gestorben. Warum hat sie jemand umbringen müssen? Ich begreife das einfach nicht."

„Ein Unfall ist auszuschließen?"

„Ja, wegen des Diebstahls der Bilder. Ich traue jedoch weder Pauline noch Johann ernsthaft zu, Adele wegen dieser wertvollen Zeichnungen ermordet zu haben. Sie könnten mit diesen Bildern überhaupt nichts anfangen. Solche Leute haben keine Kontakte zur internationalen Kunstmafia. Außerdem wurde Zita – Sie wissen schon, diese gefährliche Boxer-Hündin – vergiftet. Charlie hat Gott sei Dank überlebt. Er hat die Polizei am nächsten Morgen schwanzwedelnd empfangen. Er ist eben ein Dummkopf."

„Oder auch nicht, denn er scheint das vergiftete Fressen verschmäht zu haben."

„Das stimmt. So kann man es auch sehen. Charlie ist ein Feinspitz, frisst nicht alles, während Zita bestimmt gierig über das tödliche Geschenk hergefallen ist. Ich trauere um sie, obwohl wir keine Freundinnen waren. Übrigens habe ich ebenfalls geerbt. Und zwar Charlie. Jetzt habe ich einen Hund am Hals, obwohl ich eigentlich keine Tiere mag."

„Das stimmt nicht. Sie haben Bulle damals das Leben gerettet."

28.

„Du musst mich hier rausholen."

Als ich Elviras hysterische Stimme vernahm, war ich sogleich hellwach.

„Was ist passiert?"

„Sie haben mich heute Früh vor deiner Haustür verhaftet. Schick mir einen Anwalt. Am besten deinen Ex. Ich habe keine Nummer von ihm, sonst hätte ich ihn eh selbst angerufen."

„Bitte der Reihe nach ..."

„Ich sitze in Untersuchungshaft. Sie glauben, dass Johann und ich Adele umgebracht haben."

„Weiß Major Schanda Bescheid?"

„Keine Ahnung. Er hat mich nicht festgenommen. Das waren zwei junge Typen. Völlig humorlos und sehr brutal. Johann ist angeblich nach der Eröffnung des Testaments wieder verschwunden. Also haben sie mit mir vorliebgenommen."

„Warst du gestern bei Johann?“

„Nein.“

„Wo hast du geschlafen?“

„Das tut nichts zur Sache. Quatsch nicht blöd herum, hilf mir lieber. Die machen mich hier fertig. Das überlebe ich nicht.“

Sie begann zu heulen.

Ihre theatralische Art nervte mich normalerweise, doch nun ging es um Mord oder zumindest Totschlag.

„Hör auf zu flennen, ich komme!“

Zum Glück hob Major Schanda ab, als ich es auf seinem Handy versuchte.

Ich ließ ihn nicht zu Wort kommen.

„Seid ihr verrückt geworden? Wieso habt ihr Elvira verhaftet? Ich will sofort zu ihr.“

Werners Verblüffung schien echt zu sein. Er war gerade auf dem Weg in sein Büro und offensichtlich noch nicht am neuesten Stand.

„Hat Sofia heute Nacht zuhause geschlafen?“

„Ja. Warum fragst du?“

„Weil ich nicht weiß, was sie und Elvira gestern Abend getrieben haben.“

„Sofia ist gegen Mitternacht, schwer illuminiert, heimgekommen und hat sich gleich aufs Ohr gehauen.“

„Okay. Danke. Ich fahre zum Landesgericht. Ruf dort bitte an, damit sie mich zu Elvira lassen.“

Ich legte auf, bevor er antworten oder weitere Fragen stellen konnte.

Im Taxi überlegte ich mir, was zu Elviras Verhaftung geführt haben könnte. Die kleine Schramme an Elviras linker Wange fiel mir wieder ein. Stammten die Hautfetzen unter Adeles Fingernägel von meiner Freundin? Oder hatte die Polizei die gestohlenen Bilder in Johanns Wohnung gefunden und verdächtigte deswegen die beiden nun des Einbruchs?

Im Gefängnis musste ich eine Weile warten, bis ich zu Elvira vorgelassen wurde.

Sie sah schrecklich aus. War grau im Gesicht. Das fettige Haar klebte an ihren Wangen. Ihre Kleidung war verschmutzt und sie roch nach Schweiß und kaltem Zigarettenrauch.

„Hannelore Artner hat mich angezeigt. Diese alte Funsen hat behauptet, dass sie Johann und mich an dem Abend, als Adele starb, vor der Villa gesehen hat. Angeblich hat sie nach einundzwanzig Uhr noch einmal bei der Kranken vorbeischauen wollen – weil sie sich so große Sorgen um sie gemacht hat – diese falsche Schlange! Als sie mich und Johann sah, hat sie wieder kehrtgemacht. Das Schlimme ist, dass sie vielleicht durchaus die Wahrheit gesagt hat. Ich weiß nicht, wann genau Johann und ich losgefahren sind. Kann sein, dass es nach einundzwanzig Uhr war. Adele hat auf mich nicht mehr den Eindruck einer Todkranken gemacht. Außerdem war ja Tanja bei ihr."

„Wie bitte? Tanja war an diesem Abend bei Adele? Wieso hast du mir das nicht gleich gesagt?"

„Hab ich bei all der Aufregung wohl vergessen."

Die Haupterbin hatte Adele am Abend ihres Todes besucht! Ich konnte es nicht fassen, dass Elvira mir diese Tatsache bisher verschwiegen hatte.

„Ich habe nicht alles mitbekommen, was sich da oben in Adeles Zimmer abgespielt hat. Habe nur ein paar Satzfetzen gehört. Tanja hat Adele beschuldigt, ihre Mutter in die Psychiatrie abgeschoben zu haben, und sie für Larissas Selbstmord verantwortlich gemacht."

„Adele hat selbst ständig behauptet, dass sie sich mitschuldig an Larissas Tod fühle."

„Ich weiß, wie gesagt, nicht, was vorgefallen ist. Ich wollte nichts wie weg. Bin rasch zur Garage, wo Johann auf mich gewartet hat."

Ich verkniff es mir, eine böse Bemerkung über Johann und ihre Liebesnacht mit ihm fallen zu lassen, fragte nur: „Das heißt, du hast die Haustür tatsächlich nicht zugesperrt."

„Habe ich nicht. Tanja war ja im Haus."

„Sie hatte keinen Schlüssel. Die Tür blieb also offen. Jeder konnte nachher hineinspazieren. Warum ist dann die Glastür des Wintergartens eingeschlagen worden? War völlig überflüssig – oder glaubst du im Ernst, dass Adele in ihrem Zustand Tanja hinunter zur Tür begleitet und hinter ihr abgesperrt hat?"

„Sei nicht immer so spitzfindig. Ist doch wurscht, ob zugesperrt war oder nicht. Adele ist tot ..."

„Elvira, sag mir bitte die Wahrheit, sonst kann ich dir nicht helfen. Für die Polizei bist du anscheinend die Hauptverdächtige. Ist dir das klar?"

Sie begann wieder zu weinen.

„Hör auf zu heulen. Erzähl mir lieber, was an jenem Abend wirklich geschehen ist."

Elvira schnäuzte sich lautstark, bevor sie leise weitersprach.

„Milan hat mich angerufen. Er hat mich angefleht, zu ihm zu kommen. Ich habe es nicht übers Herz gebracht, ihn im Stich zu lassen, habe Johann gebeten mich zu ihm in ein Stundenhotel im zweiten Bezirk zu bringen.

„Johann hat dich zu Milan gefahren?"

„Zwischen Johann und mir läuft nichts. Wir sind nur gute Freunde. Milan hat mir so leidgetan, weil die Bullen hinter ihm her waren. Ich hab ihm einfach beistehen müssen. Du weißt, er wird wegen Schmuggels gesucht. Mein Gott, was ist Schmuggelei von Zigaretten und Hasch aus Albanien schon für ein großes Verbrechen, angesichts all der Morde, mit denen wir es momentan zu tun haben? Ich habe ihn natürlich nicht verraten wollen. Aber ich werde Major Schanda sagen, dass ich bei Milan war und er wird ihm das telefonisch bestätigen. Er ist heute früh abgehauen und bestimmt längst über der Grenze. Wahrscheinlich will er zurück nach Albanien. – Ich konnte ihn nicht verraten, hoffe, du verstehst das."

„Nichts als Lug und Betrug!" Ich war richtig wütend auf meine Freundin. War sie denn total verblödet?

Sie schluchzte eine Weile herzzerreißend, brachte kein vernünftiges Wort mehr heraus.

Ich konnte nicht anders, umarmte sie, drückte sie fest an mich.

„Ist okay. Ich glaube dir ja. Aber du bist verrückt. Für einen Mann eine Verurteilung wegen Mordes oder Totschlags zu riskieren? Nein, tut mir leid, das begreife ich nicht."

Vor kurzem hatte sie noch fürchterlich auf Milan geschimpft, ihn als Gauner, Drogendealer und Verbrecher bezeichnet, mit dem sie absolut nichts mehr zu tun haben wollte. – Tja, Frauen verhalten sich eben manchmal sehr widersprüchlich.

1976

Der Schrei einer Eule hatte sie geweckt. Sie glaubte, dass es sich um eine Eule handelte. Menschliche Schreie klangen anders. Sie hatte viele Menschen schreien gehört, seit sie hier war. Und sie hatte ihre eigenen Schreie gehört, als sie im Kreißsaal lag und fast gestorben wäre vor Schmerz und Angst.

Die Eule hat Angst, so wie ich. Sie greift an, wenn sie Angst hat, so wie ich, dachte sie und brach in Gelächter aus. Unwillkürlich hatte sie an gestern Abend denken müssen, als sie einer Schwester eine Ohrfeige verpasst und einem Pfleger in die Eier getreten hatte.

Seit sie wieder in einem Einzelzimmer lag, konnte sie lachen und schreien, so viel sie wollte. Keiner würde sie hören. Und wenn doch, so nahm keiner von ihrem Lachen und Schreien Notiz. Sie war eine Irre. Und Irre lachen und schreien oft, ohne für andere ersichtlichen Grund.

Ihr Kopf lag direkt unter dem Fenster. Als sie über ihre Schulter zu blicken versuchte, kam nur das Fensterbrett in ihr Blickfeld. Das dunkelblaue Nachtlicht im Zimmer reichte nicht aus, um mehr zu erkennen.

Sie hätte die Eule gerne gesehen, was ihr leider nicht möglich war. Draußen war es stockfinster. Die spärlichen Lampen an den Wegesrändern spendeten zu wenig Licht, um einen Nachtvogel, der auf irgendeinem Baum thronte, zu entdecken.

Sie bildete sich jedoch ein, mittlerweile im Dunkeln sehen zu können. So wie die Eulen, die deswegen auch ein Symbol für Weisheit waren.

Eulen musste man in der Antike nicht nach Athen tragen, weil es dort so viele gab. Aristophanes hatte das schon richtig erkannt. Sie versuchte den Satz über eine herbeifliegende Eule aus seiner Komödie „Die Vögel" hinzukriegen. „Wer hat die Eule nach Athen getragen?"

Eigentlich handelte es sich sowohl bei Aristophanes als auch heute Nacht um einen Steinkauz. Solche Spitzfindigkeiten sind momentan nicht wichtig, ermahnte sie sich selbst. Es ging eher darum, ob der Selbstmord einer psychiatrischen Patientin nicht eine genauso unsinnige und überflüssige Aktion wäre, wie Eulen nach Athen zu tragen. Seit ihrem ersten stationären Aufenthalt hier hatten sich mindestens drei andere Patienten umgebracht. Das waren nur diejenigen, von denen sie erfahren hatte. Die Dunkelziffer war bestimmt höher. Wer sich nicht selbst umbringt, wird an den fürchterlichen Nebenwirkungen all dieser Psychopharmaka sterben oder eben dahinvegetieren, dachte sie.

Sie hielt sich für klug. Für mindestens so klug wie eine Eule. Sie würde hier rauskommen. Den Schrei der Eule betrachtete sie als gutes Zeichen. Eulen helfen angeblich in Situationen, in denen man keinen Ausweg mehr sieht.

Als die Hüterin der Nacht ein zweites Mal schrie, begann sie jedoch zu zittern. Eulen waren auch Grenzgänger zwischen den Welten. Immer wenn ein Kauz ruft, stirbt ein Mensch, fielen ihr die Worte ihrer abergläubischen Großmutter ein. Steinkäuze galten in Russland als Todesvögel.

Ein leiser Lufthauch.

Das konnte nur er sein.

Sie stellte sich schlafend, achtete darauf, regelmäßig zu atmen.

Seit der Geburt ihrer Tochter hatte er sie nicht mehr angerührt. Wahrscheinlich war sie in seinen Augen nun unrein.

Aber was konnte er sonst von ihr wollen? Warum ließ er sie nicht in Ruhe? Machte er sich etwa Sorgen um die

Mutter seines Kindes? Nein, dieser Mensch war zu keinerlei Mitgefühl fähig.

Wahrscheinlich wollte er nur kontrollieren, ob das neue Medikament, das man ihr verpasst hatte, seine Wirkung voll entfaltete. Sie kam sich vor wie ein Versuchskaninchen oder eine Laborratte.

Was hatten sie bloß mit dem Kind gemacht? Sie erinnerte sich kaum mehr an das verhutzelte Gesichtchen. Nur der kleine Schmollmund, der sich an ihrer Brustwarze festgesaugt hatte, war ihr in Erinnerung geblieben. Sie hatte das Kind ein paar Tage lang gestillt, bevor sie auf die Baumgartner Höhe verlegt worden war. Ihre Tochter hatte sie seither nicht mehr zu Gesicht bekommen.

Adele hatte ihr bei ihrem letzten Besuch ganz aufgeregt irgendetwas von einer Adoption erzählt. Sie war so benommen gewesen, dass sie die Bedeutung ihrer Worte nicht richtig erfasst hatte. Heute war sie etwas klarer im Kopf. Sie hatte seit zwei Tagen keine Medikamente mehr geschluckt. Als ihr bewusst wurde, dass sie das winzige faltige Ding, das sie auf die Welt gebracht hatte, nie mehr wiedersehen würde, empfand sie zuerst ein Gefühl von Erleichterung. Dann ergriff sie plötzlich ein Schmerz, für den es keine körperliche Ursache gab. Es war ihr Kind, ihre Tochter! Man hatte sie ihr weggenommen, als sie nicht bei Sinnen war.

Er kam näher. Sie konnte ihn riechen. Sie hasste seinen Geruch, diese Mischung aus Schweiß und billigem Aftershave.

Beinahe hätte sie die Augen aufgerissen und dieses Schwein, das gerade das Netz von ihrem Bett entfernte, angespuckt. Sie beherrschte sich. Wartete ab, was er vorhatte.

Sie war wieder zu Kräften gekommen. Dieses Mal würde er kein so leichtes Spiel mit ihr haben. Sie malte sich aus, wie sie ihm die Finger in die Augen stoßen, ihm seine Augäpfel herausreißen würde.

Als er ihr mit der Hand übers Haar strich, zuckte sie zusammen.

Er streichelte ihre Brüste, die voller geworden waren, obwohl die Schwestern anfangs ihre Milch abgepumpt hatten. Ihr ekelte bei dem Gedanken an diese Prozedur. Sie war sich dabei wie eine Kuh vorgekommen.

Das kleine Gerät an seinem Gürtel begann zu piepsen.

Sie stieß einen Seufzer der Erleichterung aus, wälzte sich auf die Seite.

Schnellen Schrittes verließ er das Krankenzimmer.

Er hatte vergessen, das Netz an ihrem Bett mit dem Dreizackschlüssel wieder abzusperren.

29.

Elvira lud Sofia und mich am Samstag zum Brunch im Schloss Wilhelminenberg ein. Sie wollte unbedingt ihre Freilassung aus der Untersuchungshaft feiern.

Major Schanda hatte sie auf freien Fuß setzen lassen, nachdem ich ihm die Geschichte von ihr und Milan erzählt hatte.

Milan hatte tatsächlich abgehoben, als ich ihn in Gegenwart von Werner Schanda auf seinem Prepaidhandy anrief und bat, Elviras Alibi zu bestätigen.

Wo er sich gerade aufhielt, konnte die Polizei, trotz modernster Technik, nicht genau feststellen. Ich nahm an, dass er längst im Land der Skipetaren angekommen war, und wünschte ihm viel Glück. Ich konnte Milan gut leiden.

Mittlerweile war auch Johann wieder aufgetaucht. Laut Major Schanda behauptete er bei seiner Vernehmung anfangs, dass er mit Elvira die ganze Nacht verbracht hatte. Als ihn Werner mit Elviras neuer Aussage konfrontierte, gab er zu, dass Elvira ihn gebeten hatte, dies zu sagen und gestand, dass er sie zu einem Hotel in der Taborstraße im zweiten Bezirk gebracht hatte. Danach war er in seine Wohnung in der Ottakringer Straße gefahren, hatte dort übernachtet.

Hatte ihn jemand gesehen? Er könnte genauso gut zur Villa Artner gefahren sein. Könnte mit Adele aus irgendeinem Grund in Streit geraten sein und sie die Treppe hinuntergestoßen haben.

Mich wunderte, dass die Polizei ihn nicht dabehalten hatte. Johann hatte doch nun kein Alibi mehr für die Tatzeit. Ich behielt meinen Verdacht für mich. Meine Freundinnen waren in Feierstimmung und die wollte ich ihnen nicht verderben.

Das ehemalige Lustschloss am Wilhelminenberg mit seiner grauenhaften Geschichte war heute ein wunderschönes, romantisches 4-Sterne-Hotel.

Kaum hatten wir auf der mit weißen Planen vor Wind geschützten Terrasse Platz genommen, bestellte Elvira eine Flasche Prosecco.

Ihr zuliebe trank ich mit, obwohl mir so gar nicht danach zumute war.

Zugegeben, der Blick auf Wien war vom Schloss aus noch schöner als von Adeles Villa. Die ganze Stadt lag zu unseren Füßen. Der Himmel war von einem Schleier ausgefranster Wolken bedeckt. Die Luft flimmerte leicht. Feine Farbnuancen überzogen die Stadt. Sie wirkte wie in Pastellfarben getunkt.

Elvira schien sich über ihren Erbteil riesig zu freuen. „Lasst uns endlich auf die liebe Adele anstoßen!"

Sofia und ich verdrehten die Augen, bevor wir mit ihr anstießen.

Elvira verdrückte ein paar Tränen. Auch Sofia war den Tränen nahe.

Ich konnte nicht weinen. Trotz der angenehmen Atmosphäre, des tollen Ausblicks und des guten Wetters fühlte ich mich unwohl.

Als Elvira auf Danielas unmögliches Benehmen bei der Testamentseröffnung zu sprechen kam, wurde ich wütend: „Diese ganze mörderische Familie wird ins Gefängnis wandern. Dafür werde ich sorgen!"

„Oliver hat nichts mit Adeles Tod zu tun. Er hat mir gestanden, dass er an dem Abend, als Adele starb, im Casino in der Kärntner Straße war. Vor seiner Mutter wollte er das nicht zugeben. Er hatte ihr geschworen, kein Casino mehr zu betreten."

„Hör endlich auf, dieses Muttersöhnchen in Schutz zu nehmen, Sofia. Wenn Johann die Bilder nicht gestohlen hat, kann es nur Oliver gewesen sein."

Sofia schien völlig verrückt nach diesem Schwächling zu sein. Und ich glaubte sogar verstehen zu können, warum. Oliver war ein Mann, der sie brauchte, den sie beschützen konnte – das genaue Gegenteil ihres Ehemannes, Major Schanda, der in den zwanzig Jahren ihrer Ehe den Ton angegeben hatte.

Trotzdem hatte ich kein Verständnis für ihre momentane Verblendung. Demnächst würde sie, dank Adeles wertvoller Bücher, zwar keine Krimibuchhandlung, aber ein Antiquariat eröffnen. Wollte sie aus lauter Liebe die Verwirklichung ihres Lebenstraums riskieren? Wenn Oliver spielsüchtig war, würde er ihre Einnahmen in Windeseile am Spieltisch vernichten.

Elvira ergriff für Sofia Partei, warf mir vor, eifersüchtig zu sein, weil Oliver auch mir anfangs gefallen hatte.

„Sei nicht so teppert! Ich mag keine Schönlinge und ich steh vor allem nicht auf Spieler."

Mehr musste ich nicht sagen.

Elvira war wie ein Fähnchen im Wind. Kaum hatte ich das Wort „Spieler" fallen gelassen, änderte sie ihre Meinung und beschuldigte ebenfalls Oliver, den Einbruch vorgetäuscht zu haben.

„Es muss jemand aus der Familie gewesen sein. Nur Leute, die in der Villa aus- und eingegangen sind, haben gewusst, dass zwei echte Schiele und dieser Koschka ... Wie heißt der?"

„Kokoschka", half ich ihr.

„... dieser wertvolle Kokoschka völlig ungeschützt im Salon gehangen sind."

„Auch seine große Schwester könnte die Bilder gestohlen haben“, warf Sofia ein.

„Oder Hannelore? Ich traue beiden Frauen zu, Zita vergiftet und einen Einbruch vorgetäuscht zu haben.“

Sofia blickte mich dankbar an.

„Und Tanja haltet ihr nicht mehr für verdächtig?“

„Elvira, ich bitte dich! Warum sollte sie Bilder stehlen, die ihr ohnehin bereits gehörten.“

„Wegen der Versicherung zum Beispiel.“

„Du Schlaumeierin. Adele hat ihre Bilder nicht sehr hoch versichern lassen. Ich habe einen Brief ihrer Versicherungsgesellschaft gelesen. Sie wurde seit Jahren ermahnt, die Summe endlich zu erhöhen.“

„Könnten wir das Thema wechseln? Ich habe Hunger.“ Elvira stand auf, ging zum Buffet.

An den Tischen der hinteren Längsseite des großen Speisesaals wurde alles geboten, was das Herz begehrte, ihm aber nicht unbedingt sehr zuträglich war: Schinken, diverse Wurstsorten, Marmeladen und Käse aus den verschiedensten Regionen Österreichs.

Während Elvira und sogar Sofia kräftig zulangten, bekam ich fast nichts hinunter. Ich musste an die gequälten und misshandelten Kinder denken, die sich hier einst vor Angst in die Hose gemacht hatten. An all die kleinen Füße, die durch diese edlen Hallen getappt waren ...

Das Schloss Wilhelminenberg beherbergte in den 1960er Jahren ein Kinderheim der Gemeinde Wien für Sonderschülerinnen. Sadismus, Prügel, sexuelle Übergriffe, ja sogar Vergewaltigungen waren an der Tagesordnung gewesen.

Das Bild der damaligen Heimleiterin, die angeblich immer in Reiterstiefeln und einer darin verstauten Reitgerte sowie in Begleitung eines großen Hundes an der kurzen Leine umhermarschiert war, wollte mir nicht aus dem Kopf gehen.

Als meine Freundinnen mit voll beladenen Tellern vom Buffet zurückkehrten, las uns Sofia mit vollem Mund aus dem Hotelprospekt vor.

„Nach oftmaligem Wechsel der Besitzer hat schließlich Moritz Fürst Montléart das Schloss erstanden und es seiner Frau Wilhelmine, der Stifterin des Wilhelminenspitals, geschenkt. Er hat gleich den ganzen Berg umbenannt in Wilhelminenberg. Nach dem Tod des Fürstenpaares kam das Schloss in den Besitz von Erzherzog Rainer von Habsburg-Lothringen."

„Ist schon gut, Sofia, das kann ich mir sowieso nicht alles merken."

Elvira stand auf und bediente sich ein zweites Mal am Buffet.

Die paar Kilo, die sie gerade abgenommen hatte, würde sie im Nu wieder draufhaben, wenn sie weiterhin alles so gierig in sich hineinstopfte.

Sofia las unbeirrt weiter: „Zwischen 1903 und 1908 wurde das baufällige Schloss abgerissen und ein Palais im Neoempirestil errichtet. Im ersten Weltkrieg diente es als Lazarett und Erholungsheim für Kriegsopfer. 1938 wurde es von der NSDAP beschlagnahmt. Während der Kriegsjahre diente es als Heereslazarett mit Anschluss an das Wilhelminenspital."

„Hier oben holt einen die Nazizeit immer wieder ein. Das haben Michael und ich vor kurzem auch festgestellt."

„Nur hier oben? Wenn man ein bisschen genauer hinsieht, findest du überall in Wien Spuren der Nazis. Denk nur an all die Steine der Erinnerung auf den Gehsteigen der Stadt."

„Sprichst du von den Stolpersteinen? Vor meinem Kosmetiksalon in der Gumpendorfer Straße hat es auch welche gegeben.“ Elvira war gerade mit einer Käseplatte zurückgekehrt und hatte Sofias letzten Satz mitgekriegt. „Hab ich für uns alle mitgebracht. Du musst endlich etwas essen, Magdalena. Wozu habe ich sonst die fünfzehn Euro für dich bezahlt? Käse magst du doch.“

„Ja, wir reden von den Gedenksteinen, die an mindestens hundertzehntausend Österreicherinnen und Österreicher erinnern, die vom NS-Regime ermordet wurden. – Lass es dir schmecken, Elvira! Von Politik und Geschichte hast du sowieso keine Ahnung.“

So gern ich meine slowakische Freundin mochte, politisch traute ich ihr nicht über den Weg. So wie viele Emigrantinnen aus den ehemaligen kommunistischen Ländern schimpfte sie manchmal über die vielen Ausländer in Wien, meinte die Emigranten aus jüngerer Zeit und hatte auch in anderen gesellschaftspolitischen Fragen oft recht seltsame, um nicht zu sagen, reaktionäre Ansichten. Ich ließ mich ungern auf politische Diskussionen mit ihr ein. Denn andererseits war sie ja ein sehr sozialer Mensch, hilfsbereit, großzügig und warmherzig. Ausnahmsweise hielt Elvira den Mund. Was wahrscheinlich an dem vorzüglichen Käse lag.

Ich nahm ein kleines Stück von dem halbgeronnenen italienischen Gorgonzola.

Mein Appetit kehrte sogleich zurück. Ich holte mir ein paar Scheiben Lachs und ein hartes Ei vom Buffet.

„Wie kannst du das ohne Brot essen?“, fragte mich Elvira.

„Es gibt kein Schwarzbrot mehr. Lachs auf Weißbrot mag ich nicht.“

„Kein Wunder, dass du so schlank bist. Dir schmecken eben nur Sachen, die nicht dick machen.“

„Nur kein Neid.“

Elvira war im Grunde kein missgünstiger Mensch. Was die Figur betraf, konkurrierte sie jedoch sehr wohl mit der schlanken Sofia und mit mir.

30.

Nach dem Brunch wollten Elvira und Sofia ihre persönlichen Sachen aus der Villa Artner, die jetzt Tanja gehörte, holen.

Das Haus war mittlerweile von der Polizei freigegeben worden.

Sofia war mit Werners Auto unterwegs. Einem VW SUV. Heutzutage fuhr anscheinend jeder, der was auf sich hielt, so einen hohen, bulligen Wagen.

Die beiden hatten mit Tanja einen Termin für heute Nachmittag ausgemacht.

Als wir uns der Villa Artner näherten – das erste Mal nach Adeles Tod –, waren wir alle drei sehr schweigsam.

Wir warteten eine halbe Stunde. Tanja kreuzte nicht auf. War auch am Handy nicht erreichbar. Wir hatten unsere Zeit nicht gestohlen.

Mein Charlie bellte wie ein Verrückter. Sein tiefer Bass war bestimmt bis auf die Straße hinaus hörbar. Der Arme war anscheinend im Haus eingesperrt. Aber wo war Pauline?

„Moment mal, ich hab noch einen Schlüssel." Elvira nahm einen dicken Schlüsselbund aus ihrer Handtasche und hielt ihn mir vor die Nase.

Sofia und sie entschieden, nicht länger auf Tanja zu warten, sondern sich die Sachen einfach zu holen.

Ich hielt das für keine gute Idee. Sie hörten nicht auf mich.

Plötzlich kam mir der Gedanke, dass sich die gestohlenen Kunstwerke vielleicht noch in der Nähe des Hauses befinden könnten. Die Durchsuchungen von Paulines und Johanns Wohnungen hatten nichts ergeben. Die Hausdurchsuchung bei den Artners und in Danielas Wohnung waren ebenfalls erfolglos verlaufen. Die beiden Schiele-Zeichnungen und das Landschaftsbild von Oskar Kokoschka waren weiterhin unauffindbar.

Ich beschloss, mir die einsame Hütte im Wald anzusehen, in der Georg, Adeles Jugendliebe, von Heinrich ermordet worden war. Der Dieb oder die Diebin könnte die Bilder dort versteckt haben. Denn die Hütte kannte kein Mensch. Außer vielleicht die nächsten Angehörigen von Adele.

Sie hatte uns damals den Weg zu dieser einsamen Hütte ungefähr beschrieben.

Charlie kam aus dem Haus gestürmt. Begeistert sprang er an mir hoch. Versuchte er, mein Gesicht abzuschlecken?

Ich beschloss, ihn mit zur Hütte zu nehmen. Er war ja nun mein Hund. Ob ihm das wohl bewusst war?

Eine Leine baumelte an einem Kleiderhaken im Vorraum. Ich legte sie ihm an. Sicherheitshalber. Ich hatte keine Lust, dem lieben Charlie nachzujagen, falls er unterwegs abhauen würde.

Wir schlugen uns durch wildwüchsige Sträucher. Ich duckte mich unter tief hängenden Zweigen hindurch, beinahe wäre ich auf dem aufgeweichten Waldboden ausgerutscht. Es gab keinen ausgetretenen Pfad.

Charlie jaulte, rührte sich nicht vom Fleck, obwohl ich ein bisschen an der Leine zog. Was hatte er bloß?

„Komm, Schätzchen“, säuselte ich. „Komm zu deinem neuen Frauchen.“

Mein Gott, das konnte in Zukunft ja lustig werden. Was würde wohl Michael dazu sagen, wenn er mich mit diesem Ungetüm teilen musste? Hoffentlich würde Charlie nicht eifersüchtig auf Michael sein.

Vögel sangen im Geäst und schreckten auf, als wir uns ihnen näherten. Dschungelartiges Gestrüpp versperrte uns zeitweise den Weg. Ich war froh, dass ich meine Jeans anhatte. Sonst hätte ich mir meine Beine an den stacheligen Büschen zerkratzt.

Ein leises Geräusch.

Schritte?

Ein fast lautloses Tappen eher.

Eine Katze oder ein anderes Tier?

Vielleicht war es nur der Wind?

Merkwürdig, dass Charlie nicht bellte. Auch er schien zu lauschen.

Tapp, tapp, tapp.

Das Tier war jetzt ganz in der Nähe.

Sei nicht so hysterisch, ermahnte ich mich selbst. Im Wienerwald gibt es keine gefährlichen Tiere. Oder doch? Hatte ich nicht unlängst in der Zeitung von einem Wildschwein gelesen, das einen Wanderer angegriffen hatte?

Ein Wildschwein würde Charlie sicher riechen und zu jagen versuchen. Er trottete jetzt jedoch brav neben mir her.

Als ich eine Holzhütte im Schatten hoher Bäume erblickte, fühlte ich mich erleichtert.

Charlie und ich inspizierten die Hütte, in der sich Georg versteckt hatte und ermordet worden war, von außen.

Jemand hatte sie notdürftig renoviert. Das Dach ausgebessert.

Die Tür war zu, hatte ein einfaches Schloss unter einem Türknauf. Sie gab einige Zentimeter nach, als ich mich dagegenstemmte.

Ich wusste nicht, ob die Hütte nach wie vor Adele gehört hatte. Deshalb brach ich die filigrane Tür nicht auf.

Auf der Rückseite befand sich ein Fenster. Ich drückte leicht dagegen. Es war nicht fest geschlossen, lies sich ohne größere Kraftanstrengung eindrücken. Die Scheibe blieb ganz, als ich mich durchs Fenster zwängte.

Charlie begann zu winseln. Wollte zu mir in die Hütte.

Von innen ließ sich die Tür ganz einfach öffnen. Ich musste nur die Türschnalle nach unten drücken.

Begeistert wedelte Charlie mit seinem Stummelschwänzchen, als ich ihn hereinließ.

Im Inneren der Hütte sah es recht ordentlich aus. Eine leere Futterkrippe, Schaufeln, Spaten in verschiedenen Größen, eine Mistgabel, ein Rechen. Alles war mit einer dicken Staubschicht bedeckt. Das Werkzeug dürfte lange nicht mehr benützt worden sein.

Charlie schnüffelte überall herum, während ich mich nach einem Versteck für kleine Bilder umsah.

Plötzlich vernahm ich wieder ein Geräusch. Vorsichtig spähte ich aus dem offenstehenden Fenster.

Schlurfende Schritte, begleitet von verhaltenem Hüsteln.

Jemand kam den Hang hinter dem Haus herauf.

Die Schritte kamen näher.

Charlie spitzte ebenfalls die Ohren, schlug aber nicht an.

Dem leise pfeifenden Atmen nach schien diese Person entweder Raucher oder alt zu sein.

Meine Angst ließ nach.

Ich lauschte.

Kein Schlurfen mehr.

Eine Minute verstrich. Zwei Minuten. Nichts. Stille.

Ein ungewohntes Flattern in der Magengrube. Eine Vorahnung?

Mein Körper reagierte offensichtlich schneller als mein Kopf.

Bei Angst ergriff man entweder die Flucht oder erstarrte, bevor man begriff warum.

Plötzlich zielgerichtete Schritte. Schritte einer energischen Person. Tanja oder Johann oder mein Verfolger, dieser Willi Dschuga?

Mein Atem ging wieder schneller und stoßweise.

Ich blieb unter dem Fenster des Schuppens hocken. Umarmte Charlie, streichelte ihn. Hoffte, dieses Schmusetier würde mich beschützen, falls ich ernsthaft in Gefahr geriet.

Ich hielt den Atem an.

Charlie verhielt sich ebenfalls mucksmäuschenstill. Was war bloß mit diesem Hund los?

Da ich nichts mehr hörte, wagte ich einen zweiten Blick aus dem Fenster.

Keine Menschenseele weit und breit.

Bevor ich mich wieder duckte, entdeckte ich ein Gesicht hinter den Holunderbüschen.

Ich presste die Zähne zusammen, damit man sie nicht klappern hörte.

Nun wusste ich, warum Charlie nicht bellte. Er kannte diese Person. Hatte keine Angst vor ihr. Anscheinend mochte er diesen Menschen nicht besonders, sonst hätte er ihn freudig begrüßt.

Ich nahm mein Handy aus der Hosentasche, um Elvira anzurufen. Hatte leider keinen Empfang.

„Fass, Charlie, fass“, schrie ich in meiner Verzweiflung und öffnete gleichzeitig die Tür der Hütte.

Der blöde Hund machte keine Anstalten, sich auf den Mann zu stürzen.

Ich hielt das tote Handy an mein Ohr und schrie hinein: „Ich bin bei der Hütte und jemand ist hinter mir her. Bitte kommt rasch oder verständigt die Polizei."

Der Mann, der mich verfolgt hatte, machte augenblicklich kehrt, rannte davon.

Charlie zerrte an der Leine. Ich machte ihn los. Und nun reagierte er endlich wie jeder normale Hund. Hetzte dem Mann hinterher – leider fröhlich bellend, weil er die Verfolgungsjagd für ein Spiel hielt.

Auch ich lief zurück zur Villa.

Als ich meine Freundinnen vor dem Haus erblickte, schrie ich: „Haltet Johann fest."

31.

Elvira und Sofia hatten Johann aufgehalten, ihn an den Armen gepackt und in die Mitte genommen, als ich bei der Villa anlangte. Charlie hüpfte bellend um die drei herum.

„Johann hat mir nachspioniert", keuchte ich.

Mittlerweile hatte es zu schütten begonnen. Wir waren alle pitschnass.

Meine Freundinnen stießen Johann in seinen Mercedes. Elvira setzte sich auf den Beifahrersitz. Sofia und ich nahmen auf den Rücksitzen Platz.

Charlie ließen wir im Freien. Er legte sich unter das Vordach über der Eingangstür, gab ein paar jämmerliche Laute von sich und rührte sich dann nicht mehr. Unser kleiner Ausflug zur Hütte schien ihn erschöpft zu haben.

Elvira versuchte Johann den Autoschlüssel wegzunehmen. Es kam zu einer kleinen Rangelei.

Ich legte meine Hände um seinen Hals und drückte zu.

„Lassen Sie Elvira in Ruhe." Ich bemerkte erst, dass ich laut geschrien hatte, als Charlie zu kläffen begann.

„Ihr Alibi ist geplatzt! Elvira hat uns endlich erzählt, wo sie in der Nacht, als Adele ermordet wurde, war. Kein Mensch hat jedoch Sie gesehen, als Sie angeblich in Ihre Garçonnière in der Ottakringer Straße gefahren sind. Sie haben keine Zeugen dafür, dass Sie die Nacht dort verbracht haben. Ich könnte mir vorstellen, dass Sie in Ihr Zimmer über der Garage zurückgekehrt sind. Sie haben ja meistens hier übernachtet. Hatten Sie Streit mit Adele? Hat sie Ihnen vorgeworfen, Larissa Lepinska auf dem Gewissen zu haben?"

Es war ein Schuss ins Blaue.

Seine Hände und seine Knie begannen zu zittern.

„Reden Sie endlich, Johann! Erleichtern Sie Ihr Gewissen. Sie haben Adele umgebracht. Vielleicht nicht absichtlich, vielleicht werden Sie mit Totschlag davonkommen, aber Sie haben ihr den tödlichen Stoß versetzt. Geben Sie es zu!"

Elvira und Sofia hielten ausnahmsweise den Mund, ließen mich reden.

Sein Zittern wurde so schlimm, dass ich fast nicht mehr hinsehen konnte. Es erinnerte mich an das Zittern von Major a.D. Novacek.

Auf einmal beruhigte er sich jedoch wieder, räusperte sich und sagte laut und deutlich: „Ich hätte Frau Adele nie etwas antun können, auch wenn ich sie wegen ihrer Sturheit manchmal verflucht habe. Sie war die Einzige, die zu mir gehalten hat, als ich am Ende war. Ohne sie wäre ich in der Gosse gelandet. – Ja, ich bin, nachdem ich Elvira bei diesem Stundenhotel im zweiten Bezirk abgesetzt habe, zurück in die Villa gefahren. Von der Straße aus habe ich Licht durch die Bäume schimmern gesehen. Ich habe mich darüber gewundert. Intuitiv bin ich auf den Forstweg unweit des Hauses abgebogen. Habe den Wagen im Wald stehengelassen und bin zu Fuß zur Villa geschlichen. Vor dem Haus ist Frau Hannelore mit dem Handy am Ohr gestanden. Ich habe mich hinter den hohen Lorbeerbüschen versteckt und jedes Wort von ihr gehört, weil sie so laut geschrien hat. Frau Hannelore hat mit ihrer Tochter telefoniert, denn ich habe mitgekriegt, wie sie ihren Namen genannt hat. Ich werde versuchen, Ihnen wörtlich wiederzugeben, was sie gesagt hat."

Mit verstellter Stimme fuhr Johann fort. „Ja, es ist alles erledigt. Sie ist tot."

Als Stimmenimitator war er nicht einmal schlecht. Er traf Hannelores hysterischen Tonfall recht gut.

„Erzählen Sie uns keine Märchen, Johann."

„Das ist die Wahrheit. Ich schwöre es Ihnen."

„Und ich schwöre Ihnen, dass ich Sie in den Knast bringen werde."

Ich hatte es satt, mir ständig Lügengeschichten anhören zu müssen.

„Warten Sie einen Augenblick. Ich habe das Telefonat aufgenommen. Man versteht zwar nicht alles, aber ich denke, das Wichtigste habe ich drauf. Sie ist beim Telefonieren herumspaziert, kam mir in meinem Versteck aber zeitweise so nahe, dass ich sie hätte anfassen können. Oft trennte uns nur ein halber Meter voneinander. Ich habe Blut geschwitzt, das können Sie mir glauben."

Er hatte sein Handy aus der Hosentasche genommen und plötzlich vernahmen wir Hannelores Stimme relativ klar und deutlich: „Nein, das Rattengift habe ich nur den Hunden ins Fressen gegeben. So spät am Abend hätte sie sicher nichts mehr zu sich genommen."

Die nächsten Worte gingen in lautem Rascheln unter.

„... habe ihr ins Gewissen geredet ... hat mir nicht zuhören wollen ... hat sich aufgerappelt ..."

Dann wurden die Sätze wieder verständlicher: „Ja, sie ist aufgestanden, hat mich eigenhändig rauswerfen wollen. Ist sogar handgreiflich geworden. – Natürlich habe ich mir das nicht gefallen lassen. Selbstverständlich habe ich mich gewehrt."

Leises Rauschen. Wieder waren nur Satzfetzen hörbar:

„... hat sich festgekrallt ..., hab sie weggestoßen."

Deutlicher: „Sie ist mit dem Kopf aufs Geländer geknallt, hat fürchterlich zu bluten begonnen. – Nein, sie war nicht gleich tot."

Hannelores Stimme wurde wieder schwächer: „Treppe hinunter ... Genick gebrochen. – Nein, kein Sterbenswörtchen zu Oliver ..."

Ich war sprachlos. Auch Elvira und Sofia schwiegen vor Entsetzen.

„Der Rest ist unverständlich, weil sie sich ein paar Meter von mir entfernt hat. Sie hat weiter ins Telefon geschrien, hat Daniela beschimpft, weil sie noch nicht da war, ihr vorgeworfen, dass sie alles selbst hat machen müssen ..."

„Sie haben ein ausgezeichnetes Gedächtnis, Herr Johann."

Er ging auf meine zynische Bemerkung nicht ein.

„Eine Viertelstunde später ist Daniela mit ihrem SUV angerauscht. Ich habe mir hinter den Büschen den Arsch abgefroren. Aber ich wollte unbedingt wissen, was sie als Nächstes vorhatten. Sie haben miteinander getuschelt. Ich habe nichts verstanden, war zu weit weg. Auf einmal hat Daniela einen der großen Steine, die ich als Umrandung des Rasens angebracht habe, aufgehoben und ihn gegen die Glastür der Veranda geschmissen. Als das Glas zersplittert ist, erklang aus dem Haus lautes Kläffen. Charlie war anscheinend drinnen. Daniela hat ihre Mutter angeschrien, hat sie aufgefordert, diese blöden Köter endlich zum Schweigen zu bringen. Frau Hannelore hat beteuert, Zita eh schon außer Gefecht gesetzt zu haben, hat sich aber über Charlie beklagt, der das Faschierte nicht angerührt hat."

„Gott sei Dank", seufzte ich.

„Wie ich ihn kenne, hat er nur daran geschnuppert. Die gierige Zita hat leider alles gefressen."

Und deshalb war es Mord, dachte ich. Wenn Hannelore das Fressen der Hunde vergiftet hatte, war es von Anfang an auch ihre Absicht gewesen, Adele zu beseitigen. Anscheinend hatte sie die alte Dame ebenfalls vergiften wollen und es sich in letzter Minute anders überlegt. Daniela scheint in ihren Plan eingeweiht gewesen zu sein, war also auf jeden Fall wegen Mittäterschaft dran.

„Und du hast die ganze Zeit nur zugehört und nichts unternommen? Du elendiger Feigling." Elvira spuckte vor Johann aus. Ihre Spucke landete auf der Windschutzscheibe.

„Was hätte ich denn tun sollen? Frau Adele war längst tot ..."

„Hören Sie auf zu jammern. Was geschah dann?" Auch ich war nahe daran, die Geduld mit ihm zu verlieren.

„Die beiden sind durch die Haustür hinein in die Villa und etwa eine Viertelstunde später durch das riesige Loch in der Verandatür wieder herausgekommen."

„Anscheinend haben sie die Haustür von innen abgesperrt. Denn Pauline hat ja behauptet, dass die Haustür am nächsten Morgen abgeschlossen war.“ Ich sagte es leise, mehr zu mir selbst.

„Frau Hannelore und Daniela haben kleinere Bilder in den Händen gehabt. Danielas große Handtasche war ebenfalls prall gefüllt ...“

„Die gestohlenen Bilder und der Schmuck wurden nicht bei den Artners gefunden.“

„Kein Wunder. Ich habe gehört, wie Hannelore Artner zu ihrer Tochter gesagt hat, dass sie die Sachen einstweilen in ein Gepäckfach am Westbahnhof bringen soll.“

„Warum haben Sie nicht die Polizei verständigt?“

Keine Antwort.

„Weil dieses feige Schwein mit der Polizei nichts zu tun haben will.“

„Sei still, Elvira. Ich möchte es von ihm hören.“

Schweigen.

„Reden Sie endlich.“

Mit gesenkter Stimme gestand er uns, dass er Angst gehabt hatte, man würde ihn verdächtigen, wenn man ihn mit Adeles Leiche in der Villa antraf.

„Gegen so feine Leute wie die Artners hat unsereins keine Chance. Die Bullen hätten denen viel eher geglaubt als mir. Und meine Handyaufnahme zählt vor Gericht nicht. Außerdem wusste ich damals ja noch nicht, ob ihr Geständnis wirklich drauf war.“

„Also haben Sie es Pauline überlassen, die tote Adele am nächsten Morgen zu finden und die Polizei anzurufen.“

Der Regen hatte sich verstärkt. Prasselte heftig auf das Autodach.

Die Fenster des Wagens waren rundum beschlagen. Wir konnten nicht mehr hinaussehen.

Elvira versuchte, die Scheiben mit einem Taschentuch abzuwischen. Ein sinnloses Unterfangen. Wenigstens wischte sie so ihre Spucke weg.

„Öffne das Fenster einen Spalt", befahl sie dem schweißgebadeten Johann.

„Wir könnten zurück ins Haus gehen", schlug Sofia vor.

„Und wenn Tanja doch noch kommt, zeigt sie uns wegen Besitzstörung an. Es reicht, dass ihr vorhin in die Villa eingedrungen seid."

„Okay, bleiben wir im Auto."

„Ich finde es hier sehr bequem. Sie nicht auch, Johann? Ich hätte jetzt gerne eine Zigarette. Sofia, hast du welche dabei?"

„Wehe ihr tschickt. Ich halte es in dieser Sauna ohnehin kaum mehr aus." Elviras lautstarker Protest ließ uns von einer Zigarette Abstand nehmen.

Johann hatte während unseres Wortwechsels beharrlich geschwiegen.

Ich unterstellte ihm, dass er mich damals auf der Thaliastraße mit Adeles Mercedes verfolgt hatte.

Zögerlich gab er es zu. Ging aber gleich in die Offensive.

„Nachdem ich auf der Possingergasse fast in einen entgegenkommenden Wagen gekracht wäre, habe ich es aufgeben, ihnen nachzufahren. Sie sind echt eine Gefahr für andere Verkehrsteilnehmer, fahren in der Nacht ohne Licht auf den Straßenbahnschienen Slalom ... Sowas habe ich noch nie erlebt."

„Jetzt reicht's! Zuerst bedrohen Sie mich, jagen mir höllische Angst ein und dann beschweren Sie sich über meinen Fahrstil. Warum haben Sie mich auf der Thaliastraße verfolgt?"

„Frau Hannelore hatte mich beauftragt, Sie nicht aus den Augen zu lassen."

„Oh, là, là! Hat Sie diese Mörderin wenigstens anständig dafür bezahlt, dass sie mich fast umgebracht hätten?"

Er schwieg betreten.

Ich bezichtigte ihn nun auch des Überfalls auf mich beim Joggen auf den Steinhofgründen.

Er bestritt vehement, mich niedergeschlagen zu haben. Ausnahmsweise neigte ich dazu, ihm zu glauben.

„Und warum haben Sie mir heute nachspioniert? Was hatten Sie überhaupt hier zu suchen?"

„Dasselbe könnte ich Sie fragen."

„Nur nicht frech werden!"

„Frau Seefeld hat mich gebeten, einstweilen auf das Haus zu schauen. Ich war gerade in der Garage, als Sie dahergekommen sind. Als Sie nicht mit hinein, sondern allein in den Wald gegangen sind, habe ich wissen wollen, was Sie vorhaben. Ich war einfach neugierig."

Ich sah Sofia an und dann Elvira. Beide schienen ihm zu glauben.

So leicht kam mir dieser Kerl aber nicht davon. Ich holte zu einem letzten Schlag aus. Beschuldigte ihn, vor über vierzig Jahren, als er Pfleger am Steinhof war, Larissa Lepinska vergewaltigt zu haben.

Das war endgültig zu viel für ihn. Er ließ seinen Kopf aufs Lenkrad fallen und begann zu heulen.

Meine Freundinnen blickten mich völlig entgeistert an.

Bevor sie vor lauter Mitleid mit ihm zerfließen würden, legte ich noch ein Schäuflein nach: „Sie sind Tanjas Vater. Die Ähnlichkeit zwischen Ihnen und Tanja ist frappant."

„Ich habe Larissa nie angerührt. Ich habe sie geliebt und sie war auch ein bisschen in mich verliebt.

Aber wir haben nie miteinander geschlafen. Ich habe sie nur manchmal gestreichelt, während sie geschlafen hat. Sie war schön wie ein Engel. Ihr Madonnengesicht hat dann so friedlich und entspannt ausgesehen. Ihr rotblondes Haar, das sich auf dem weißen Kopfpolster ausbreitete und ihre schlanken weißen Arme ..."

Von wegen ‚nicht angerührt'! Seine pathetischen Worte kotzten mich an, überzeugten mich nicht von seiner Unschuld.

Ich schärfte ihm ein, sich von Tanja fernzuhalten. Drohte, dass ich sonst dafür sorgen würde, dass er für Jahre hinter Gitter käme. Eine leere Drohung.

„Magdalena hat recht. Lassen Sie Tanja Seefeld in Frieden. Sie hat weder an ihrer leiblichen Mutter noch an ihrem leiblichen Vater Interesse. Und ich kann es ihr nicht verdenken", mischte sich Sofia ein, die ihn anscheinend ebenfalls für Larissas Vergewaltiger hielt.

„Es hätte mich gewundert, dass sich so ein überzeugter Nazi wie dieser Heinrich mit einer Slawin, die psychisch krank war, eingelassen hat. Solche Menschen galten als minderwertig."

„Halt lieber den Mund, du Slawin!"

Elvira wollte protestieren, verzichtete aber wundersamerweise dann darauf.

„Ich nehme nicht an, dass sich Tanja Seefeld zu einem Gentest bereit erklären wird. Und es ist im Grunde auch völlig egal, ob dieser Kerl da", Sofia deutete auf Johann, „oder Adeles Cousin, dieser Faschist, Tanjas Vater war. Wichtig für eine Frau ist nur die Mutter."

Das Gerede meiner Freundinnen ging mir schwer auf die Nerven.

Ich war unheimlich wütend, hätte Johann am liebsten eigenhändig die Eier abgeschnitten. Andererseits befand sich in meinem Hinterkopf ein winzig kleiner Zweifel an seiner Vaterschaft. Hatte er die Wahrheit gesagt, als er bestritten hatte, Larissa vergewaltigt zu haben? Vielleicht hatte doch Adeles Cousin Larissa auf dem Gewissen? Adele hatte das immer behauptet.

Diesen Gedanken behielt ich momentan aber für mich.

„Ruf bitte deinen Mann an, Sofia. Sag ihm, dass wir nahe daran sind, seinen Fall aufzuklären."

Dann fiel mir noch etwas ein.

„Hast du das Foto von Daniela und dem Typen, das ich dir vor einiger Zeit gegeben habe, bei dir?"

Sofia begann in ihrer Handtasche herumzukramen. Reichte mir nach einer Weile das Bild.

Ich zeigte es Johann.

„Kennen Sie diesen Mann?"

Er drehte sich zu mir um, nickte und murmelte: „Ist ein Mitarbeiter von Daniela Artner."

„Ein Immobilienmakler? Das meinen Sie wohl nicht im Ernst. Der Mann sieht aus wie ein übler Schläger."

„Er ist Danielas Mann fürs Grobe."

„Das heißt?"

„Na, der Typ ekelt halt Mieter raus, tyrannisiert die Leute ..."

„Alles klar." Ich kannte solche Typen von früher, als ich noch für meinen Ex-Mann gearbeitet hatte.

Ich gab Sofia das Foto zurück.

„Dein Mann hat diesen Kerl eh schon ausfindig gemacht. Ich hoffe, er wird ihn sich bald vorknöpfen. Meiner Meinung nach hat er die arme Joggerin irrtümlich niedergeschlagen, und zwar im Auftrag von Daniela. Als sie bemerkte, dass er die Falsche erwischt hatte, schickte sie ihn noch einmal los. Beim zweiten Mal hat er die Richtige erwischt, also mich.

Die Familie Artner scheint die Drecksarbeit gerne vom Personal erledigen zu lassen.“

Den abfälligen Blick, mit dem ich Johann bedachte, würde er wohl so rasch nicht vergessen.

„Kommt, lasst uns gehen! – Und Sie sollten sich lieber gleich bei Major Schanda melden. Wenn Sie ihm schildern, was sich in jener Nacht abgespielt hat, werden Sie eventuell mit einem blauen Auge davonkommen. – Ruf bitte endlich deinen Mann an, Sofia, und kündige ihm an, dass Johann in etwa einer Stunde bei ihm vorbeikommen und eine wichtige Aussage machen wird.“

Nachdem wir ausgestiegen waren, trat Johann aufs Gaspedal und entschwand mit seinem Erbstück, dem tollen neuen Mercedes, bald unseren Blicken.

Ich hoffte für ihn, dass er nicht so blöd sein würde, erneut unterzutauchen. Nach allem, was er uns erzählt hatte, würde die Polizei sicher nach ihm fahnden.

Meine Freundinnen beglückwünschten sich gegenseitig und gnädigerweise auch mich zu der raschen Aufklärung dieses Falles.

Ich hatte nach wie vor meine Zweifel, was das alte, längst verjährte Verbrechen betraf. War Johann der Vergewaltiger von Larissa und der Vater von Tanja oder war er es nicht? Hatte er womöglich auch Larissa ermordet oder war sie freiwillig in den Tod gegangen?

EPILOG
1976

Ein kühler Luftzug drang in ihr Zimmer. Das Fenster stand sperrangelweit offen, obwohl ein Gewitter im Anzug war.

Blitze erhellten den Raum. Der Donner war weit entfernt.

Sie hatte Angst vor Gewittern. Wollte das Fenster schließen.

Ihre Beine fühlten sich lahm an. Sie schaffte es kaum aus dem hohen Bett. Als ihre nackten Füße die kalten Fliesen berührten, fühlte sie sich für einen Augenblick fast lebendig.

Unsicheren Schrittes ging sie zum Fenster und sah hinaus.

Zuckende Blitze über den Baumwipfeln ließen die prächtige Kuppel der Otto-Wagner-Kirche am Gipfel des Geländes türkis leuchten.

Sie wünschte sich, in die Kirche gehen zu können. Sie war nicht religiös. Ihre Großmutter hingegen war sehr fromm gewesen. Der Glaube hatte ihr Kraft gegeben, das mühsame Leben in ihrer kleinen Datscha am Ufer der Wolga bei Novgorod zu ertragen.

Schöne Erinnerungen an ihre Kindheit, die sie zum Großteil bei ihrer Großmutter verbracht hatte, tauchten auf. Ihre ersten Schwimmversuche in dem großen Fluss, die langen Abende auf der Ofenbank in dem kleinen blitzblau gestrichenen Häuschen. Schon damals hatte sie an den Abenden stundenlang gezeichnet.

Sie dachte an die endlosen Birkenwälder im Sommer, in denen sie mit ihrer Großmutter Beeren sammelte. Plötzlich fühlte sie sich sehr leicht und jung und unbeschwert.

Ein lauter Donner erschreckte sie. Das Gewitter kam näher.

Als ihr Krankenzimmer um Mitternacht im weißblauen Licht der Blitze erstrahlte, musste sie unwillkürlich an die weißen Nächte in Leningrad denken. Die winzige Ein-Zimmer-Wohnung ihrer depressiven Mutter erschien vor ihrem inneren Auge.

In den Wintermonaten hausten sie zu viert in einem Zimmer in einem Plattenbau am Rande der Stadt. Sie, ihre Mutter und ihre Großeltern mütterlicherseits. In der Datscha in Novgorod war es im Winter zu kalt.

Ihre Mutter war Schriftstellerin, musste aber an einer Volksschule kleine Kinder unterrichten, um sich und ihre Tochter erhalten zu können. Ihre Gedichte und Erzählungen waren in der Sowjetunion nicht gefragt. Zu romantisch, zu unrealistisch, meinten die Verleger, an die sie sich gewandt hatte. Mit vierzig war sie eine viel zu früh gealterte, frustrierte Lehrerin. Ihren Vater hat Larissa nie kennengelernt. Angeblich war er ein regimefeindlicher Maler. Ihre Mutter hatte ihn auf einer Kolchose getroffen, als sie beide einen mehr oder minder freiwilligen Arbeitsdienst dort verrichtet hatten. Sie war das Resultat eines schönen Sommers.

Als während des Kalten Krieges die Repressionen an der Kunstakademie in Leningrad immer schlimmer wurden, suchte sie das Weite, verließ Leningrad und ihre Mutter für immer. Ihre Großeltern waren längst tot, als sie mit drei ihrer Bilder zu einer internationalen Kunstausstellung im Wiener Künstlerhaus eingeladen wurde. Sie nützte diese Gelegenheit, um ihrer Heimat für immer den Rücken zu kehren.

Wie oft hat sie diesen Schritt später bereut! Im goldenen Westen ging es ihr erst recht schlecht. Kein Mensch in Österreich schien sich anfangs für ihre Arbeit zu inte-

ressieren, trotz ihrer Teilnahme an dieser Gruppenausstellung sowjetischer Künstler.

Erst als sie es schaffte, an der Wiener Kunsthochschule am Schillerplatz aufgenommen zu werden, ging es ein bisschen bergauf. Sie fand Freunde, konnte bei ihnen fast kostenlos wohnen und schlug sich als Kellnerin in diversen Lokalen in der Nähe des Naschmarkts durchs Leben. In einem dieser Lokale lernte sie Adele kennen und verliebte sich auf den ersten Blick in sie. Damals wusste sie nicht, dass Adeles Vater der Käufer der drei Bilder war, die sie im Künstlerhaus ausgestellt hatte.

Adele mochte sie anfangs nicht, das gestand sie ihr viel später. Sie war jedoch beeindruckt von ihren Arbeiten.

Bei der Erinnerung an ihre nächste Begegnung mit Adele in der kleinen Kunsthandlung in der Tuchlauben musste sie unwillkürlich lächeln.

Ja, und ab dann begann für sie „la dolce vita". Leider hielt es nicht lange an. Sie wurde krank. Und sie wurde missbraucht, als sie krank war, gebar diesem Schwein von Psychiater, der sie so oft vergewaltigt hatte, eine Tochter, die sie nie mehr wiedersehen würde.

Als sie den Ruf der Eule hörte, musste sie nicht an Aristophanes denken, sondern an die Worte, die der große deutsche Dichterfürst Johann Wolfgang von Goethe seinem Gretchen in den Mund gelegt hatte: Heinrich! Mir graut's vor dir!

Mit all diesem Scheiß ist jetzt Schluss! Kein Happy End wie in Hollywoodfilmen!

Sie machte einen großen Schritt auf das offene Fenster zu und sprang.

Der Schrei der Eule begleitete sie.

Edith Kneifl
Tot bist du mir lieber
Die Drei vom Naschmarkt ermitteln
296 Seiten, € 15.90
Premium Paperback
ISBN 978-3-7099-7256-4

Ein Trio infernale wie Pech, Schwefel und Martini: Magdalena, Elvira und Sofia könnten unterschiedlicher nicht sein – und trotzdem sind sie ein eingeschworenes Team. Als die frischgebackene Detektivin Magdalena Musil vom Wiener Naschmarkt einem Internetbetrüger auf der Spur ist, wird sie von ihren Freundinnen bei der Suche natürlich tatkräftig unterstützt. Und dann ist der Netz-Gigolo plötzlich tot, und an seinem Grab steht mehr als eine trauernde Witwe ...

Drei waschechte Wienerinnen ermitteln rund um den Naschmarkt: Ein charmant-schwungvoller Kriminalroman voller Frauenpower und Wiener Schmäh von Krimi-Queen Edith Kneifl!

Edith Kneifl
Der Tod liebt die Oper
Ein historischer Wien-Krimi
264 Seiten, € 12.95
HAYMON taschenbuch 234
ISBN 978-3-7099-7879-5

Mord an der kaiserlichen Hofoper! Der charmante Privatdetektiv Gustav von Karoly schwelgt im Liebeskummer, da kommt ihm eine Einladung an die Oper sehr gelegen. Gespielt wird Otello. Doch als sich der Titelheld den Dolchstoß verpasst, sackt er getroffen zu Boden – das Blut ist echt. Der Dolch also auch ...

Gustav stürzt sich volley in die Ermittlungen zwischen Café Sacher und Wiener Graben. Die Spuren führen ihn schließlich bis ins mondäne Sommerfrische-Paradies des europäischen Hochadels: nach Opatija, wo ihn ein dramatischer letzter Akt erwartet. Königlich-kaiserliche Krimispannung mit echtem Sisi-Flair!

„unterhaltsames Lesevergnügen“
Steirer Krone, Christoph Hartner